于右任

诗词集解

权海帆 ■ 著

世界图书出版公司

西安 北京 上海 广州

图书在版编目(CIP)数据

于右任诗词集解 / 权海帆著. —西安:世界图书出版
西安有限公司, 2019.3
ISBN 978 - 7 - 5192 - 5295 - 3

Ⅰ.①于… Ⅱ.①权… Ⅲ.①诗词—作品集—中国—
当代 ②诗词—注释—中国—当代 Ⅳ.①I227

中国版本图书馆 CIP 数据核字(2019)第 037882 号

书　　名　于右任诗词集解
　　　　　YU YOUREN SHICI JIJIE
著　　者　权海帆
策划编辑　冀彩霞
责任编辑　王　娟
校　　对　王　哲　郑世骏
装帧设计　诗风文化
出版发行　世界图书出版西安有限公司
地　　址　西安市北大街85号
邮　　编　710003
电　　话　029 - 87214941　87233647(市场营销部)
　　　　　029 - 87234767(总编室)
网　　址　http://www.wpcxa.com
邮　　箱　xast@ wpcxa.com
经　　销　新华书店
印　　刷　陕西奇彩印务有限责任公司
开　　本　787mm×1092mm　1/16
印　　张　18.5
字　　数　267千字
版　　次　2019年3月第1版　2019年3月第1次印刷
国际书号　ISBN 978 - 7 - 5192 - 5295 - 3
定　　价　49.00元

如今，于右任，这位神州赤子，已然怀着对故乡、对大陆的绵绵思念和家山难归的无限憾恨，于海峡对岸溘然逝去半个多世纪了。二三十载之前，他的名字似乎已渐渐为岁月尘封，杳然不闻，直到近些年才又渐渐成为"热词"，频见于媒体和人们抚今追昔的话语之中。

　　然而，人们知道的，也许仅仅是他生命历程中的一个或几个片段，形象风采的一个或几个侧面，或许知道他曾是国民党的元老，新闻巨子、"元老记者"，兴教救国的先锋、志士，反清"靖国"、扫荡祸国军阀的"书生司令"，诗词可比屈（原）陆（游）的"旷代诗人"，书法堪与王（羲之）颜（真卿）比肩的"一代草圣"；却未必能洞悉其人生道路上的风雪雨露和凄怆心灵，人格基石的忧国"骚心"与爱国情愫，家山难归的痛切无奈和无限憾恨！

——题记

跨时空的合梦（代序）

李 震

权海帆先生是长我二十岁的前辈，也是早我二十年毕业于陕西师范大学中文系的学长。早在三十多年前，我才刚刚进入文艺批评领域，只能算得上是初窥门径时，他就已是陕西文艺界的领导，颇有建树，且对后学多有提携。

今权海帆先生虽已年逾古稀，且常年奔走于太平洋两岸，但始终笔耕不辍，著述不断。其治学之严谨，视野之宏阔，笔锋之刚健，言辞之质朴，仍不减当年。在浮躁之风盛行的当今文坛，他不骄不躁，淡泊名利，气定神闲，坚持默默耕耘。如此风范，实乃我辈之楷模。

承蒙权海帆先生厚爱，我得以在本书出版之前，就有幸拜读了全文，再度领略了先生的文风、学养与赤子情怀，并在惴惴不安的心情中，接下了先生的信任和嘱托，写下这篇小文，记录点滴感受以祝贺并纪念本书的出版。

一

在读完全书之后，我有这样一种强烈的感受：权海帆先生对于右任先生诗词的解读与释义，是两代关中文人的一次跨时空合梦的过程。这个梦饱含着在关学土壤中生长的一代又一代关中文人深厚的家国情怀、民族道义和忧国忧民的文化理想。

作为中华文明根脉所在地的陕西，在唐以后最大的贡献即在关学，从宋代张载以降的历代关学大儒们，代代相传着"为天地立心，为生民立命，为往圣继绝学，为万世开太平"的关中文人禀赋和志向。

1

被称为"近代陕西三杰"的于右任、张季鸾、李仪祉，都曾师从有"南康（有为）北刘"之称的关学大儒刘古愚先生，也正是他们将关学"四为"精神传承到了近现代中国，他们本人亦成为中华民族现代化进程中的中流砥柱。

窃以为，权海帆先生以年逾古稀之龄，一首一首、一句一句、一字一字地领会并解读于右任先生的诗词，其真正的动因便是权海帆先生对这种关学精神的敬仰、渴慕和弘而扬之的冲动。

在陕西，乃至整个中国的近代人物中，于右任先生无论是"知"，还是"言"，抑或是"行"，均全方位地赓续了关学的"四为"精神，其成就主要体现在诗词、书法，以及报业和行政四个领域。其间，无不传承和体现了"四为"精神。这种源自宋代的"四为"精神，在近现代的中国便演化为于右任式的家国情怀、民族道义和忧国忧民的文化理想。而这种文化理想，正是权海帆先生从于右任诗词中探寻到的灵魂。

解诗评诗，断文释义，自古有之。而我将权海帆先生解读于诗的行为，当作一种跨时空的合梦过程，则是以这一行为特有的意涵为根据的。

权海帆先生作为新中国成长起来的一代文人，尽管处在与于右任先生完全不同的社会制度和生存环境当中，但其作为关中文人，仍然有着与于右任先生一脉相承的禀赋和志向。他虽然没有像于右任先生那样身居高位，却也有着强烈的家国情怀、民族道义和忧国忧民的文化理想，这在本书的字里行间，在他对于诗的理解和共鸣中展露无遗。

因此，他对于诗的解读，其实是两代关中文人的跨时空对话，是来自两种不同历史文化语境的关学精神的汇流与共振，是关学精神在不同时代流淌和奔腾的涛声。

在这个合梦的过程之中，权海帆先生在于诗中找到了自己作为一位关中文人的文化理想和价值追求，而经由于诗所传承的关学精神，在权海帆先生的解读和阐释中获得了现实意义和当代价值。

二

在本书中，权海帆先生对于诗的解读，自觉地延续了中国文艺批评"知人论世"的传统。《孟子·万章章句下》有云："颂其诗，读其书，不知其人，可乎？是以论其世也。"的确，不知其人，很难知其人之诗。

权海帆先生对于诗的准确领悟与解读，正是基于他对于右任先生的生平事迹、文化创造，以及人生境界的深入了解与体察。他将于右任先生的每一首代表性诗词，还原到了于右任先生的不同的人生旅程之中，还原到了这首诗词写作的具体情境之中，还原到了于右任先生写作此诗词时可能的心境和情感状态之中，始得其解。

全书所分十一章，实则是于右任先生的十一段重要的人生旅程和中国近现代史的几个重要节点，而每一个阶段和节点，又选择了其间最具代表性的作品。如此，全书对于诗的解读，基本上可以认为是对于右任先生一生心路历程的概括，也可以说，是中国近现代史的诗性概括。

这种知人论世的传统批评方法，使权海帆先生得以精确地把握住了于右任先生创作每一首诗词时的具体心境和情景。

譬如，在对一九〇八年的《省亲出关》一诗的解读中，权海帆先生分析了正在清政府多方阻挠下兴办报纸的于右任，突然获知家父病重的消息，在忠孝难以两全的情境中，冒着被清廷缉拿的危险，长途骑马探父的过程中诗作的微妙变化。

于右任先生在从上海一路经洛阳、新安及硖石山入潼关返回关中时，诗风一路沉郁、忧愤，而当其探望过父亲，"虽然与父亲的相逢仅仅一夜，次日便被家人催促返程，他尚且不知父亲此时已撒手人寰，却毕竟于离家三年之后再次与父亲相聚，心里得到了些许安慰，因而此诗迥然不同于《新安早发》《丑奴儿令·硖石道中》那样沉重而压抑，意境比较轻快"。

如此准确地把握一首诗的精妙之处，应该对当今一些粗疏而不求甚解的文艺批评有所启发。

三

本书虽然只是对于右任先生一生的代表性作品做了深入解读，但同时，也是对于右任先生整个人生的一次还原与评价。

权海帆先生对于右任先生的崇敬之情，溢于全书的字里行间，特别是对其家国情怀、民族道义和忧国忧民的文人品格，充满了无限敬仰和赞誉。同时，透过一首又一首诗词的剖析，也足以让人们清晰地认识于右任先生跌宕起伏、百转千回的真实人生。

于右任先生有创造了近代文人巅峰的诗词与草书，也有统领靖国军的戎马生涯。他有为国家、为民族、为人民刚正不阿、视死如归的气概；也有晚年在台湾"居于蒋介石独裁统治的淫威之下，为着生存，为着他日回归故乡的一线希望，不得不虚与委蛇"。他有在成吉思汗墓前那种"大王问我：'几时收复山河？'"的冲天豪气；也有晚年在台湾《望大陆》时"葬我于高山之上兮，望我大陆，大陆不可见兮，只有痛哭！"的千古悲情与绝唱。他有数不清的丰功与伟绩，也有在靖国军中败走、晚年一路被挟持的挫败，以及有家难回的绝望。这些都是权海帆先生的解读中还原出来的真实而生动的于右任。

解诗之难有似释梦，都是心与心的契合，梦与梦的合场，灵魂与灵魂的对话。权海帆先生对于右任先生诗词的解读，将来自不同时空的家国情怀、民族道义和忧国忧民的品格与禀赋聚合为一体，贯通了关中文人千百年来的精神气脉，也期许着当今文人的担当与使命。

作为后学，也作为今天在关中安身立命的读书人，我从本书中真切地感受到了这种关中文人的精神气脉、担当与使命，心有所动，匆匆记录于此，既作为对权海帆先生新著出版的祝贺与纪念，也作为一种自勉。

二〇一八年八月二十一日于长安

（作者系陕西省文艺评论家协会主席，陕西师范大学新闻与传播学院院长、教授、博士生导师）

前　言

于右任（1879—1964），祖籍陕西泾阳县斗口村，至祖父辈迁居三原县东关河道巷。原名于伯循，字诱人，后以其谐音"右任"为名。笔名半哭半笑楼主、神州旧主、骚心、大风、于思、关西余子、太平老人等。

如今，于右任，已是一个人所共知的名字。

他的名字常常与孙中山先生联系在一起。孙中山是中国民族民主革命的伟大开拓者、先行者，中华民国及中国国民党的缔造者。于右任曾是孙中山先生的忠诚助手，孙中山先生死后，则是其"三民主义"思想理论和"联俄、联共、扶助农工"三项政策的忠诚践行者、捍卫者。

他曾是近代中国的新闻巨子、"元老记者"。其于二十世纪初叶先后创办的《神州日报》《民呼日报》《民吁日报》《民立报》，为推翻腐朽的清政府的统治，迎接民主政权的诞生，呼啸叫号，功勋卓著。

他曾是兴教救国的先锋、志士。先后参与创建或主持创建了复旦公学（今复旦大学）、中国公学（已亡）、上海大学①、国立西北农林专科学校（今西北农林科技大学）等高等学府，以及三原民治学校（民治小学、中学）、三原中学、渭北中学、渭北师范等。

他曾是反清"靖国"、扫荡祸国军阀的"书生司令"。当孙中山先生为临时大总统的中华民国政权先后为袁世凯、段祺瑞篡夺之后，以反对军阀专政、恢复民国革命政权为宗旨的陕西靖国军应运而生，于右任大义凛然，以一介书生之躯慨然受邀，担任总司令，以微薄兵力，与段祺瑞在陕的爪牙陈树藩，以及周围的八省之军，周旋相持达四年之久。

他是卓有成就的现代书法家。其书堪比王（羲之）颜（真卿），享有"一代草圣"、一代书法大师之誉。

他是现代诗坛的卓越诗人。其诗词可谓二十世纪中期前的史诗，堪比屈（原）陆（游），不负"旷代诗人"之称。

"开一代革命诗风"（郭沫若评价语）的现代著名诗人柳亚子先生就曾

---

①1922 年 10 月，国共合作创建，首任校长于右任。1927 年被国民党当局强行关闭。1983 年，上海市人民政府复办。1994 年 5 月，与上海工业大学、上海科学技术大学等多所院校合并，组建成了新的上海大学。

1

赞云："卅年家国兴亡恨，付与先生一卷诗。"家国兴亡之恨——爱国主义精神，是激扬于其诗词中的主旋律，此语出于一九三〇年。

其实，此后三十年的于诗，何尝又不是如此。国学大师文怀沙先生如此评价："如若把他比作为当代的屈原、杜甫，我们也感到并不过誉。"

他是一位思乡心切的台岛游子。一九四九年，中华人民共和国成立前夕，他被挟持到台湾，满腹怅惘与无奈，在抑郁和盼归大陆之苦中度过了苍凉的晚年。

他被隔绝于海峡彼岸，我们对他的作为和功过，曾经所知甚少。伴随着改革开放和海峡两岸交流的增多，于右任其人其书其诗，愈来愈受到海峡两岸人民的重视和喜爱。

特别是那首令读者无不悄然动容，潸然泪下，激荡着爱国主义深情的绝命血泪诗篇《望大陆》，引发了我们对其诗词的浓厚兴趣。

其作品最早者，应属二十世纪初的一九〇二年之作，至迟者至一九六四年，距今少的也有五十余年，多的已逾百年。虽然其中也有少量白话作品，但就如今我们所看到的 1156 首①而言，却大都为文言古体。不但其创作时间距离当代青年十分遥远，难免有隔代之感；而且其中运用了大量典故、历史事件，以及一些如今已为人所罕知的修辞手法，当代读者阅读时，颇有阻滞感。笔者不揣冒昧，就于诗中百余首具有代表性、典型性的古体之作，介绍其创作背景，注解其疑难语句，并从自己的浅薄修养出发，大胆解读其意蕴。

需要说明的是，诗是艺术，从无"达诂"，有一千个读者就会有一千个哈姆雷特，在一千个读者的心目中会有一千个贾宝玉、林黛玉，一千个读者也会有对李白、杜甫诗歌思想内蕴的一千个不尽相同的解读。我想，对于于右任诗词的解读也是如此。笔者的解读只能是"我"的解读，充其量，只能提供一个帮助读者解读的指南、钥匙或参考而已，无论如何，都不会是"标准答案"。"标准答案"是永远不存在的。

杨海旺

二〇一八年十月

---

①于媛编《于右任诗词曲全集》（世界图书出版公司，2014 年版）收录于右任诗词曲 1156 首。

2

目 录

十年薪胆风云梦，万里河山鼓角声。

怨气千寻仍未解，劳歌一曲不胜情。

时代掠影

作品解读

第四章 桴鼓经年 梦落周原

桴鼓经年空涕泪，河山四战一徘徊。

东征大业凭谁共？唤得英灵去复来。

时代掠影

作品解读

第五章　风雨催人　帆船一叶

地运百年随世转，帆船一叶与天争。

当年壮志今何在，白发新添四五茎。

时代掠影

作品解读

第六章　护巢苍隼　苍髯如戟

苍髯如戟一战士，何日完成革命史？

大呼万岁定中华，全世界被压迫之人民同日起。

时代掠影

作品解读

第七章　败苇枯荷　天饕人虐

黄花岗前故人哭，料我今世重来不？

余生莫诉神州恸，采得黄花已白头。

时代掠影

作品解读

第八章　愿捐吾躯　外御日侮

遗诏焚香读过，

大王问我：

"几时收复山河？"

时代掠影

作品解读

第九章 飞度天山 夜深惘惘

行远方知骐骥贵，登高那计鬓毛斑。

夜深惘惘情难已，万木啼号有病杉。

时代掠影

作品解读

第十章 雕笼重关 泪洒黄花

群众无声似有声，杜诗重读不胜情。

太平老人磨铁砚，垂老还期致太平。

时代掠影

作品解读

第十一章　飞花和泪　望我大陆

> 葬我于高山之上兮，望我大陆。
> 大陆不可见兮，只有痛哭。

时代掠影
作品解读

第一章

赤子初心　半哭半笑

——青少年时期之作

偶尔题诗思问世
时闻落叶可惊秋
太平思想何由见
革命才能不自囚

丁右任

时代掠影

于右任的诗词创作发轫于他二十四岁时，即公元一九〇二年。那是清王朝最腐朽、最孱弱的一个时期，也是西方帝国主义侵吞中国的野心愈来愈膨胀、中国日益半殖民地化的时期。

一八四〇年，英帝国以坚船利炮轰开了闭关自守的清王朝国境大门，迫使清政府与之签订了割地赔款的《南京条约》，打破了清政府"天朝上国"的美梦。一八六〇年，英法联军攻入北京，火烧圆明园，举国震惊，万民激愤。

其间，农民运动频发，社会矛盾加剧。内忧外患纷至沓来，社会危机四伏。积贫积弱的中国，需要变革，成为举国上下有识之士的共识。一批政治眼光敏锐的知识分子、志士仁人，发现问题的根源在于朝廷自身，在于清廷的封建制度。正是这种制度，导致以慈禧太后为首的皇族和文武官员，成为既得利益集团，极力维护自己的封建特权，既爱财，又怕死。

于是，志士仁人们开始探索和寻找使中国摆脱困境与危机的"自强""求富"之路。他们的策略：一是"君主立宪"，鼓吹者企图在保留清朝皇帝至高无上地位的前提下，通过宪法和议会限制其封建皇权；二是"洋务运动"，倡导者以传统"经学"为依托，以"匡时救世"为己任，谋求以"中体西用"，即对内整饬吏治，改革弊政，对外学习西方技术的方略，实现振兴神州、抵抗侵略的目的。

然而，朝廷文武百官以至国民大众，并没有因鸦片战争的失败而改变轻视西方的态度，更不用说，学习向来不以为是的"夷人"之长。"君主立宪""洋务运动"都因触及和伤害了既得利益集团的根本利益而遭到疯狂反对。加之，慈禧太后挪用海军军费修缮颐和园于上，各级官吏贪污军费于下，终于招致了一八九四年爆发的中日甲午海战，以北洋水师全军覆没、《马关条约》签订而告终。

这个饱蘸着中华民族屈辱泪水的不平等条约规定：尚为大清藩属国的朝鲜独立；向日本赔偿军费白银二亿两；割让台湾岛及其附属岛屿、澎湖列岛、辽东半岛给日本；向日本开放沙市、重庆、苏州、杭州等通商口岸……

至此，"洋务运动"以惨败告终；"君主立宪"也化而为不可不谈，却又疑虑重重、久谈不决的话题。

"洋务运动"的惨败，为"戊戌变法"的失败埋下了伏笔。

清光绪二十四年（1898），以爱国志士康有为为首的维新派，在光绪皇帝的支持下，力主兴民权，开言路，裁冗员，修铁路，开工矿，设邮局，建新军，废八股，办新学，译西著，设报馆……

这场"变法维新"运动，遭到慈禧太后为首的皇族及其既得利益集团极为激烈的反对。从六月十一日变法开始，至九月二十一日，仅仅一百零三天，即陷于其暗设的陷阱而樯倾楫摧。康有为逃亡国外，变法骨干谭嗣同等"六君子"在北京菜市口惨死于清政府的屠刀之下。

清政府丧权辱国的行为和政治上的黑暗腐败，致使西方列强步步紧逼，终于点燃了黎民百姓的仇恨之火。

本来以"反清复明"为宗旨，活动于河北、山东一带的民间秘密社团"义和拳"，慨然改名"义和团"，竖起了"扶清灭洋"的大旗，以其双"拳"和血肉之躯，英勇抗击手持洋枪洋炮的侵华强盗。然而，人民的爱国正义之举却得不到清廷的支持，反而被血腥镇压。

西方列强遂更加穷凶极恶，加快了蹂躏中华的军事步伐。

一九〇〇年八月十四日，北京的大门终于被英、美、法、德、意、奥、俄、日八国联军的大炮轰破。吓破了胆的慈禧太后，挟持光绪皇帝仓皇逃往西安。当时，陕西天灾连年，西安城内那些满脸菜色、"鸠形鹄面"——

饥饿得肚腹深陷似斑鸠、脸面无肉似黄鹄的逃难百姓，被统统驱赶于城外。慈禧不顾民生艰难，日日锦衣玉食，生活极尽奢靡，不足一月，竟消耗白银二十九万余两。

留守京师的大臣奕劻和李鸿章，于次年九月十一日与联军之八国，以及比利时、荷兰、西班牙等十一国签订了《辛丑条约》，承诺赔款四亿五千万两白银——按照当时中国人口数量，每人一两之多啊！全部赔款于三十九年内付清，本息达白银九亿八千万两。这还不算，还答应惩办主战官员，拆除大沽到北京沿线所有炮台，等等。真是民族的奇耻大辱，国家的奇耻大辱！

同年十月六日，慈禧发卒数万人，带行李车三千辆，从西安出发，历时三个月，于一九〇二年一月八日挟光绪帝回到北京。

这时，北京已是残垣断壁，满目疮痍，连举行科举考试的国子监也不堪使用，以至于一九〇三年举行的"春闱"，不得不在宋朝故都开封的国子监举行。

然而，历史在前进，人民在觉醒。西方列强在用坚船利炮征服中国、使中国殖民地半殖民地化的同时，也把自由、民主的新思想传播到了中国。新式学堂、新闻报刊及邮局等，在各地陆续开办，机器生产也在各地陆续兴起，上海尤其如此。

满怀忧国忧民之情的于右任，面对西方列强的侵略和清廷的封建统治，忧心如焚，遂以诗歌为武器，借古喻今，讥讽时弊。反帝、反清、反封建，构成其这一时期诗词创作的鲜明主题。

一九〇三年，诗人的第一本诗集《半哭半笑楼诗草》在三原印行。诗集前印着诗人披发执刃的照片，两旁题有"换太平以颈血，爱自由如发妻"的联句。诸如"中华之魂死不死？中华之危竟如此！""为奴何如为国殇！""依赖朝廷实难俟。何况列强帝国主义相逼来。""大呼四万万六千万同胞""齐奋起""冲天血路飞"之类热血沸腾的诗句，此诗集中比比皆是。

作品解读

杂 感

柳下①爱祖国，仲连②耻帝秦。

子房③抱国难，椎秦气无伦。

报仇侠儿志，报国烈士身。

寰宇独立史，读之泪盈巾。

逝者如斯夫，哀此亡国民。

蜂虿④螫指爪，全神不能定。

蚊虻嘬皮腹，痴儿睡不竟。

忧患撄人心，千钧万钧劲。

为问彼何人，横卧东半径。

一针不及创，一割不知痛。

伤哉亲与爱，临危复梦梦。

伟哉说汤武⑤，革命协天人。

夷齐⑥两饿鬼，名理认不真。

只怨干戈起，不思涂炭臻。

心中有商纣，目中无商民。

叩马复絮絮，非孝亦非仁。

纵云暴易暴，厥暴实不伦。

仗义讨民贼，何愤尔力伸！

吁嗟莽男子，命尽歌无因。

耗尽首阳草，顽山惨不春。

信天行者妄，避天行者非。

地球战场耳，物竞微乎微。

嗟嗟老祖国，孤军入重围。

谁作祈战死，冲天血路飞。

注释

①柳下：柳下惠，姓展名禽，春秋时鲁国人，官居大夫。三次被罢官而不离鲁，齐国伐鲁，曾以计退齐兵。

②仲连：鲁仲连，战国时齐国人。秦军包围了赵郡邯郸，仲连向赵、魏力陈利害，劝阻两国尊秦王为帝。

③子房：张良，战国时韩国人。秦灭韩后，为报亡国之仇，曾与勇士在博浪沙（今河南原阳县）用铁椎狙杀秦始皇。

④蜂虿（chài）：毒虫，或即毒蚊。

⑤汤武：商汤王、周武王。夏桀无道，商汤伐而灭之；殷纣无道，武王伐而灭之，史称"汤武革命"。

⑥夷齐：伯夷、叔齐，商末人。武王伐纣，伯夷叔齐兄弟叩马谏阻，商亡后，二人逃入首阳山中，不食周粟，饿死山中。孔子及其儒家后学都赞颂其"不降其志，不辱其身"的高尚气节。

《杂感》实际上是四首连在一起的组诗，作于一九○二年。

第一首，通过歌颂古代的"侠儿""烈士"柳下惠、鲁仲连、张良等人挚爱其国、力抗强敌和为国复仇雪恨的正义之举及其高尚气节，联系到寰宇——世界各国——追求独立的斗争历史。诗人情动于衷，热泪奔涌，以至擦湿了巾帕，为他们的亡国而悲伤至极。

报仇从来就是侠士的雄心壮志，能够为国赴难，才算是慷慨大义的烈士行为！"报仇侠儿志，报国烈士身"一联，既是对历史上的"侠儿""烈士"行为的总结，也是诗人自己置生死于度外、为国复仇赴难的烈士壮怀的激情表达。

全诗堪称呼唤不屈服于强权的爱国精神的招魂书！犹如子房之"椎"，顺着历史的维度，向屡屡丧权辱国，并与西方列强签订不平等条约的清廷统治集团，给予了狠狠的一击。

第二首，则直面清廷统治集团，愤怒斥责、诘问，大声疾呼。

开首以"蜂虿"比喻西方列强对中国的不断侵蚀和殖民，狠狠地鞭笞清廷如"痴儿"般麻木不觉，昏沉沉"睡不竟（醒）"的真实境况。

与清廷统治集团完全相反，国家忧患纠缠于诗人之心（撄心），似千钧万钧之物相压。他愤怒已极，厉声质问：是什么人侵吞、瓜分位于东半球的中国国土，敲诈中国的滚滚白银，在中国境内作威作福？质问之余，他仰天长啸，慨然自叹：多么令人伤心啊，我亲爱的同胞们，我们的民族、我们的国家濒临危亡，而你们竟然一个梦又一个梦地沉睡不醒哪！

第三首，是向清廷保皇派刺去的投枪、匕首。

诗人在再次歌颂汤武讨伐桀、纣的"伟哉"之举，以乃"协天人"——协调天人关系的革命行动之后，即以敏锐的政治眼光和一反前人谬误的勇气，斥责伯夷、叔齐两个"饿鬼"不明是非"名理"：你们只知道埋怨汤武挥动干戈军械的暴力行为，却不考虑生灵涂炭，民众度日艰难；

你们心中只有夏桀、商纣，眼睛中哪有百姓的生死祸福；你们挡住武王的马头絮絮叨叨地苦苦劝阻，难道能够算"忠孝"，算得上"仁义"吗？即使"以暴易暴"——用残暴的武力改变残暴的统治，是不合伦理的，但执大义而讨伐民贼，不知怎么触伤了你们，你们竟然那样义愤填膺并起而反对？可叹啊，伯夷、叔齐两个鲁莽的男子，以首阳山的野草填肚皮，弄得长满冥顽无知的荒草野木的首阳山，凄凄惨惨地失却了春天的草木繁茂！似在斥责、揶揄夷齐，实则是对清廷保皇派们的讨伐。

第四首，则是对西方列强决战的动员和宣言。

诗人以不可压抑的愤怒之情，告诉神州同胞：要知道，神州已到了生死存亡的关头！顺应现实，听之任之，是荒谬的，不合理的；无视现实，避而远之，更是错误的，不可取的。地球就是一个绝大的战场，物竞天择，弱肉强食，弱小者生存成长的可能，微乎其微。

古老的中华，我们的祖国，可悲可叹，已经孤身陷入了西方列强的重重包围之中。不惧流血牺牲，为她冲开一条血路的，是谁呢？诗人的答案不言自明：不是昏庸腐朽的清廷，不是那些伯夷、叔齐般的"心中有商纣，目中无商民"，反对"以暴易暴"之徒。

我们必须从"蚊虻噆皮腹，痴儿睡不竟"的状态中，立即清醒过来，像讨伐无道昏君夏桀、殷纣的商汤、周武一般拿起武器，挺身而出，与列强、与清廷进行生死决战，以"冲天血路"，展翅飞翔。一个"飞"字之中，寄托着壮志得酬、展翅飞翔的美好理想和抱负。

四首诗直抒胸臆，大气磅礴，脉络清晰，昂扬着火热的爱国激情，读之令人热血沸腾。

失意再游清凉山寺①题壁

万千兴会怅登临，得罪苍苍罚苦吟。

落叶横飞偏碍眼，高僧时到一论心。

手无阔斧开西北，足驻长途哭古今。

为问东山人②在否？末流③为尔一沾巾。

注释

①清凉山寺：当年正谊书院所在地，在陕西三原县鲁桥镇北清凉山之上。

②东山人：泛指名高望重的人。唐李白《登金陵冶城西北谢安墩》诗以东山指称王羲之，云："想象东山姿，缅怀右军言。"此处指主持正谊书院的贺复斋（1824—1893）先生。贺复斋名瑞麟，字角生，号复斋，于清凉山创办正谊书院，为当时三原名儒，有"关学渊源""理学宗师"之誉。

③末流：原指人群中的等级低下者。此处系诗人的谦称。

简析

此诗作于一九〇二年。

两年之前，八国联军攻破北京，慈禧太后挟光绪皇帝西逃，"驾幸"西安。陕西巡抚强令学生停课，冒雨跪迎于城外。

诗人被迫参与跪迎，一时怒火燃胸，愤恨其祸国、辱国的般般罪行，曾打算上书陕西巡抚，手刃慈禧。书函写好后，被同窗好友发现，以为其举非但于事无成，且将招致杀身之祸，遂作罢。

次年，《辛丑条约》签订，清廷再以割地赔款之策换取"相安无事"，

维系其皇权的"尊荣"。

作为神州赤子，诗人报国无门，欲"仗义讨民贼""冲天血路飞"而无径，怅惘抑郁，忧心如焚。诗题中所谓"失意"，即此指。

在这种失意心态下，诗人登临清凉山，访问执教于正谊书院的名儒贺复斋先生，遂有此诗。

"兴会"者，偶有所感而产生的感触意趣。

诗人怅然登临清凉山，一时感慨万千。他怀疑自己得罪了空旷辽远的苍天，不得不来此苦吟。然而双目所见，只是遮挡着视线、横七竖八的枯枝败叶。

适逢有位老和尚来此，不妨向他一吐心中的郁闷：可恨"我"手中没有一把巨大的斧头，能够打开如同铁石一般的西北大地，只有远道而来，驻足于此，为古今世道的不平而放声痛哭。来此不为别的，只为求教于"东山"高人。不知名儒贺复斋老先生还在此执教吗？"我"这个末流小子为了他而热泪潸然。

"落叶横飞偏碍眼"，既是"失意"中的诗人眼中所见，也是当时的西北以至整个中国形势的象征。

眼前的这种情景使诗人"失意"之心更加沉重，以至面对老僧倾吐心迹，发出了"手无阔斧开西北，足驻长途哭古今"的浩叹和痛怆。

"为问东山人在否？末流为尔一沾巾"既表达了自己求教"高人"贺复斋怎样得到"阔斧"，以及如何"开西北"以救国的迫切心情，也隐隐包藏着对这位"高人"无力"救国"而于此开办书院的惋惜和哀伤。

全篇情景交融，激情磅礴，如急流之奔腾，浩浩荡荡，不可遏抑。中国自古有文人题诗于墙壁抒发情感的传统，诗人遂将自己肺腑内奔涌的情感凝结而成的这首诗，以这种古老的方式留于清凉山寺的墙壁之上。

署中狗

署①中豢尔②当何用？分噬吾民脂与膏③。
愧死书生无勇甚，空言侠骨爱卢骚④。

注释

①署：官署，官衙，衙门。
②豢尔：豢，喂养；尔，你。豢尔，即"像喂养狗或牲口一般喂养你"。
③脂与膏：脂膏，指劳动人民辛勤劳动所获得的财富。
④卢骚：现译作卢梭（1712—1778），18 世纪法国启蒙思想家，其《民权论》一书，提出了人权平等的政治主张。

简析

这首七绝直接将矛头对准腐败无能、丧权辱国的清廷官僚集团，以不可遏抑的满腔义愤，怒斥上自皇帝，下至一级又一级官员：

你们都不过是官署里的狗而已，你们日日吞噬民脂民膏；黎民百姓以血汗、脂膏豢养了你们，而你们却孱弱无能，只会对着黎民百姓汪汪汪地逞威号叫，却不敢向侵吞神州的西方列强张开你们的狗嘴，你们活着有什么用？一点用处也没有！

诗人忧愤之极，慨叹、自责：自己只是一介"手无阔斧"的书生，只能空谈卢梭等西方思想家的崭新理论，却没有抵御西方列强侵略、殖民神州的勇武之气！

四句之中，燃烧着一腔痛恨清廷的腐败无能、痛恨西方列强的侵略和殖民的激情和怒火，自恨"报国无门"的爱国之情跃然纸上。

全诗激情昂扬，大气磅礴，犹如滚石之在坡，浩浩荡荡，不可遏抑。

和朱佛光①先生步施州狂客原韵

愿力推开老亚洲，梦中歌哭未曾休。

人权公对文明敌，②世事私怀破坏忧。

偶尔题诗思问世，时闻落叶可惊秋③。

太平思想何由见，革命才能不自囚。

注释

①朱佛光：生于一八五三年，卒于一九二四年，名光照，字漱芳，晚年号"佛光"，陕西三原人。主张救国当"经学与科学并重"。毕生从事教育事业，不求闻达，有一代"关学名儒"之称。辛亥革命时期，陕西进步分子多出自其门下。诗人曾从游其门下，受其革命思想启发。

②人权公对文明敌：指戊戌变法的倡导者们打着维护人权的旗号，图谋实现"以夷治夷"，对付西方"文明"的侵华之敌的目的。

③落叶可惊秋：语出隋代诗人孔绍安之五绝《落叶》："早秋惊落叶，飘零似客心。翻飞未肯下，犹言惜故林。"表达了一种早秋之季见落叶而怀乡思归的客居于外的游子之情。此处借以表达见微知著、警觉时代风云变化的忧国心理。

简析

这首诗也是诗人于一九〇二年所作。

大意是：戊戌变法失败之后，"我"连做梦都在哭，都在呼喊，希望拼尽全力，推翻古老亚洲的陈腐社会制度。

如今，乱象纷呈于世。戊戌变法的倡导者们打着维护"人权"的旗号，以对付西方"文明"及其向着古老中国的殖民和侵略行为。他们惨遭失败，不能不让人们为被破坏、被毁损的世事民生而忧心。

落叶惊秋，面对时代风云变幻，"我"只能偶尔以诗句表达自己对世事、对中国命运的关切。

"我"明白，天下太平理想的实现，不能单靠思想理论和语言词句，必须依靠武装革命；只有革命，才能不致自陷其身，从而冲开无形的牢狱，奔驰向前。

颈联的"偶尔题诗思问世，时闻落叶可惊秋"，是处于深深的忧思中的诗人对自我心情的描述；而尾联的"太平思想何由见，革命才能不自囚"，已是诗人在忧思中得到的答案。

如果说，诗人在《杂感》中的"伟哉说汤武，革命协天人"的诗句，表达的还只是一种效法古代英雄推翻无道王朝的冲动；那么，至此已是一种理性的升华。

当然，这里的所谓"革命"，只是推翻封建专制的资产阶级的民主革命。然而，在当时的中国，已超越了代表进步思潮、于戊戌年间力推变法的康有为、梁启超等志士仁人的政治主张，而站在了时代的潮头，可谓黄钟大吕、惊天动地之声。

我图网　提供

兴平咏古·杨妃①墓

误国谁哀窈窕身，唐惩祸首岂无因？

女权滥用千秋戒，香粉②不应再误人。

注　释

①杨妃：杨贵妃，名玉环，唐玄宗李隆基之宠妃。安禄山叛乱，叛军西入潼关，唐玄宗携杨玉环及其堂兄（丞相）杨国忠等，在三军护卫下西逃。行至兴平马嵬坡，军士哗变，刺杀了杨国忠，并要求诛杀杨玉环。唐玄宗无奈，赐其自缢。其墓在马嵬坡。

②香粉：美妇。此指慈禧太后。

简　析

这首七绝也作于一九〇二年。

当年，兴平知县杨吟海先生仰慕诗人的文才，聘其为"西席"，即幕友，教导他的两位兄弟。

杨知县为四川名士，勤政爱民，提倡新学，政风甚佳。作为他的"西席"，诗人自然游刃有余。

兴平地处西安西北，与毗邻的武功一带，为周朝开国立业之地，历代人文荟萃，贤士名将，史不绝书。

满怀忧国忧民热忱的诗人于教书之余，考察民情，寻访历史遗迹，写下了许多热情奔放，且迥异凡俗、富于卓识的诗歌。《兴平咏古》（十首）都是这个时期的作品。

其中，《公孙述》一首是对西汉末年的军阀公孙述"宁为玉碎羞低首"的不屈风貌的勾画，《马援》一首是对东汉初年名将马援"是好男儿要死边"的殉国精神的赞颂，《窦融》一首是对东汉初名将窦融"抚结群雄辑众羌"的历史功勋的讴歌，《班超》一首是对出使西域的东汉外交家班超"穷荒血食穷荒死"精神的深情礼赞，无不脍炙人口。

尤以借古讽今、笔锋犀利的《杨妃墓》一首，振聋发聩，撼动人心。

一眼可见，诗人明写杨贵妃，而笔锋所向，直指慈禧心窝。

在他看来，就"误国""误人"而言，慈禧就是如今"女权滥用"的"祸首"杨贵妃。然而，杨玉环遭到了唐代军民的惩罚，葬身于马嵬坡，遗臭万年；而这个如同杨贵妃一样，以其"香粉"美色，比杨贵妃爬得更高，登上朝政之巅的慈禧，难道不应该受到正义的判决，永远被钉上历史耻辱柱吗？

这是气冲牛斗的正义呐喊，是如枪似戟的犀利檄文，是呼号三军冲锋陷阵的军号和战鼓！

钱选 《杨贵妃上马图》（局部）

兴平咏古^①·汉武帝陵^②

绝大经纶^③绝大才，罪功不在悔轮台^④。
百家罢后^⑤无奇士，永为神州种祸胎。

注释

①以前所出诗集录有《兴平咏古》九首，第十首《汉武帝陵》，据台本《诗集补遗》注，"为张将军勋裁所记诵者"。故此篇当为张君所书且被保留下来的。

②汉武帝陵：名茂陵，在今陕西省兴平市境内。

③经纶：整理丝缕并编丝成绳。多引申为筹划、治理国家大事。

④悔轮台：公元前八十九年，桑弘羊等大臣觐见汉武帝，提议在今新疆轮台驻军屯垦戍边，汉武帝未准，并发出诏书，责悔自己多年来频繁用兵，以致民生凋敝，史称"轮台罪己"，其诏书即"轮台罪己诏"。

⑤百家罢后：指汉武帝做出"罢黜百家，独尊儒术"的决策之后。

简析

这首诗也作于一九○二年，表达的是诗人拜谒汉武帝陵寝之后的感触。

在诗人看来，汉武帝刘彻绝大绝高的雄才大略，是毋庸置疑的。但他一生的功与过，主要并不在于他颁布"轮台罪己诏"，就频繁用兵等事做出的自我责悔，而在于"罢黜百家，独尊儒术"。

要看到，"百家罢后"，人口众多、群贤荟萃的偌大中国，人人闭口不言，从此也便没有了敢想敢说、敢于贡献奇谋良策的贤才俊彦了。

也许，这并不完全符合历史事实。但诗人之立意，并不在于评价汉武帝的功罪，而是醉翁之意不在酒，暗指清廷，斥责、鞭笞其钳制舆论，堵塞言路，使力主变法的"戊戌六君子"惨遭杀害等桩桩罪恶。

诗人借物抒情，一吐胸中块垒，可谓酣畅淋漓，蕴藉而警策也。

咏　史

独立亭亭命世^①雄，男儿何必哭途穷^②。
卢骚^③寡妇^④淮阴^⑤母，慧眼豪情不愿逢。

注释

①命世：语出《汉书·楚元王列传》："圣人不出，其间必有命世者焉。"后人以"命世"称著名于当世者，多指有治国之才者。

②哭途穷：语出《晋书·阮籍列传》，阮籍"时率意独驾，不由径路，车迹所穷，辄恸哭而反。尝登广武，观楚、汉战处，叹曰：'时无英雄，使竖子成名！'"后人遂以此喻对世事的极端悲观和失望。

③卢骚：十八世纪法国思想家，自幼家贫，后得到华伦夫人的资助，刻苦研读，终成为一代思想家。今通译为"卢梭"。

④寡妇：指资助卢骚（卢梭）的华伦夫人。

⑤淮阴：指汉朝人韩信。《史记·淮阴侯列传》云："淮阴侯韩信者，淮阴人也。始为布衣时……有一母见信饥，饭信。"诗句中的"淮阴母"，即指那位"饭信"——给韩信饭吃之"母"——老妈妈。

简析

这首七绝是诗人于一九〇二年阅读或回顾历史，以史咏志的抒怀之作。

大意是：一个堂堂正正的，独立于世，堪称英雄的血性男儿，怎么会走投无路，悲观绝望，乃至泣哭于途呢？卢梭得到了寡妇华伦夫人的资助，韩信曾吃过淮阴老妈妈的食物，像那样的事儿，一个慧眼独具、满腔豪情壮志的"男儿"，是不愿意遇到的。

言外之意很清楚，诗人虽然郁郁不得志，身处困窘之境，但绝不希望得到他人的怜悯和赐予。他决心通过独立自主的奋斗，"冲天血路飞"，实现自己的理想和抱负。一种独身担道义的豪情侠志，一种壮怀激烈的英雄之气，扑面而来，令人为之热血沸腾。

血

骷髅堆起太平开，流血才为济变才。
肝脑中原留纪念，牺牲七尺造将来。
草菅世界新公理，菜市男儿①大舞台。
滚滚满腔何处泪，舍身殉国莫悲哀。

注释

①菜市男儿：指一八九八年因参与戊戌变法而惨遭清廷杀害于北京菜市口的谭嗣同等"六君子"。

简析

这首七律作于一九〇四年，与前面的七首诗都收入诗人的第一本诗集《半哭半笑楼诗草》。这本诗集的印行，为诗人招来了一场杀身之祸。当时，诗人正在开封参加"春闱"（科举时的会试，因在春季举行而得名），闻讯而仓皇亡命南逃，落足于上海。

大约因为这首诗锋芒太露，诗人后来出版《右任诗存》时，忍痛舍弃，于媛女士主编的《于右任诗词曲全集》亦未收录。但笔者以为，此诗慷慨激烈，舍之委实可惜。

在诗人看来，从古到今，太平日子得来不易，不知多少人为了公理、为了再造将来而肝脑涂地，抛头颅，洒鲜血。惨遭杀害的谭嗣同等六君子——"菜市男儿"就是这样的流血"济变"之"才"。他们力主变法图强的"新公理"，被清廷斥为"草菅世界"的妖言，以屠刀进行血的封杀。而在"菜市男儿"眼中，清廷统治者以其淫威封杀"济变才"的菜市口，却不过是展示其如何草菅人命的舞台而已。"菜市男儿大舞台"，所表现出的视死如归的精神，何等震撼人心！诗人抑制住满腹的泪水，劝告人们："舍身殉国莫悲哀。"这是痛怆后的太息，是无奈中的呻吟，也是化悲痛为力量的劝告，更是如同火山喷发前的颤抖。

赴试过虎牢

云乱雁声高，书生过虎牢^①。
相持^②无楚汉，凭轼^③读离骚。
黄土悬千尺，青天露一毫^④。
回头应笑倒，歃血^⑤几人豪。

注释

①虎牢：指虎牢关，也称古崤关、汜水关，位于河南省荥阳市城西。南邻嵩岳，北濒黄河，形势险要，为雄关之一。

②相持：指楚汉争霸之时，刘邦与项羽为争夺虎牢关而多番战斗之事。"相持无楚汉"说的是，为夺取虎牢关而相持相争的楚汉两军，如今已不见踪影，化为历史的记忆。

③轼：古代车厢前用作扶手的横木。"凭轼读离骚"意为倚着车厢扶手诵读《离骚》。

④一毫：形容虎牢关地势险要，狭窄处如山间的一根毫发而已。

⑤歃（shà）血：古代会盟时，口涂牲畜的鲜血以表示真诚。"歃血几人豪"借指诸如刘邦等为夺关而歃血为盟的豪杰们。

简析

此诗为诗人一九〇四年赴开封参加"春闱"，途经虎牢关，触景生情之作。

起笔是对过关时情景的描写：乱云飞渡，大雁高鸣，就在如此苍凉的情景之中，"我"这个书生来到了虎牢关。

额联是昔日过关之难与今日自己过关之易的对比：楚汉相争时，刘邦、

项羽为夺关而兵戎相见，厮杀呼号；如今，"我"却心态平和地诵读着屈原的《离骚》大作，安安然然地通过了这个险要的关隘。

颈联再回到对这座雄关之险要的描绘：仰头瞻望，高悬千尺的黄土之间，仅仅露出了可容纳一根毫发似的青天。

尾联是诗人的感慨：回过头来看，昔日那些豪杰为过关而歃血为盟的事儿，怎能不令"我"失笑得跌倒在地呢？

其实，在诗人笔下，虎牢关只是一个象征或比喻。诗人的真实立意在于，昔日"春闱"中的举子们，都如"楚汉相争"一样攻城略地，夺取"进士"头衔，但是，他不会。通过科举而金榜题名，固然是一座如同"黄土悬千尺"的险关，却毕竟"青天露一毫"。"我"胜券在握，有信心顺利通过，笑傲于那些为科举高中而"歃血为盟"的"人豪"们。

联系诗人当时反抗清廷、追求自由民主的心理，也许还包含这样的言外之意：尽管清廷统治严苛，"我"还是会找到一条细仅"一毫"的实现理想的道路的。到头来，我们会为自己的成功而踌躇满志地捧腹大笑。

20

我图网　提供

孝 陵①

虎口余生亦自矜，天留铁汉②卜将兴。

短衣散发三千里③，亡命南来哭孝陵。

注释

①孝陵：指南京的明孝陵，即明太祖朱元璋陵寝。

②铁汉：诗人自称。

③三千里：指从开封经许昌至汉口而东下南京路程之远。

简析

这首七绝也是 1904 年之作。

诗人在开封参加"春闱"，忽得"飞毛腿"送来的家信说，因《半哭半笑楼诗草》的印行，朝廷正在缉拿他，要他尽快逃走。

诗人于是逃出开封，奔赴上海；途经南京时，于孝陵之前哭诉一腔块垒，因有此诗。

大意说："我"于右任能够披散着头发，穿着粗布短衣，仓皇间虎口南逃，亡命三千里，捡回了性命，在明太祖皇帝的孝陵之前痛哭，足见"我"是够幸运的了。

"天之未丧斯文也，匡人其如予何？"既然天不亡"我"，"我"便可以预言，"我"此后必定是可以成就一番事业的！

一种悲哀与幸运、自怜与自信相交织，不后悔、不妥协的感情，蓬勃胸中。一篇之中，句句精警，字字珠玑。

葬我於高山之上兮，望我大陵

潛卜的兴短在故故三千

望此尚有來哭畫陵

棘倫先生　于右任 民元前八年之冬 陵心

第 二 章
兴学办报 啼血乾坤

——沧落上海时期之作

大陆沉沉亦可怜

众生无语哭苍天

今番只合殉名死

半壁江山一墓田

于右任

时代掠影

一九〇四年春，冒着被清廷追捕"正法"的风险，于右任亡命上海。当时，主持震旦公学的教育家马相伯先生得知，招收并关照于右任入校修业。随后聘他为秘书，于右任遂化名刘学裕任职。

次年，马相伯先生因病住院，震旦公学中的一些外籍教师乘机干预校务，加重宗教课程，引发了学潮。马相伯愤而离去，另建学校。

于右任作为辅助马相伯筹建新校的股肱人物之一，建议新校取名"复旦"（该校即今复旦大学），寓复兴中华，亦不忘"震旦"之意，得到赞同。

同年五月间，《新民丛报》发表署名文章，宣扬分裂中华南北言论。于右任读而义愤填膺，撰文驳斥。文章发表后，产生了强烈反响。

八月间，孙中山先生领导的同盟会在日本东京成立，民族民主革命声浪高涨。清政府却联络日本政府，促使日本发布"清国留学生取缔规则"①，以至爆发了反对风潮。留学生相继罢课，退学回国。

为接纳这些热血青年，于右任与友人发起并创建了中国公学（简称"中公"），并亲任复旦、"中公"两校国文讲习。

———————————

①即日本文部省于明治三十八年（清光绪三十一年）（1905）十一月二日颁布的《关于准许清国人入学之公私立学校之规程》。"取缔"沿用日文，意为管束。规则规定：中国留学生进入日本各类学校就读，要持有清廷驻日公使的介绍信；中国留学生居住的宿舍、公寓等，要受日方的"校外之管束"；中国留学生如以"性行不良"的理由被饬令退学的，他校不得再行接收；等等。规则颁布后，留日中国学生视其为镇压革命运动、剥夺留学生就学自由的产物，展开了大规模的反对运动。

上海乃中西文化交汇之地。当时，志士云集，进步言论风发。

清政府为维护其腐朽统治，钳制思想，《苏报》《警钟日报》等进步报刊都招致查封。于右任因所撰宣传进步思想的文章投寄报刊，石沉大海，产生了创办报纸的念头。

于是，他于一九〇六年东渡日本，考察新闻事业。在东京，于右任的办报计划得到许多留学生的支持，筹集到了一些办报经费，并得以会见孙中山先生，加入了同盟会。

次年回国，于右任即创办了中国第一份弃用清帝年号，而以干支纪年的《神州日报》，弘扬民族精神，宣传进步思想。未料三月间，报社毁于火灾。

一九〇八年，于右任开始筹办《民呼日报》，却得知父亲病重，冒着被缉捕的风险回陕探望，傍晚归家，次晨即返。

《民呼日报》于一九〇九年三月二十六日创刊，以"大声疾呼，为民请命"为宗旨，鞭笞贪官污吏，不遗余力，销路远超沪上各报，因而不仅遭到官方痛恨，也为报界妒忌不容。

其时，甘肃大旱，千万灾民挣扎在死亡线上。于右任一方面利用《民呼日报》大声疾呼，为灾区募款；一方面以"论升督漠视灾荒之罪"为题发表文章，揭露陕甘总督、大贪官升允草菅人命的罪行。

升允急电上海道台，反诬于右任"侵吞赈款"。《民呼日报》的嫉恨者们借机群起而攻之，致于右任银铛入狱。种种诬陷后来虽真相大白，于右任得以获释，但是，《民呼日报》却于八月被迫停刊。

于右任并未善罢甘休，又着手创办第三份报纸。鉴于清廷放言要挖掉《民呼日报》负责人双眼，于右任遂命名此报为《民吁日报》。

当时，日本军国主义者疯狂掠夺朝鲜，侵略我国东北。韩国（1897 年后改国号为"大韩帝国"，简称"韩国"）爱国志士安重根在哈尔滨刺死了前任驻韩统监、曾胁迫清廷与之签订《马关条约》的日本前首相伊藤博文。

在清政府的舆论钳制下，上海各报不敢发表只言片语。于右任大义凛然，主持《民吁日报》，赞扬安重根的英雄行为，揭露日本军国主义的桩桩侵略罪行。该报仅仅出刊四十八天，即被慑于日本淫威的上海道台下令查封，并迫令于右任永远不得再办新报。当时，于右任的父亲已辞世一年，于右任潜回家乡，安葬了父亲，于墓地即登程返沪。

一九一〇年一月，于右任返回上海，处境十分艰难，一面东躲西藏逃避追捕，一面筹划创办新报。经过将近十个月的努力，创办了他的第四份报纸——《民立报》。该报的影响远超上海而至于长江两岸以至华北等地，一时成为革命党人的喉舌。

次年，广州起义爆发，《民立报》连日报道，引发了全国各地的回应。十月十日，武昌起义爆发，《民立报》更加不遗余力地为其擂鼓助阵，激励士气，呼吁援助，发挥了总枢纽的作用。

接着，于右任与陈其美等人策划了上海起义。辛亥革命胜利后，《民立报》率先刊发文章，欢迎孙中山先生回国主持国事，并连篇介绍孙中山先生的革命实践和伟大人格。十二月下旬，孙中山先生归国，于右任赴码头迎接；孙中山到达上海，最先走访《民立报》，题"勠力同心"四字以勉励。

我图网 提供

作品解读

马 关①

雨中山好青如黛②，浪里花开白似棉。

活泼游鱼吞晓日，回翔饥鸟逐渔船。

舟人③指点谈遗事，竖子④声骄唱凯旋。

一水茫茫判天壤，神州再造更何年？

注 释

①马关：又名下关，日本本州西端港口。甲午战败后，清政府在此与日本签订了丧权辱国的《马关条约》。

②黛：青绿色颜料。

③舟人：船夫。

④竖子：古人对童仆或小子带有蔑视意味的称谓。此指扬扬得意的日本侵略者。

简 析

于右任于一九〇六年为筹办《神州日报》而赴日考察，船经马关，联想到当年清廷与日签订的丧权辱国的《马关条约》，思潮汹涌，因有此作。

这首诗的前四句是对眼前山水情景的描绘：雨中的山峦像涂了青绿色

颜料一般，船头的浪花儿雪白如棉；海水中的鱼儿多么活泼，像要把映入水中的晨光吞下肚去，饥饿的鸟儿在空中盘旋着，追逐渔船。

五六两句转入对眼前人物神情的刻画：船夫指点着眼前的山水，述说着昔日甲午海战那些事儿。那些为日本的获胜而自鸣得意的"竖子"们，则骄横地高唱着凯旋之歌。

"竖子声骄唱凯旋"一句，毕现了诗人对日本侵略者的痛恨、蔑视和消雪国耻的信心。

最后两句是抒情：被茫茫海水隔开的两岸判若天壤，我可爱的祖国神州啊，哪一年才能够改换容颜，重造辉煌？丧权辱国的国耻，何日得以消雪？

"神州再造更何年？"七字之中，诗人推翻清政府、改造旧江山、复兴新神州的急迫心情和决然姿态，跃然纸上。

全诗情景交融，炽烈的感情自然喷发，如烈马奔驰，山鸣谷应，气势浩荡，震撼人心。

我图网　提供

浪淘沙·黄鹤楼①

烟树望中收，故国神游②，
江山霸气③剩浮沤④。
黄鹤归来应堕泪，泪满汀洲⑤。

凭吊⑥大江秋，尔许⑦闲愁，
纷纷迁客⑧与清流⑨。
若个⑩英雄凌绝顶，痛哭神州。

注释

①黄鹤楼：位于武昌蛇山之上，濒临长江。传说，魏晋南北朝时期，辛氏于其地开设酒馆，一道士来此饮酒，临行前于壁上画了一只鹤，告之以能起舞助兴。辛氏酒店从此生意兴隆，财源滚滚。十年后，道士再次来店，取笛吹奏，跨黄鹤而去。辛氏为感谢道士之恩，遂于此筑楼，名之以"黄鹤"。唐人崔颢有《黄鹤楼》诗云："昔人已乘黄鹤去，此地空余黄鹤楼。……"

②神游：精神游历，亦指想象过去。

③霸气：原指王气、国运，有气焰煊赫、慑服四方的气势；寓有蛮横无理、横行霸道之意。此处则用以描述神州昔日那种雄伟浩荡、虎踞寰宇的气象。

④浮沤：水面上瞬息一现、变化无常的泡沫和漂浮物。

⑤汀洲：水中小岛。

⑥凭吊：面对遗物、遗址怀念过往的人和事。

⑦尔许：如许，如此。

⑧迁客：被贬谪的官员。亦泛指忧愁失意的文人。

⑨清流：原指洁净的流水，喻指德行高洁、富有名望的士大夫或文人。

⑩若个：哪个，何处。

简 析

这首词的大意是：站在黄鹤楼上，放眼瞭望云烟缭绕的林木，令人不禁神驰千载，穿越古今。神州昔日的那种雄浑浩荡、虎踞寰宇的气象，已如江面上漂浮的泡沫一般，转瞬而逝。若早已飞去的黄鹤归来，只怕也会双目垂泪的。

时在秋日，多少个满腹忧国之思，却报国无门的"闲愁"文人高士，在这里面对江水，凭吊古今。哦，是哪位英雄登上了绝顶高峰，为神州（衰落）而失声痛哭！

在笼罩全篇的沉郁苍凉氛围之中，于右任的一片炽烈的忧国爱国之情，自然流淌。

据于媛所编《于右任诗词曲全集》在此词后注云："作者早期诗集中收入的这首词，前三句缺，为卢前所补缀——'报国志难酬，历历恩仇，强裁心事一登楼。'抗战初的西安被敌机轰炸，作者友人曹雨亭先生之家被波及，在护书中发现此词。"

在笔者看来，卢前补缀的三句在意境上比诸原作固然稍逊一筹，却极为契合此词忧国报国的主旨，可谓深得其中三昧。

此诗一经在《民立报》发表，就深深地打动了读者，一时和者甚众。这是必然的。

踏莎行·送杨笃生^①

绝好山河，连宵风雨，
神州霸业凭谁主？
共怜憔悴尽中年，
那堪飘泊成孤旅。

故国茫茫，夕阳如许，
杜鹃声里人西去。
残山剩水几回头，
泪痕休洒分离处。

注释

①原注：杨笃生为《神州报》总主笔，因《神州报》改组将去英伦。时文叔问先生以《冷红词》赠予，予见其中有"神州霸业凭谁主"之句，戏谓笃生，此似赠公者，因为足成此词以送其行。予以戏作多采文句，故集中不载。右任特记。

编者按：杨笃生（1871—1911），原名毓麟，号叔任，湖南长沙人。一九〇六年正式加入同盟会。一九〇七年与于右任创办《神州日报》，为总主笔。因报社遭火灾，后又遇人事纠纷，于右任辞职。随后，杨笃生亦辞职并赴欧。一九一一年八月，在利物浦投海自尽。

简析

此词作于一九〇八年。

此词中的"神州"为双关之语，既是中国的古称，也是《神州日报》

的指称。"神州霸业"一语，既是对祖国未来前景的艺术化表达，也交融着作者对《神州日报》能否继续引领报业前途的担忧。

大意是：如同神州山河正遭受着昼夜不停的风雨袭击一般，可爱的《神州日报》也正经受着一场又一场灾难。从今以后，如同神州的复兴大业无人统领一般，《神州日报》也失去了总主笔。你我已到中年，身心憔悴，正当互相怜悯，你怎么经受得了孤身远行的境况呢？

我们的祖国，历史那么悠久，幅员那么辽阔，在夕阳西下，啼血杜鹃的声声哀鸣中，你就要西去英国。朋友啊，回过头来，看几眼我们破碎的神州山河吧，但不要在这生离死别的地方，流下泪水。

于右任既忧心《神州日报》的前途，更忧心祖国的未来；既不无挽留朋友之意，又不好强人所难。

复杂的内心情感和矛盾，凝结于典雅、沉郁、婉转、凄清、苍凉的词句之中，读之令人黯然神伤。

我图网　提供

柳梢青·洛阳吊古

败叶留红，残岩落翠，
满目风沙。
故国山川，故家池馆，
故苑风华。

无端梦堕天涯。
任凭吊，杨家李家[①]。
一片闲愁，两行清泪，
几曲悲笳。

注释

①杨家李家：洛阳为隋唐故都，杨家指隋，李家指唐。

简析

这首词作于一九〇八年冬。

当时，神州日报社遭受火灾，一蹶不振，报社内又发生了人事纠纷，于右任无奈，辞去社长职务，谋求另办新报。却又忽接家书，父亲病危，匆忙返乡省视，途经洛阳而有此作。

全词大意是：放眼望去，风沙之中，凋谢的花木之上，依稀可见花瓣的残红；坍塌的岩石上，还可以看见那青翠的落叶。昔日的都城繁华，权贵的私家池塘楼馆，还有那没有了主人的苑囿花圃，其败落的境况，概莫能外。

来到这遥远的天涯，不知为什么，"我"竟然梦中流泪，为了那曾经

在隋朝高居帝位的杨姓、在大唐高居帝位的李姓人家啊！在不知来由的愁闷之中，不知被何处传来的几声"悲笳"，打断了"我"的追古抚今，不禁潸然泪下。

上阕描绘的"败叶""残岩"和"风沙"相交织，与三个"故"构成的衰败情景，既是眼前故都的实景，也是整个神州现实的缩影。

下阕的"闲愁""清泪""悲笳"，则是诗人内心情状的自我描绘。

其实，所谓"闲愁"，并非无所思、无所忆的无聊和空虚，诗人是因父亲病重而冒险回乡省亲去的，心中不但焦急，而且忧愁，怎么会"闲"呢？"愁"是真，而"闲"无论如何是不存在的。"闲愁"一词，实在是一种心忧国难，却报国无门、无方且无力拯救的无奈之愁，一种忧国忧家心态的艺术化表达。

这也是一种在归乡探望病危的父亲时，也摆脱不了的忧国之情，足见诗人的爱国之情何等厚重，何等深邃！

34

我图网　提供

新安①早发

月映苍崖天惨惨，风摇败叶冷萧萧②。

黄沙眯目人如泪，顽石摧车马不骄。

痛定降儿③思故国，魂归元老④泣前朝。

浪游销尽轮蹄铁⑤，只此神州恨未消。

注释

①新安：河南西部县名。秦末，项羽于此坑埋秦降卒二十余万。

②萧萧：风声。

③降儿：指甲午海战失败后的自己。

④元老：指为中华的独立和荣辱而鞠躬尽瘁的老一代。

⑤轮蹄铁：车轮上的铁钉和马蹄上钉的铁掌。

简析

这首七律也作于一九○八年诗人回乡葬父途中。

大意是：长天凄惨，月映苍崖，枯枝败叶在萧萧寒风中飘摇；黄沙滚滚，眯了双眼，"我"泪流不止，路上的顽石剧烈地磨损着车轮上的铁钉和马蹄上的铁掌。

甲午战败之痛已渐渐平息，作为"降国"的儿子，"我"回想着昔日国家的兴盛，深为那些为了祖国的独立和荣辱而建立了丰功伟绩的前人们，为中华昔日的辉煌而感伤不已。

如今，"我"背井离乡，浪游在外，或乘车，或骑马，不断磨损着车马的"轮蹄铁"，而祖国的丧权辱国之恨，却远未消雪啊！

诗的情境苍凉，情景交融。在寒冷而坎坷的归途中，"我"怀着丧父的痛楚和悲戚，犹"思故国""泣前朝"，一腔丧权辱国的神州之恨凝而未消。其忧国之情、爱国之心，怎能不令人叹息？

丑奴儿令·硖石①道中

车如旋磨②人如蚁。

万折千盘，万折千盘，

铁换轮蹄客未还。

劳生③自怨无奇骨。

不耐关山④，不耐关山，

枉说人间道路难。

于右任
诗词集解

36

注释

①硖石：指硖石山，在今河南陕县东南。

②旋磨：旋转着的石磨。

③劳生：语出《庄子·大宗师》，云："夫大块载我以形，劳我以生，佚我以老，息我以死。"后以"劳生"指辛苦劳累的生活。

④关山：指关隘、山川，或者家乡。

简析

这首词也作于诗人一九〇八年回家省亲途中。

大意是：行走在硖石山中的车辆，像旋转着的石磨一般，万折千盘，转来转去，路上的行人则像万折千盘在石磨上的蚂蚁一般，不可胜数。道路如此艰难，以至车轮上的铁钉、马蹄上的铁掌，都必须换了再走，实在无以忍耐。

然而，客游于外的"我"，虽已无法忍耐，却还没有能够走出山径，回到家中。终年辛苦劳累于外，只能自怨自叹没有生就非凡的形貌和体魄，经受不住山川关隘的险阻，徒然感慨人间道路的艰难，这又有什么用呢！

"道路"前置以"人间"二字，包含着自己不得已而背井离乡的无限辛酸。

全篇无一字之"闲"，无一语之赘。语语有味，字字珠玑。

上阕描写道路的艰辛，"车如旋磨人如蚁"的比喻十分生动，"万折千盘"的概括十分贴切。"铁换轮蹄"一语可谓道路艰难的"典型"体现；"客未还"三字则植根于此，是必然的后果，也是无奈的感叹。

下阕则转向自我怨嗟，只恨自己没有不凡的骨骼体魄，经受不住道路的险阻，枉自埋怨人间道路的艰难。一种漂泊流离的苦楚和探望病危父亲的急切而无奈的心情，跃然纸上。

我图网　提供

省亲出关

太华^①云开落彩虹，西风送我出关东^②。
月明峡石嘶征马^③，雪暗张茅^④叫断鸿^⑤。
枯木寒鸦皆画稿，残山剩水^⑥一髯翁。
二陵^⑦休堕秦人泪，战血千年蚀土红。

注释

①太华：指西岳华山。因西有少华山，故称太华。
②关东：指陕西关中平原或函谷关以东之地，亦代指洛阳。
③征马：远行的马。
④张茅：今河南陕县东的张茅镇。
⑤断鸿：失群的孤雁。
⑥残山剩水：国土沦陷后的剩余部分。
⑦二陵：指位于崤山的南北二陵。

简析

此诗作于诗人一九〇八年冬省视病危的父亲后的归途之中。

虽然是"亡命重来认旧踪，人歌人哭两相逢"（《郑州感旧题壁》（二首）），虽然与父亲的相逢仅仅一夜，次日便被家人催促返程，他尚且不知父亲此时已撒手人寰，却毕竟于离家三年之后再次与父亲相聚，心里得到了些许安慰，因而此诗迥然不同于《新安早发》《丑奴儿令·硤石道中》那样沉重而压抑，意境比较轻快。

大意是：云遮雾罩的景况已经改变，彩虹出现在华山之巅。天空中明月尚在，"我"便催动咻咻嘶叫的坐骑，踏上征程，在阴云蔽天、孤鸿哀啸中经过了张茅古镇。面前的枯木、寒鸦可以作为绘画的素材。在这被西方列强瓜分后的"残山剩水"之中，"我"这个长须飘拂之人，踽踽独行。

作为一个陕西人啊，且不可洒泪于这崤山上的南北二陵之前，须知几千年来的历史就是鲜血染红土地的历史啊！

其言外之意，颇耐寻味。

也许是表达自己的坚毅和刚强；也许是表达反清、反帝，不怕血染黄土，重整残山剩水、光复神州的意志和决心；也许……；也许兼而有之，含蓄，隽永，深邃，其高格、品位常常就蕴于这令人咀嚼、发人思味的魅力诗句之中。

其实，诗人是年不过二十八岁，远非长须飘拂的老翁。不过是因为其早年就怀有清廷一日不灭，就誓不剃须之志，遂自号"髯翁"。

此处自称"髯翁"，亦寓有"及年岁之未宴兮，时亦犹其未央"（屈原《离骚》）而革命、报国之意。

我图网　提供

己酉三月二十六日《民呼报》出版示谈善吾①

大陆沉沉②亦可怜，众生无语哭苍天。

今番只合③殉名死，半壁江山④一墓田。

注释

①谈善吾：江苏无锡人，《民呼日报》创刊时出任主笔。

②沉沉：需费力举起或移动的沉重状态。

③只合：只当，只该。

④半壁江山：被敌人侵吞或沦陷所剩下来的国土。

简析

"大陆"一词，一语双关，既指诗人自己的办报事业，又指被列强瓜分所剩的神州国土。

它处在深沉、麻木的状态，身处其中的人们，一个个沉默无言，我们只能运用并发挥报纸的功能，哭告苍天，唤醒他们——国人和报界。

"我"这次是铁了心的，什么都不怕，哪怕——也应当——为正义的美名而牺牲自己，一死了之，把这被瓜分所剩的国土当作墓田，埋葬自己哪！

"大陆"一词的双关之意，与"今番只合殉名死，半壁江山一墓田"的刚毅决绝的姿态相交织，不但有着耐人咀嚼的意味，而且有着如同霹雳震响，壮怀激烈、撞击人心的巨大力量，颇为令人难忘。

新安①怀古

埋恨茫茫降子弟②，欺人种种莽英雄。

城南鬼哭知何罪？伯业天亡③论不公。

石子涧④前流水赤，烂柯山⑤畔土花红。

乘时我欲为汤武，一扫千年霸者风。

注释

①新安：今河南省新安县。

②茫茫：一作芒芒。降子弟：秦末，项羽曾将二十万秦降卒坑埋于新安城南。"埋恨茫茫降子弟"即指此事。

③伯业天亡：即霸业天亡。时项羽败于刘邦，仰天啸曰："天亡我！"遂于乌江自刎，这里即指此事。

④石子涧：亦号赤水。其地土地多为土红色。

⑤烂柯山：在新安县境内。晋人虞喜《志林》云："信安（新安）山有石室，王质入其室。见二童子方对棋，看之，局未终，视其所执伐薪柯，已烂朽。遂归乡里，已非矣。"后人多以此表达沧桑巨变、恍若隔世之感。

简析

此诗作于一九○九年，诗人归家葬父返沪，途经新安之后。

新安城南为西楚霸王项羽坑埋二十万秦降卒之地。诗人临其地、感其事而诗情汹涌，因有此抒怀之作。

大意是：项羽实在是个可恨的、有着种种欺人罪恶的鲁莽英雄，被他坑埋的二十万秦降卒的茫茫遗恨，无以消雪。这些降卒们的鬼魂痛哭至今，

不知何罪之有。那石子涧的流水因他们的鲜血而变赤，那记载着人世沧桑的烂柯山的黄土也呈现出血红之色。

这是一段镌刻着罪恶的历史。"我"如果时运尚佳，必效法汤武，举义革命，一定要横扫千百年来像项羽那般嗜杀恃暴者的霸者风气。

在前人的心目中，项羽因对刘邦一再姑息而失败，是令人同情的真正的英雄。京剧经典剧目《霸王别姬》便是持有这种历史观点的代表之作。

诗人却从其"为天地立心，为生民立命"的人道主义视角，审视项羽的失败，认为他是滥杀无辜的失败者，活脱脱的一介莽夫。

"乘时我欲为汤武，一扫千年霸者风。"这疾雷电火般的诗句，所体现出来的推翻清廷统治的决绝姿态，和不苟同于人的史识、人道主义精神，今日读之，仍令人不胜喟叹。

我图网　提供

入 关①

虎口余生再入关，乌头②未白竟生还。

垂青无几灞桥柳③，鼓掌④一人太华山。

慷慨歌谣⑤灵气在，忧愁风雨鬓毛斑。

倚闾⑥朝暮知何似，心苦莫论世网⑦艰。

注释

①关：指潼关。西入潼关，便是关中，诗人的家乡三原在关中中部。

②乌头："乌头马角"系成语，出自《史记·刺客列传》。谓战国末期，燕太子丹在秦做人质，请求秦王放他归燕。秦王道："乌头白，马生角，乃许耳！"意为不可能。此处反用其意，谓乌鸦的头并未变白，"我"却活着回来了。

③灞桥柳：灞桥在今西安市城东灞河之上，灞河自古两岸植柳，古人常至灞桥折柳送别亲友。

④鼓掌：华山东峰的面东石峰，状如五指分明的手掌，人称"华岳仙掌"。

⑤歌谣：指传统民间口头之歌，它们形式多样，其中政治歌谣敢于把矛头直指最高统治者，揭露鞭挞帝后的丑恶，对宦官、外戚和把持朝政的奸臣痛予谴责，对清官廉吏则深情歌颂，感情炽烈，爱憎分明，语言生动，简短有力。"慷慨歌谣灵气在"意为原有的、以激昂慷慨地吟诵揭露、鞭挞黑暗腐朽统治的诗歌的灵气，如今仍然存在，并未消弭。

⑥闾（lú）：古代的里巷之门。"倚闾朝暮知何似"意为父母倚门而望，盼子归来。

⑦世网：指封建社会桎梏人、钳制人身自由的体制和无形之"网"。

简 析

这首诗是诗人入关触景生情之作。

大意是：自（1904 年）赴试于开封，朝廷下诏缉拿自己，后侥幸虎口脱险，逃亡上海多年。现今，自己居然还活着，再次经过了潼关，返回乡里，真是一个奇迹。

时令已是冬日，灞桥两岸的柳树啊，想来已没有多少绿叶；巍峨的华山脚下，只有"我"一个人孤独地行走，却按捺不住心中的侥幸和欣喜，不自觉地鼓起掌来（或者解为：只有"华岳仙掌"在那儿孤独地鼓掌）。

昔日那种激昂慷慨地吟诵鞭挞黑暗腐朽统治的诗歌的灵气并未消泯，"我"只是为国家的前途而忧愁，两鬓上的毛发已变得斑白起来了。

（父亲和伯母）朝朝暮暮地倚门而望，盼"我"归来的心情不知道多么辛酸啊！他们心中充塞着无可倾吐的痛苦和凄楚，哪能顾得上谈论、怨恨这罗网般的桎梏人、钳制人，不给人些许自由的世道啊！

从"倚闾朝暮知何似"之句，笔者以为，此诗当为一九〇八年诗人首次回乡省亲之作。

然其诗词集注明作于一九〇九年。而诗人一九〇九年的那次回乡的目的是葬父，不合"倚闾朝暮"之意。姑且存疑。

入关省亲①

自断此身休问天，余生岁岁滞关前。

逐尘京洛②双黄鹄③，啼血乾坤一杜鹃④。

眼底河山悲故国，马头风雪忆当年。

殷勤致谢关门柳，照见行人莫妄牵。

注释

①一作出关作。

②京洛：指南京与洛水之间。南京与上海相近，诗人故乡三原在洛水之滨。此处以京洛代指上海与三原家乡。

③双黄鹄：世无黄鹄，黄鹄疑即黄鹤或天鹅。黄不是鹤或天鹅的颜色，而是代表着宏大、高贵。古人常以双黄鹄为夫妻或友朋之喻，此处当指诗人夫妇二人。

④杜鹃：俗称布谷、子规或杜宇。春夏季常彻夜啼鸣，其声清脆而短促，可唤起人们多般情思。其口舌血红，人以为啼血所致。杜鹃啼鸣之时，恰是杜鹃花开之际，古人因联想其花鲜红之色，故以为其为杜鹃鸟所啼之血所染。

简析

此诗为诗人归乡葬父返程、东出潼关时所作。

大意是："我"自己断绝了在故乡的平安生活，亡命外逃，侥幸活命，在这有生之年，将年年滞留在关外而不得归故里。这又何必怨天尤人呢！

如今，在南京与洛水之间追逐着滚滚黄尘的，应该是两只黄鹄鸟儿。然而，"我"却只身一人，啼血杜鹃般声声嘶鸣着，为国家的前途命运而

忧心和搏击。

放眼祖国的山山水水，"我"深为她今日的破碎和疮痍而伤悲。漫漫长途中，冒着风雪骑马而行，"我"不能不回想当年的不幸遭遇和亡命他乡的苦难生涯。

潼关关门前的柳树啊！"我"由衷地感谢你，你让"我"安全地通过而没有被擒拿正法；但愿你同样关照过路之人，不要使他们妄遭牵连，落入清廷的法网和牢笼。

一种侥幸"余生"而不得不背井离乡之慨，"啼血乾坤""悲故国"之忧国之情，"照见行人莫妄牵"的人道关怀之愿，交融于八句五十六字之中，真挚，深沉，血泪纵横。读之令人感慨不已。

于右任
诗词集解

我图网　提供

灞　桥

吾戴吾头①竟入关，关门失险一开颜。

灞桥两岸青青柳，曾见亡人②几个还。

注释

①吾戴吾头：意为未被擒拿正法，脑袋仍长在脖子上。是一种饱含侥幸和不屈之意的说法。

②亡人：指违反清廷"王法"而逃亡在外的人。

简析

此诗当作于《入关省亲》之前，表述的是诗人一九〇九年归乡葬父至灞桥时的感触。

大意是："我"这次冒险归乡，竟然能躲过清廷设就的层层关卡的盘查，而没有被擒拿、正法，头颅仍然长在自己的脖子上，怎能不开颜暗喜呢。

灞桥两岸的青青柳树啊，你可曾看见清廷追缉的逃亡在外的罪犯，有几个能免于杀身之祸而平安归来啊！（而"我"，就是一个你前所未见的侥幸者！）

对清廷法网严酷残忍的刻骨痛恨，与自己脱险而归的内心侥幸和喜悦，水乳交融，浑然一体。"吾戴吾头竟入关""曾见亡人几个还"，令人惊心动魄，刻骨铭心。

月夜宿潼关见孤雁飞鸣而过

河声①夜静响犹残，孤客孤鸿②上下看。

大野飞鸣何所适？中原睥睨③一凭栏。

严关④月落天将晓，故国春归梦已阑⑤。

马鬣⑥余年终有恨，南来况复路漫漫。

注释

①河声：诗人夜宿潼关，潼关位于黄河之滨，故此处之"河声"即指黄河奔流之声。

②孤客孤鸿：孤客，诗人自指孤单的自己；孤鸿，孤单的鸿雁。

③睥睨（pì nì）：斜眼看。有高傲、蔑视之意。此处意同俯瞰。

④严关：险要的关门、关隘。

⑤梦已阑（lán）：阑有残、将尽和衰退、衰落、消沉之意，此指梦醒。

⑥马鬣（liè）：指马鬣封，坟墓封土之状。此指坟墓。

简析

这首诗作于一九○九年冬诗人归乡葬父后返沪途中。

其时，诗人夜宿潼关，看见孤雁飞鸣，有感而作。

大意是：夜静更深，黄河的流淌声时断时续，天空中孤独的鸿雁与"我"这个孤单的行客上上下下地你看着"我"，"我"看着你。孤鸿啊，你飞鸣在天际、旷野，是要去往哪儿呀？凭栏俯瞰，中原大地尽在眼底。月儿将落，黎明来到潼关这个险要的关门，而复兴故国的美好梦想已经中断。为了消雪那一座座坟墓里埋葬着的无数死者的茫茫冤仇遗恨，"我"

于右任
诗词集解

离开家乡南来。但此去上海，道路何等辽远而艰难啊！

河声、月夜、孤客、孤鸿，交织成一幅有声有色、动静结合的图画。

"河声夜静响犹残"把读者引入了一个清寂的境界。"孤客""孤鸿"，你仰望着"我"，"我"俯瞰着你。

"大野飞鸣何所适？"是孤鸿的不知所适之感，而"中原睥睨一凭栏"，则是诗人仰望孤鸿后的反应。

如果说，"严关月落天将晓"，是客观的时空叙述，那么，"故国春归梦已阑""马鬣余年终有恨，南来况复路漫漫"，则是"孤客"与"孤鸿"二者的共同感触。

他们的同病相怜、灵犀相通，赋予全诗以深远而颇耐人寻味的意境和意蕴。

我图网　提供

出　关

目断庭帏①怆客魂，仓皇变姓出关门。

不为汤武非人子，付与河山是泪痕。

万里归家才几日，三年韬晦②莫深论。

长途苦羡西飞鸟，日暮争投入故村。

注 释

①庭帏：古代妇女住的内室或父母的居室。此处指家庭的房舍。

②三年韬晦（tāo huì）：韬晦，意为收敛锋芒，隐藏不露；三年为概数，犹言多年。诗人于一九〇四年亡命上海，至一九〇九年，已达五年之久，故有的版本作"五年韬晦"。

简 析

这首诗也作于诗人归乡葬父后出关返沪途中。

大意是："我"带着无尽的心灵痛怆，隐姓埋名，仓皇出关远走，温馨的故居已渐渐消失在视野中。如果只向可爱的祖国山河土地抛洒泪水，而不像汤武那样起而革命，改变逆天悖理的世道，便是没有人性的兽类。

"我"这次归家葬父，前后不过几天，便不得不匆忙而返，更不要说，几年来收敛锋芒、隐形遁迹，让"我"憋着多少不可压抑的痛苦啊！

行走在这漫漫长途，"我"多么羡慕那自由自在地西飞的鸟儿，天色将晚，一只只争相飞回自己的窝儿，而"我"……

"目断庭帏""变姓""出关"是诗人行迹的记录；"不为汤武非人子"，则是诗人埋葬腐朽的清王朝统治的豪情壮志的又一次激切表述。而尾联"长途苦羡西飞鸟，日暮争投入故村"之中，却隐藏了多少苦涩、苦心和苦衷啊。

叙事抒情，交融一体，激切而蕴藉。诗人的不凡诗才，由此可见一斑。

第 三 章

忍泪看天　老木烈风

——辛亥革命前后之作

十年薪胆风云梦

万里河山鼓角声

怨气千寻仍未解

劳歌一曲不胜情

于右任

时代掠影

一九一一年广州起义、武昌起义及上海起义爆发，在于右任主办的《民立报》的鼓呼声中，中华民国临时政府于一九一二年元旦诞生于南京。

自二十世纪初即于海内外呼唤并策划推翻清朝专制统治的民主革命先行者孙中山先生，被推选为临时大总统。

然而，英、法、德、日等西方列强预感到民国政府的成立，将使其在华利益受到惨重打击，拒绝承认这个新生的民主政权，力挺清廷的内阁总理大臣袁世凯。同时，袁世凯利用其手中所握以洋枪洋炮武装的国内最强大军事力量，压境南京，在清廷与南京政府之间居中渔利。

此外，南京方面的一些旧官僚和心气通于袁世凯者，也与袁世凯此呼彼应，而革命党内部思想混乱、人心涣散，或争权夺利，或怯惧斗争，主张妥协，或抱幻想于袁世凯和西方势力。孙中山先生仅履职临时大总统四十余日，即于二月十三日（清帝下诏退位之后次日）向参议院提出辞职咨文，谓："……从此帝制永不留存于中国之内，民国目的，亦已达到。……本总统当践誓言，辞职引退。"参议院通过了孙中山先生的辞职请求，遂选举袁世凯接任。

孙中山先生提出辞职咨文后，三月八日，参议院曾通过《中华民国临时约法》（以下简称《临时约法》），试图实施内阁制以限制将接任大总统者的权力。三月十日，袁世凯于北京宣誓接任临时大总统，却无视《临时约法》，日益走向专制，沉溺于废共和而称帝的迷梦中。一九一三年二月，参议院根据《临时约法》的规定进行国会选举，以同盟会为骨干组成的国民党获得的议席最多，预备由宋教仁出任内阁总理。三月二十日，宋教仁却突然被刺杀于上海火车站。种种证据都证明，袁世凯为背后策动者，而国务总理赵秉钧为直接主使者。迫于社会舆论的强大压力，袁世凯批准赵秉钧辞去总理，由段祺瑞代理。

宋教仁遇刺事发后，孙中山先生于上海开会，主张讨伐袁世凯。

但是，国民党内意见不一，部分人倾向于以法律手段进行和平抗争。适在此时，四月二十六日，袁世凯控制的北洋政府向英、法、德、日、俄五国银行团签订借款合约，意图扩充军队。

五月初，由国民党员出任的江西、广东、安徽三省都督通电反对贷款。袁世凯却于六月间，先是免除了这三省都督的职务，继而派北洋军进入江西。

七月十二日，被袁世凯免职的江西都督李烈钧接受孙中山指示，在湖口召集旧部成立讨袁军总司令部，宣布江西独立，并发电讨袁，"二次革命"开始。江苏亦宣布独立。随后，安徽、上海、湖南、福建、四川、广东亦宣布独立。

但是，由于发动仓促，武装力量薄弱，无统一领导，更无战略计划，孤军奋战，而曾经是反帝同盟军，而当时实际已转化为代表资产阶级及地主、官僚和商人利益的立宪派，已倒向了袁世凯营垒，"二次革命"起也速，败也速。

九月一日，南京被攻克，各地宣布取消独立。孙中山等被通缉，相继逃亡日本，"二次革命"宣告失败。

作为孙中山先生的忠实信徒，年仅三十三岁的于右任，以其先后创办"四报"，竭力呼唤革命的斗争实践，民国临时政府成立时，被中华民国临时大总统孙中山先生任命为交通次长，因交通部长未到任，而实际上主持交通部工作。

孙中山先生辞去临时大总统后，于右任毅然拒绝了袁世凯的拉拢和利诱，也辞去了交通次长的职务，回上海继续主持《民立报》的编辑出版工作。

宋教仁被刺杀，他是现场目睹者，激起了对袁世凯及其北洋政府倒行逆施的无比愤慨，力主"二次革命"，辅助孙中山先生，无所畏惧地坚持斗争。

作品解读

雨花台①

铁血②旗翻扫虏尘③，神州如晦一时新。

雨花台下添新泪，白骨青磷④旧党人。

注释

①雨花台：在今南京市城南中华门外的烈士陵园内，其内埋葬着许多烈士。

②铁血：外来意译词。来源于德意志帝国首任宰相俾斯麦的一句话："当代的重大问题不是演说和多数人的决议所能解决的，而是要用'铁'和'血'。"后来，俾斯麦被称为"铁血宰相"，其外交军事政策被称为"铁血政策"。"铁血"一词被意译至中国，人们多用以形容刚强、坚韧不屈的意志和牺牲精神。

③虏尘：一般指敌寇或叛乱者的侵扰。如唐代王维《凉州赛神》诗云："凉州城外少行人，百尺峰头望虏尘。"此处指革命党人的对立方清廷官兵。

④青磷：人或动物尸体腐烂后，会分解出磷化氢，夜间于田野自燃，发出青绿色光焰，俗称"鬼火"，古称之"青磷"。

辛亥革命胜利后，诗人在欣喜之余，听到不少革命党人喋血战场的悲壮事迹。联想到南京雨花台埋葬的烈士，思潮汹涌，因有此诗问世。

大意说：革命党人在战场上，在翻飞飘扬的革命旗帜之下，顽强不屈地冲杀拼搏，横扫强虏——清廷官兵，终于大获全胜，晦暗的神州天空，顿时阳光灿烂，换了容颜。

然而，想起南京的雨花台，又不知添了多少革命党人的尸骨，怎能不令人珠泪纵横呢？

本来，那里每到夜间，就常常闪烁着以前革命党人尸骨化作的幽幽青磷之光啊！压在诗人心底的一句话是：这清幽幽的磷光，如今不知又将增添多少啊！

诗人既为革命的胜利而欣喜，又为烈士的牺牲而不胜悲悯，其博大的生命关怀与人道精神，以其强有力的撞击心灵的力量，令读者感动不已。

第三章　忍泪看天　老木烈风

出　京

十年薪胆①风云梦，万里河山鼓角②声。

怨气千寻③仍未解，劳歌④一曲不胜情。

何堪西狩伤麟凤⑤，忍见东阿泣豆羹⑥。

我佛无言应一笑，长虹莽莽九州⑦横。

注释

　　①十年薪胆：为"十年生聚，十年教训"和"卧薪尝胆"的缩写。"十年生聚，十年教训"语出《左传·哀公元年》："越十年生聚，而十年教训，二十年之外，吴其为沼乎！"春秋时期，吴越两国交战，吴王夫差活捉了越王勾践，让勾践到吴国为奴。勾践给吴王进贡美女西施，自己则卧薪尝胆，采用文种的"十年生聚，十年教训"的策略，增加人口，聚积财物，积极发展农业与军事，一举攻占吴国。其后，人们常以"十年生聚，十年教训"一语比喻培养实力，发奋图强，为报仇雪耻作长期准备。成语"卧薪尝胆"出自《史记·越王勾践世家》："越王勾践返国，乃苦身焦思，置胆于坐，坐卧即仰胆，饮食亦尝胆也。"后人以"卧薪尝胆"一语比喻刻苦自励，发奋图强。此处合用"十年"和"薪胆"，意指革命党人长期为推翻清廷、建立新政权而进行的刻苦自励、励精图治的奋发行为。

　　②鼓角：战鼓和号角的总称，古代军队中用以发出号令。语出《后汉书·公孙瓒传》："袁氏之攻，状若鬼神，梯冲舞吾楼上，鼓角鸣於地中，日穷月急，不遑启处。"

　　③千寻：古以八尺为一寻，千寻意为极高极长，难以计量。

　　④劳歌：劳作者之歌，或送别之歌。此处当指民众的送别之声。

　　⑤西狩伤麟凤：语出《左传·哀公十四年》："春，西狩获麟。"即鲁哀公十四年狩猎而获麒麟。麒麟是传说中的神兽，凤则是传说中的神鸟。

此处合用麟凤，意指辛亥革命的成功和中华民国的成立。

⑥东阿泣豆羹：东阿，非实指，与上句的"西狩"对举，意指全中国。"泣豆羹"，曹植《七步诗》云："煮豆持作羹，漉豉以为汁。其在釜下燃，豆在釜中泣。本是同根生，相煎何太急？"此处化用其意，意谓同为推翻清政府、建立新的中国政权而奋斗，以袁世凯为代表的北洋势力，却向以孙中山为代表的革命党人争夺政权。

⑦九州：古人以九州泛指天下、全中国。

简析

此诗写于 1913 年。

其时，孙中山先生禅让临时大总统之位于袁世凯，于右任随之辞去交通次长之职，离开南京。

这首诗抒发的便是离开南京时的惋惜与留恋交汇、抑郁与无奈拌合，却也对孙中山先生的让位之举不无谅解和敬佩的复杂心情。

清政府的覆灭和民主政权的建立，在于右任心头点燃的欣喜、激动的火苗烧得正旺，时间仅仅四十来天，孙中山先生即宣布辞职，而使阴谋家袁世凯居于大总统之位。

于右任一时心情郁闷、迷茫，既不满于袁世凯的争权夺利，也为孙中山及其革命党人丧失政权而惋惜。

于右任这种复杂心态，孕育了这首题为《出京》的七律。

全诗大意是：多年来，革命党人卧薪尝胆，刻苦自励，多次发动起义，喋血沙场，终于取得了革命的胜利。对丧权辱国、腐败无能的清政府无可衡量的千寻怨仇、血恨，尚未彻底消除，民众怀着无比激动的感情，表达对革命胜利的"劳歌"赞颂、慰问之声，仍然犹在耳边，（孙中山先生便辞去了临时大总统之职。也许，他是正确的。）但革命政权就因祸起萧墙而自伤"麟凤"！"其豆相煎"的历史悲剧怎能再次重演呢？佛祖看到孙中山先生让权之事的发生，应当为之发出宽慰的笑声吧！中华的九州大地的未来，应该是"长虹莽莽九州横"，美丽而辉煌的。

题宋墓①前曰：呜呼宋教仁先生之墓

当时诅楚②祀巫咸③，此日怀殷吊比干④。

片石⑤争传终古恨，大书⑥留与后人看。

杀身翻道⑦名成易，谋国⑧全求世谅难。

如斗余杭渔父篆，坟前和泪为君刊⑨。

于右任
诗词集解

注释

①宋墓：宋教仁先生之墓，位于今上海市闸北公园内。宋教仁生前为《民立报》撰文，自署以桃源渔父之名。余杭章炳麟（太炎）先生在北京入狱，撰篆文"渔父"二大字。于右任先生得之，宋教仁遇刺后，镌刻于宋像石座。于右任先生并书《宋教仁先生石像后题语》云："'先生之死，天下惜之；先生之行，天下知之；吾又何记？为直笔乎？直笔人戮！为曲笔乎？曲笔天诛！于虖！九原之泪，天下之血，老友之笔，贼人之铁！勒之空山，期之良史，铭诸心肝，质诸天地'。于右任先生撰语，康宝忠书字。"

②诅楚：战国后期秦（惠文王）与楚（怀王）争霸激烈，秦王祈求天神保佑秦国获胜，撰《诅楚文》，斥责楚王违逆天意人心的无道行为。此处意在揭露和鞭挞清王朝的罪恶。

③巫咸：神话人物，相传是天帝与下帝之间的媒介。据《尚书》记载，巫咸是商太戊帝身边的一位贤臣。他的儿子在太戊帝孙子祖乙登基后，任宰相，也有贤臣之誉。当时，人们信奉天帝，认为天帝可以支配人世间的一切，国事都得通过巫咸卜问至上神——天帝而定。战国时，秦、楚皆"祀"——崇奉巫咸。此处所谓"巫咸"，疑指西方民主思想；"祀巫咸"，即信奉西方的民主思想。

④比干：殷商朝少师（丞相），忠君爱国，为民请命，有"亘古忠

臣"之誉。帝辛（纣王）暴虐荒淫，横征暴敛，滥施重刑，比干强谏三日不去，帝辛怒，剖其心。

⑤片石：石碑。唐李颀《题璿公山池》诗云："片石孤峰窥色相，清池皓月照禅心。"

⑥大书：指章炳麟（太炎）先生所书篆文"渔父"二字，亦即诗中所谓"如斗余杭渔父篆"。

⑦翻道：指推翻腐朽的社会制度。

⑧谋国：为国家谋划。

⑨刊：刻石。

简析

一九一三年三月二十日，宋教仁先生遇刺于上海火车站。

一九一四年六月宋教仁墓落成时，于右任义愤填膺，悲痛万分，情不可抑，遂作此诗。

他比拟腐朽的清廷为无道的楚怀王、殷纣王，而以"替天行道"的巫咸和忠君爱国、为民请命、强谏殷纣的比干，相比于宋教仁先生。

大意是：诅咒楚王违逆天道、赞颂贤臣巫咸的声音犹在，此时此刻，"我"还要怀念殷商之世，追悼亘古忠臣比干了！

立在这儿的这块碑石，怎么能宣泄、尽传人们心中的千古之恨呢？章炳麟先生大书的篆体"渔父"二字，也只能留给后人观看啊！

自古以来，舍生求死、推翻腐朽的社会并不难，难的是殚精竭虑，为国家谋划并求得尽善尽美的美好未来，然而，这却是人们难以理解的。（这座坟墓里埋葬的宋教仁先生，就是这样的人啊！）宋先生啊，你的人格如此崇高。

如今，在你的坟前，"我"却只能和着眼泪，把余杭章炳麟先生所书写的，这如斗般大的篆体渔父二字，镌刻于石碑之上。

首联从久远的古代着笔，以古代贤人巫咸、比干，比喻宋教仁先生，

彰显其人格的高大。

颔联回到现实，一句"片石争传千古恨"，凝结着多少义愤与悲愤、怨恨与仇恨！

颈联又引向历史的纵深，将"杀身翻道"与"谋国全求"对举，一"名成"之"易"，一"世谅"之"难"，是诗人对古今爱国贤士——包括宋教仁先生——死而不得公正评价的哲思和总结，表达了对这种古今同一的不公正现象的无限憾恨。

尾联"如斗余杭渔父篆，坟前和泪为君刊"。两句之中，则从历史穿越中回到现实，在无奈和惋惜之中，蕴蓄着多少难以表达的深情厚谊啊！

四联八句之中，穿越千载，驰骋古今，在如同暴虐无道的楚怀王、殷纣王的晚清朝廷，与如同千古贤臣巫咸、比干的宋教仁对比之间，彰显了宋教仁的人格崇高；而以刊石的无奈，表达拌合血泪的悲痛与义愤之情。

抒情比拟，情挚理深，情辞激切，感人至深。

我图网　提供

过南京诗（四首存二）

一

燕去堂空①甲第②荒，最伤心是大功坊③。

犹传立马钟山日，开国威仪动万方。

二

虎视龙兴④一瞬间，鸡鸣不已⑤载愁还。

江山⑥冷眼争迎送，人去人来两鬓斑。

注释

①燕去堂空：古人以堂屋内有燕雀筑巢而居，为兴旺吉祥的征兆，而以燕去堂空，为冷落寂凉之像。

②甲第：上等宅院。

③大功坊：明太祖朱元璋为开国元勋徐达所建府邸，东西两侧各设大功坊一座，以表彰其汗马功劳。其地址在今南京中华路瞻园。此处指为创建中华民国而功勋卓著的孙中山先生等革命元勋们。

④虎视龙兴：《后汉书·班固传》所收入的《西都赋》有云："周以龙兴，秦以虎视。"李贤注曰："龙兴虎视，喻强盛也。"此处形容中华民国创立时的蓬勃气象。

⑤鸡鸣不已：语出《诗经·郑风·风雨》："风雨如晦，鸡鸣不已。"意为风雨交加、天气晦暗的早晨，雄鸡啼鸣不止，喻政治虽然昏暗，却不乏有识之士。此喻政治氛围突变，仁人志士满腹忧国忧民之情。

⑥江山：山河，借指国家政权。

此诗写于一九一三年，为诗人在辞去南京政府的职务，返回上海继续办《民立报》的第二年，再次经过南京，睹物思旧之作。原有四首，仅存二首。

前一首是对眼前情景的描写。

其大意是：民国政府已"燕去堂空"，变成了历史陈迹，令那些为民主革命而殚精竭虑、毕尽其心力的志士仁人痛彻心扉。

街头巷尾，还传说着革命志士雄视于钟山、创建中华民国、震动四面八方的雄伟气象。

行笔至此，戛然而止，诗人显然吞咽了"然而"一词及其此词之后将喷射而出的一腔难言的隐痛。

后一首则是情感的抒发。

大意是：民国成立时的那种"虎视龙兴"的蓬勃景象，只昙花一现似的化而为历史的一瞬。新生的民国政权还处在鸡鸣不已、志士振作的清晨，但天气忽地变得十分晦暗，革命党人便怀着满腹忧悒离开了南京。

山水默默，迎来送往，不知看见没有看见，我的两鬓乌发已经变得斑白了啊！

全诗含蓄而蕴藉地抒发了诗人对南京民国临时政府的依恋、怀念，和为其生命的短促而惋惜、愤懑和浩叹，为国家的前途而忧悒、心压重石似的复杂情感。

于右任诗词集解

酒后有怀井勿幕[①]、王麟生[②]、程抟九[③]

重来话旧倍销魂[④]，尘起秋风渍泪痕。

欲寄缠绵无好信，不堪惆怅又黄昏。

迎阶花放思君子，未老途穷念故园。

愁到闲鸥[⑤]天亦醉，苍髯如戟[⑥]看中原[⑦]。

注释

①井勿幕：生于一八八八年，卒于一九一八年，原名泉，号文渊，陕西蒲城人。早期同盟会员，曾留学日本，回国建立同盟会组织，发展会员；并以"侠魔"为笔名，于进步杂志《夏声》发表文章，揭露清廷的黑暗政治，孙中山先生誉以为"西北革命巨柱"。一九一八年，时为陕西靖国军总司令的于右任先生任以为靖国军总指挥，同年十二月，被陷害致死于兴平南仁村。

②王麟生：又名炳灵，陕西三原人。一九〇〇年，于右任欲上书陕西巡抚"手刃"慈禧，被王麟生劝止。后为同盟会员。于右任办《民立报》时，为编辑。

③程抟九：即程运鹏，诗人早年同窗好友。

④销魂：欢乐或悲伤到极点，似乎灵魂离开躯体时的精神状态。此处形容内心的极度悲伤。

⑤闲鸥：比喻退隐闲散者。

⑥苍髯如戟：语出李白《司马将军歌》："紫髯如戟冠崔嵬。"形容胡须又长又硬，好似古代兵器中的长戟一般，形容相貌十分威武。

⑦中原：又称中土、中州，原指洛阳、开封一带。也泛指中国。

简析

这首诗为诗人一九一四年秋于北京所作。

当时，袁世凯政府宣布废除《临时约法》，其黑暗统治使鼓吹革命的报纸一个个缄口结舌，再创办新的报纸已毫无可能。

然而，于右任作为一位年方三十六岁的热血青年、爱国志士，岂能容忍袁世凯的倒行逆施！

为了探明形势，联络革命同志，同时，也能寻觅契机，有所作为，于右任奉孙中山先生之命，冒险绕道，前赴北京。其时，宋教仁被枪杀，《民立报》被查封，《民立报》主笔范鸿仙被袁世凯的特务杀害，鼎力支持《民立报》的沈缦云先生，为免遭袁世凯毒杀而逃亡大连，溘然而亡。于右任也被通缉，处境极其困难。

但是，他并不屈服，还写诗给井勿幕等几位好友，表达自己的心情。

这首诗的大意是：值此风卷沙尘的秋天，"我"再次来到北京，与老朋友们饮酒之间，谈及旧事（反清革命、创建民国），内心痛苦不堪，不禁泪湿衣襟。

天已黄昏，想给你们写几句委婉动听的词句寄去，却满腹伤感，实在想不出什么悦耳的词儿来。眼看着房门对面寂寞开放的花朵，心中思念着你们，虽然还没有进入老年，但已在穷途末路之中，不胜怀乡思亲之苦。满腹忧愁，也曾想过归隐田园，过那种醉人甚至连苍天也会心醉的岁月。然而，这满腮又长又硬，似长戟的胡须，却不容许"我"过那样的生活，迫使"我"注视着中原乃至整个神州的风云变幻和未来前景，谋划讨袁大计。

"途穷念故园""苍髯如戟看中原"，这滚烫的诗句，所显现出来的不屈服、不退缩的战斗姿态，以及关注国家前途和命运的忧国、爱国情怀，感人至深。

五月五日游三贝子花园①吊宋渔父②（二首）

一

忍泪看天哽不言，行吟失计入名园。

美人香草③俱零落，独立斜阳④吊屈原。

二

佳节凄凉愁里过，杂花婀娜雨中鲜。

天涯⑤老友今头白，手抚遗松⑥一泫然⑦。

注释

①三贝子花园：又名万牲园，在北京西直门外。明为王室庄园，清为皇亲、勋臣傅恒三子福康安贝子的私人园邸，故俗称三贝子花园。1955年更名为北京动物园。宋教仁（渔父）曾在此居住。

②宋渔父：即宋教仁。

③美人香草：一作美人芳草。屈原在《离骚》中以美人比喻君王，以香草比喻君子。此处以美人香草比喻宋教仁、井勿幕等仁人志士。

④独立斜阳：一作独倚残阳。

⑤天涯：一作栖栖。

⑥遗松：诗人自注："宋所植树。"

编者按：这里指宋教仁生前所植之松。

⑦泫然：泪水滴落的样子。

简析

与《酒后有怀井勿幕、王麟生、程传九》一诗相同，这首诗也是诗人一九一四年于北京之作。

不过，那首作于秋天，这两首则早一些，当在夏季农历的五月五日。这一天乃爱国诗人屈原抱石投江之日，是中华民族传统的端午节。

诗人以好友井勿幕为伴，于此日在宋教仁曾经居住过的三贝子花园祭吊他。

前一首的大意是，面对着宋教仁的旧居，诗人不堪内心的悲痛，仰头看天，强忍眼泪，哽咽无言，后悔此行的失计，所以"忍泪看天哽不言"。之所以产生悔不该的"失计"之感，是因为实在不堪忍受心中的悲伤、痛苦了。

如今，志士仁人（如范鸿仙、沈缦云等）一个个都惨遭杀害，而"我"只能孤独地站在午后的阳光下，祭吊你——宋教仁——"我"可比于爱国诗人屈原的好朋友啊！

后一首是前一首感情的继续抒发：你这个旧居花园里的那些杂七杂八的花朵，接受了雨水的滋润，开得倒也鲜美。然而，今年的这个端午节，"我"却带着无边的愁苦，过得多么凄凄凉凉啊！

"我"是你的天涯老友，如今已经白发缕缕，手抚着你当年栽植的这棵松树，擦不干脱眶而出的泪水，（有多少心里话无可诉说啊）！

社稷坛①"五七"国耻纪念大会

痛定才闻说怨恫②，血书张遍古坛中。

名花委地惊离泪，老木参天战烈风。

揖让③征诛成鹿梦④，玄黄水火⑤有渔翁⑥。

最伤心是西颓日，返射宫墙分外红。

注释

①社稷坛：在今北京中山公园内，用汉白玉砌成。是明清两代帝王祭祀社稷（土地神和五谷神）、祈祷丰年的场所。

②怨恫：恫吓及怨恨。

③揖让：原指古代宾主相见的礼节，后人也用以指称卑躬屈节、拱手相让的行为。

④鹿梦：《列子》里记述了一个故事：春秋时，郑国樵夫打死了一只鹿，怕人看见，藏之于坑中，后来去取，却忘记了藏在哪里，于是以为自己是做了一场梦。后人以"鹿梦"比喻得失荣宠如梦幻。

⑤玄黄水火：玄黄，黄黑两种颜色，玄为天色，黄为地色。后人以其代指天地。水火，比喻互不相容的对立和争斗。

⑥渔翁：《战国策·燕策》载有寓言"鹬蚌相争，渔人得利"的故事，喻两方争夺，使第三方坐获其利。"渔翁"即指坐获其利者。

简析

袁世凯当权，对外投降，对内专制，竟于一九一四年五月七日公然接受日本无理要求，承认其非法占有山东半岛特权的"二十一条"。

一时举国哗然，京城爱国民众义愤填膺，纷纷提出以五月七日为国耻

纪念日，并于社稷坛举行纪念大会。

于右任冒着生命危险，亲赴大会，与民众共激愤，同声讨。因有《社稷坛"五七"国耻纪念大会》之作。

全诗大意是：经受了袁世凯种种祸国殃民和残杀志士的暴行，又刚刚听到群众愤怒诉说对其的愤恨，并亲眼看到了张挂在社稷坛内的一份份血书。

参加"国耻纪念大会"的民众声讨、反抗之声惊天地，泣鬼神，表达了反对日本的强盗行为，反抗袁世凯政府丧权辱国罪行的情感和心声。

眼前，名贵的鲜花脱离枝头坠落于地，像是惊恐的眼泪；参天老树昂扬着它的躯体，不屈不挠地抗击着烈风。

因为孙中山先生大度让权，革命党人抛头颅，洒热血，在对清廷专制统治水火不容的征剿斗争中获得的胜利成果，竟让祸国奸雄袁世凯坐收其利，窃为己有，而使革命党人自己"驱除鞑虏，振兴中华"的理想变成了虚幻的"鹿梦"。

最令人伤心的，还是如今的神州已如同西下的残日落阳，以其残红反衬着紫禁城的宫墙及其宫墙内苟延残喘的袁氏政权。

这首诗的突出特点是象征手法的运用。

"名花委地"既是许多仁人志士惨遭杀害的象征，也是袁世凯将占有中国大好河山的特权拱手让给日寇的隐喻。而"老木参天战烈风"不就是满腔民族气节的中国人民不屈服、不妥协的艺术形象吗？

如果说，"西颓日"是袁世凯窃取政权后的中国的写照，"返射宫墙"不就是对袁世凯谋求登基做皇上迷梦的兜底儿揭穿和爆破吗？

全篇在沉郁中喷发着愤懑，在愤懑中蕴蓄着"老木战烈风"的豪情，抑扬顿挫，撞击人心。

出　京①

泪渍征衫墨似缞②，大风吹散劫余灰。

穷途白眼亲兼旧，归路青天雨又雷。

几见神龙③愁失水，始知屠狗④少真才。

无端宣武门前啸，声满人寰转自哀。

注释

①出京：诗人于"二次革命"失败后亡命日本，归国后回到北京。离京时写了这首诗。

②缞（cuī）：古代对粗麻布做成的丧服的称谓。墨缞即黑色丧服。"泪渍征衫墨似缞"意谓，泪水浸染了衣衫，变得像黑色的丧服一般。

③神龙：贾谊《惜誓》有云："神龙失水而陆居兮，为蝼蚁之所裁。"古人以龙为神，认为即使是龙，一旦离开了它活动的江海，失去了水，也会遭受蝼蚁的欺凌。此以神龙比喻民主革命者。

④屠狗：语出《史记·樊哙列传》："舞阳侯樊哙者，沛人也。以屠狗为事。"后遂以"屠狗"指称出身低微或地位卑下的豪杰之士。此句意谓，那些当年在革命战火中冲锋陷阵的豪杰之士，有些人其实是樊哙那样有勇无谋的人物。

简析

此诗也是诗人一九一四年之作。

先年（1913），诗人也曾有同题之作。那首《出京》，系出民国临时政府之京——南京，这次是出袁世凯政府窃据之京——北京。

其时，袁世凯气焰煊赫，如日中天。于右任对国事的忧虑和对袁世凯

政权的愤慨，未尝一日释怀。

　　他这次赴京，原为筹款创办民立图书公司。办报，曾经是他成功地抗击清廷的有效手段。但是，此时的袁氏政权不遗余力地钳制舆论，办报已了无可能，他只好打算改而经营图书出版。然而筹款十分艰难。一些亲朋旧友白眼相对，而革命志士多如神龙失水，处境凄凉，无力相助。幸得井勿幕、张季鸾等鼎力相助，才算不虚此行。

　　这首七律真实地再现了诗人当时苍凉无助的情状和低沉、悲愤的心态。

　　大意是：狂风吹散了一场浩劫的烟灰，"我"风尘仆仆地奔走京师，浸着汗水和泪痕的衣服，已变得像黑色的丧服一样。

　　处在穷途末路，被昔日的一些亲友故旧视同陌路，白眼相对；离京返回的路上，霹雳连连，暴雨阵阵。

　　风云变幻，世态炎凉，频见革命志士如神龙无水陆居而遭受蝼蚁的欺凌一般，处境凄凉，壮志难酬；而樊哙那样的豪杰义士，原来是无能的屠狗莽夫之辈啊！

　　站在通向菜市口刑场的宣武门前，"我"忍不住满腔悲愤，大声呼喊，声满人间，却不闻回响，"我"只有转而哀叹不已。

　　诗人对袁氏政权的不满和愤慨、内心的悲凉和抑郁，流贯全篇。

　　如果说，风吹"劫余灰"，青天"雨又雷"，乃袁氏政权煊赫气焰的象征，"神龙失水"是革命志士处境的隐喻；那么，"泪渍征衫""穷途白眼"，即为诗人的革命意志和坚贞不屈形象的写照；而"声满人间"的"宣武门前啸"，则是他不屈然而无奈的抗争。

　　全篇激情流荡，荡气回肠。

再过南京杂诗（四首选二）

二

满目疮痍莫倚楼，凄风苦雨遍神州。

先生自分愁中老，泪眼湖山吊莫愁①。

四

山围故国人何在？泪湿新亭②客更多。

再造神州吾未老，是非历历③指山河。

注释

①莫愁：指南京莫愁湖。莫愁原为古代美女。乐府《河中之水歌》云："莫愁十三能织绮，十四采桑南陌头，十五嫁为卢家妇，十六生儿字阿侯。"湖以其名而得名。

②新亭：位于今南京市雨花台区，濒临长江，是六朝时期建康宫城南北门户。有"新亭对泣"典故流传于世。《世说新语·言语》记述了一则过江南来的北朝遗民，于新亭发抒国破家亡的沦落之慨的故事，云："过江诸人，每至美日，辄相邀新亭，藉卉饮宴。周侯中坐而叹曰：'风景不殊，正自有山河之异。'皆相视流泪。"后人常以新亭喻指改朝换代、政权更迭。此处指袁世凯窃取民国政权。

③历历：清楚明白。

简析

这是一九一四年诗人从北京返回上海途经南京所写的由四首绝句组成的"杂诗"。此处选取的是第二、四两首。

诗人目睹故地，触景伤怀，历历往事，涌上心头。

第一首，所描述的是袁世凯窃取政权后倒行逆施、残杀志士的罪恶行为。

第二首，表达的是"江山易主"之后的苍凉之感、愁恨之慨。

如今，南京已满目疮痍，不堪一睹，整个中国无处不遭受着凄风苦雨的侵袭。

自从与（孙中山）先生分别之后，"我"已在愁苦和伤感中陡然变老了许多，如今泪眼模糊地祭奠（革命烈士英灵）于莫愁湖边。

第三首描写南京人民对革命英烈的哀悼和怀念之情。

第四首则是诗人"再造神州"意志的激情表达。

如今，南京依然处在群山的环抱之中。然而，在这里创建中华民国的革命志士都去哪里了？只是，新亭一带，（不满袁氏窃权，怀念民国）潸然泪下的人们却日有增添。

面对这攸关于国家命运的一桩桩是非，"我"的回答是："我"并不年迈，热血犹在，"我"还要投入再造河山、夺回民国政权的斗争之中！

诗人壮怀激烈的誓愿，断金切玉一般！

72

我图网　提供

第四章

桴鼓经年　梦落周原

——靖国军时期之作

桴鼓经年空涕泪

河山四战一徘徊

东征大业凭谁共

唤得英灵去复来

丁右任

时代掠影

　　诗人从北京回到上海，即于次年——一九一五年春，遵照孙中山先生的指令，积极组建中华革命军西北军，以推动"讨袁"运动。同时，创办民立图书公司，作为革命活动的掩护。

　　这年十二月，袁世凯公然背弃《临时约法》，宣布称帝，以一九一六年为洪宪元年，坐上皇帝宝座，接受百官朝拜。

　　蔡锷、唐继尧、李烈钧等人率先于云南宣布"讨袁"，黔、桂、赣、浙、湘等省相继举兵起义。袁世凯陷于四面楚歌之中，仅仅过了八十三天，即梦断紫禁城，宣布撤销帝制。

　　护国讨袁运动却并未因袁世凯脱去龙袍而停止。在孙中山先生领导下，于右任与陈英士一起积极推进，讨袁斗争以迅雷不及掩耳之势席卷大江南北。袁世凯公然招募杀手，于五月十八日谋杀陈英士于其家中，自己却也在六月间病入膏肓，一命呜呼。

　　此时，天下大乱，张勋请回清宫末代皇帝溥仪"重登大宝"，十余日后又被赶下台去。

　　嗣后，段祺瑞赶走了张勋，扶出了冯国璋……。在北洋军阀你争我夺、群雄蜂起、世事混沌之中，段祺瑞乘机当起了国务总理。

　　先前投靠袁世凯的陕西军阀陈树藩，在袁世凯朝见阎王之后即宣布独立，此刻又宣布取消独立，转而投靠段祺瑞。诗人闻讯，义愤填膺，发电痛斥，揭露其无耻罪行。

　　一九一七年，孙中山先生筹划开展"护法"（护卫《临时约法》）运动。诗人遵循孙中山先生之意，于五月间北上北京，又经开封、洛阳到了陕西，秘密筹划护法讨逆大计。

八月间，孙中山先生南下广州，成立了军政府，当选为大元帅，"护法"运动拉开了序幕。

于右任身居上海，担负着推进北方"护法"的重任。十一月间，陕西义军首领高峻、郭坚、耿直等相继起义于白水。次年一月，张义安起义于三原，陕西靖国军于三原宣布成立。然而群龙无首，难敌陈树藩。

张义安在率部攻取西安不下的危急关头，强烈要求请于右任先生回陕，统领各军。

诗人慨然应诺，冒险北上，在设于三原的靖国军司令部就任总司令。

时，陕西大旱，粮秣困难，而段祺瑞派遣周围八省兵力，包围陕西，广州军政府也无力援助。

陕西靖国军在极其艰难的境遇中，总指挥胡景翼被陈树藩部设陷拘囚，继任总指挥井勿幕又被杀害。

一九二一年，直系军阀冯玉祥进驻陕西，对靖国军多方分化瓦解，胡景翼等纷纷投于其麾下，唯杨虎城等几位将军仍力挺靖国军。

诗人在凤翔、武功、扶风设置行营，率领杨虎城等部抗击直军。然各部互相猜忌，为敌所乘，直至挫败，不可收拾。

诗人遂于一九二二年五月，取道甘肃，入嘉陵江，至重庆，返回上海。

靖国军时期的戎马生涯虽然以失败告终，却是诗人人生历程中闪亮的一页，也是其诗词创作中的黄金时期之一。

作为四年军旅日月及其心灵历程的记录，诗人这一时期的作品血泪交融、声调激越，炽烈的忧国忧民情怀，是沸腾其中的鲜明特色。

作品解读

宜川①道中

隐隐黄河线一痕，马前东望日将昏。

风云晋塞②连秦塞，波浪龙门③接孟门④。

高祖山头余破庙，将军台上只荒村。

川原如锦人如醉⑤，遍地⑥花开⑦不忍论。

注释

①宜川：位于黄河西岸，陕西省中部，东望山西。

②塞：边界上险要的地方。晋塞指山西边界，秦塞指陕西边界。此句言陕西与山西在历史风云变化中相互牵连。

③龙门：禹门口，为陕西韩城东北、山西河津西北的黄河峡谷南端出口，相传为大禹所凿。

④孟门：古山名，在宜川东北、山西吉县西，绵亘黄河两岸，相传大禹于其北端凿蛟龙壁以疏通黄河洪水，故有"天下黄河第一门"之称。

⑤人如醉：指吸食鸦片的人烟瘾发作、行走趔趄如酒醉的样子。

⑥遍地：一作罂粟。

⑦花开：指制作鸦片的基本原料——罂粟花——开放。当时，陈树藩为筹措军饷，强令百姓种植罂粟。其花虽艳，却致人身体羸弱，步履不稳，如醉汉一般。

这首诗作于一九一八年。

于右任先生与请他赴陕的靖国军来人一行来到洛阳，西入潼关，便是陕西。当时，潼关有陈树藩的军队扼守，对行人盘查甚严。为了避免发生意外，他们改变了路线，北向取道山西，而后乘一叶颠簸的小舟，划过波涛汹涌的黄河，到了宜川，辗转去三原。

这首七律所描述的便是诗人渡过黄河后眼中所看到的凄凉情景：回头东望，夕阳西下，黄河似一痕细线；举目远望，田野里，罂粟烂漫，遍地开放，艳丽似锦；山脚下，处处残垣断壁；山头上，破败的庙宇隐约可见；道路上，村巷内那一个个骨瘦如柴，仿佛醉汉，左摇右晃地连路也走不端正的人们，组成了一幅令人心中五味杂陈的图画。

这般苍凉、凄惨的景象何以造成？诗人只写了三个字："不忍论"。

其实，在当时是明明白白的，是陕西督军陈树藩为了给官府增加税收，并为扩军筹饷，强令百姓种鸦片造成的。种了鸦片，富了衙门，肥了大官，害了百姓。

诗人这"不忍论"三个字，压抑着对百姓生命和生计状况的无限忧伤，燃烧着对陈树藩之流的无限愤懑和熊熊怒火；一旦提及，必如怒涛决堤，火山喷发，不可遏抑。

家祭①后出城有怀勿幕②

云暗关门间道回，戎衣③墨绖④纍双摧。

何堪野祭⑤还家祭，不独人哀⑥亦自哀⑦。

桴鼓⑧经年空涕泪，河山四战一徘徊。

东征⑨大业凭谁共？唤得英灵去复来。

注 释

①家祭：时诗人继母刘太夫人病逝，举行殡葬祭奠，即谓此事。

②勿幕：指井勿幕，原名泉，号文渊，陕西蒲城人。同盟会早期会员，被孙中山先生誉为"西北革命巨柱"。诗人与井勿幕在长期革命斗争中结下了深厚友谊。一九一八年，诗人任靖国军总司令后，井勿幕曾任总指挥，十二月被陈树藩部陷害致死，时年仅三十一岁。诗人以为井勿幕"耿耿爱国热忱不亚于宋渔父（宋教仁）"，其遇害致死可比"坏我长城"。

③戎衣：军装。

④墨绖（cuī）：黑色丧服。

⑤野祭：指对井勿幕的祭奠。

⑥人哀：哀人，即对井勿幕遇害和继母辞世的悲哀。

⑦自哀：对自己的处境和身负重任的忧伤。

⑧桴（fú）鼓：响应迅速的战鼓。桴，鼓槌。

⑨东征：指征讨盘踞北京的北洋军阀政府一事。

此诗系诗人一九一九年所作。

诗人于先年回陕任靖国军总司令后，其挚友井勿幕前来相助，受任总指挥，然仅十日即遇难，诗人为之悲伤不已。

不久，继母辞世，军事失利，云暗天黑，征战在外的诗人闯过关卡，回家祭祀后，走出三原城，又想起被陷害致死的好友井勿幕，心潮翻卷，发而为诗。

大意说：趁着乌云蔽空的暗夜，"我"闯过关卡，抄小道回家祭奠继母，军事与家祭同时摧残着"我"，使"我"鬓生白发。"我"怎么经受得了这祭奠了好友井勿幕，不久又祭奠继母的痛苦和悲哀呢？这痛苦和悲哀，不仅是对好友勿幕遇害、对继母辞世的悲哀，也是对自己出战不利和身负重任的忧惧与忧伤啊！

一年来四处征杀中的失利，令人伤心落泪（陈树藩依然盘踞在陕西，东征远未实现），也不能不令人徘徊寻思：井勿幕惨遭杀害，这指挥东征的大业，该由谁担当啊？怎么才能唤回井勿幕这位赤胆英雄的灵魂（重新指挥靖国军东荡西杀）呢？

这首声泪俱下的七律，感情真挚，极其凝练的诗句之中，蕴含着深邃的忧国之痛，表达了诗人当时凄惨的心灵情境。

春 雨

悯乱天偿雨一犁，饥鹰啄凤①事难齐。

相期天地存肝胆，犹见关山②动鼓鼙③。

河汉④声流神甸⑤转，昆仑云压万峰低。

花开陌上矜柔艳，勒马郊原路不迷。

注释

①饥鹰啄凤："饥鹰"为成语"饥鹰饿虎"的简化，是一种凶猛残忍的形象；"凤"是凤凰的简称，系一种高贵的形象。此处化而用之，以饥饿的鹰隼啄食高贵的凤凰形象，表现灾荒之年，人们饥不择食的情状。

②关山：关隘和山川，或家乡。

③鼓鼙（pí）：亦作鼙鼓，是军中激励士气的乐器。此处代指战事的发生。

④河汉：指银河，比喻轻浮不可信的空话或对某种话的轻忽。

⑤神甸：神州与禹甸的合称，二者都是古代中国的代称。

简析

此诗作于一九一九年春。

当时，关中大旱，百姓生计艰难。陈树藩却趁机向靖国军发动进攻。陕西靖国军粮饷匮乏，广州军政府大元帅孙中山先生无力支持，处于极其困难的境地。

北洋政府一方面，玩弄和谈伎俩；另一方面，却调兵遣将，向陕西靖国军发动围剿。靖国军损兵折将，战事失利。

诗人忧心忡忡之时，天降春雨，喜忧交并，感慨万千，因有此诗。

大意是：虽然苍天怜悯乱世之民，降下了一犁深的春雨，算是多少缓解了点儿旱象（给军民带来了生机），但是，（北洋军阀及陈树藩）饥鹰饿虎般地向着靖国军的血腥围剿，远未消弭。靖国军为国为民，肝胆相照，可对皇天大地。然而，三秦乃至整个神州，这里那里，（陈树藩及其北洋军阀）发动进攻的鼙鼓之声犹在耳际。尽管（北京城里的北洋政府及其陈树藩之流）那些扫灭靖国军、一统全中国的大话和空话在全国传播，似昆仑压顶，万峰低头，然而，"我"将一如既往，心明眼亮，不迷失，不低头，不惶惑，依然在鲜花柔媚、娇艳而不乏庄重之态的田陌间、大道上勒马行进，气宇轩昂！

也许，这种坚定刚毅、泰山压顶不低头的斗争姿态，正是于右任之诗所以可比陆（游）辛（弃疾）诗作之雄浑豪放的根源所在。

我图网　提供

郊　行

芳草复芳草^①，战场连战场。

自然生涕泪，何况见流亡！

麦槁天无雨，坟增国有殇。

炊烟添几处，讵忍^②说壶浆^③！

注　释

①芳草：香草或草木茂盛的样子，古人常以之比喻美德或离情别绪。此处当指荒草。

②讵（jù）忍：岂忍。

③壶浆：成语"箪食壶浆"的简化。语出《孟子·梁惠王下》："以万乘之国伐万乘之国，箪食壶浆以迎王师，岂有它哉！"意为百姓以盛着食物的箪和装着饮料的壶，迎接他们所爱戴的军队。

简　析

这首五律作于一九二〇年。

是时，关中依然处于饥荒之中，而靖国军与陈树藩军队的战事却并未终止，道路上时而可见流亡逃难的男男女女、老老少少。

当时，靖国军粮秣匮乏，军心紊乱，有人建议在靖国军所辖的十四县中增加税收以解决财政困难，身为总司令的诗人，断然否决。

诗人走出三原城，面对灾荒战乱中的荒草、枯干的麦子和战亡兵士的坟墓，以及流亡逃难中的百姓，顿生感触，忧民忧军更忧国，因有此作。

大意是：一片荒草连接着一片荒草，一座曾经的战场连接着又一座硝烟犹在的战场。眼里是这般自然的情景，何况道路上还有流亡逃难的百姓，"我"便不由得涕泪潸然。天旱无雨，田地里的麦子已经干枯，没有了丰收的希望，而在战火中捐躯的将士——国殇——的坟墓在不断增加。虽然，也新添了几处炊烟（大约有的人家有了可以维系生命的食物，或者逃难而归），但是，怎么能（增加税收，加重百姓的负担）让他们拿出食物来表达对靖国军的拥戴之情呢？

其忧民爱民、体恤民生疾苦的仁者之心，赋予了这首诗以撞击人心的巨大力量。

第四章　桴鼓经年　梦落周原

我图网　提供

闻乡人语

兵革①又凶荒，三年鬓已苍。

野犹横白骨，天复降玄霜②。

战士祈年稔③，乡民祭国殇。

秦人④尔何罪，杀戮作耕桑。

于右任
诗词集解

注 释

①兵革：战争。

②玄霜：厚霜，严霜。此处不仅指严霜，可能也喻指陈树藩对靖国军发动的新的战事。

③年稔：谷物成熟的丰年。

④秦人：指陕西百姓。

简 析

此诗作于一九二〇年。

其时，始于先年的关中大旱仍在持续，靖国军与北洋军阀在陕的亲信陈树藩军队的战事此起彼伏。

诗人行于三原郊外，听到人们的谈论，感慨系之，发而为诗。

大意是：持续三年的战火和灾荒，使"我"两鬓苍白。面前的田野里，（战死者、冻饿而死者）白骨犹横，而无情的苍天，又降了严霜（陈树藩发动新的战事，即将成为眼前的现实）。

靖国军的战士们殷切盼望着丰年的到来，希望能多少改变饥饿的状态，乡民们祭吊着为国阵亡的靖国军将士。可怜的陕西百姓啊，你们何罪之有，不能为了生计，平安地在田间耕作，而必须提心吊胆地应对军阀的杀戮。

这是一幅军民皆苦的图画，在摧肝裂胆、痛彻五内的勾画之中，展现着诗人的一腔深沉的忧民忧军忧乡乃至忧国之情。

"秦人尔何罪，杀戮作耕桑。"既是对三秦乡亲痛苦遭遇的深切关怀和无奈喟叹，也是对陈树藩及其北洋军阀的痛切诘问和谴责。简练的词语之中，蕴蓄着十分丰富的思想情感。

我图网　提供

落云台至起云台①

憔悴青山看我来，扶筇②岁尽强登台。

参天古柏遭兵火，破寺名碑半草莱。

山径雪消行滑滑，道人粮尽乞哀哀。

干戈饥馑连三辅③，老病踌躇日几回。

注释

①耀县纪游共十四首。落云台和起云台均为耀县（今陕西铜川耀州区）古迹。在陕西耀县城东五台山之上。《耀州志·五台山志》云："五台山在（州）城东三里漆水之浒，山尽柏，数十里外即望见焉。"五台之细目，乔志谓："东曰端应台，南曰起云台，西曰升仙台，北曰显云台，中曰齐天台。五山对峙，顶平如台，故名。"显云台俗称落云台。

②扶筇（qióng）：筇是一种可做拐杖的竹子，扶筇即扶着手杖。

③三辅：本指西汉武帝至东汉末年治理长安的左、中、右三方的三位官员及其所治理的三个地区——左冯翊、京兆、右扶风。后多代指关中，与三秦同义。

简析

一九二〇年七月，直皖战争结束，皖系败北，两系军阀之间明争暗斗，陕西境内的战事却暂时趋于缓和。

诗人利用这个时机，致力于兴教办学，兴修水利，发展农业。

然而，孙中山先生无力支援，靖国军如何应对强大的北洋军阀，前景莫测，制胜乏力，诗人忧心忡忡，思虑不定。

这年冬天，诗人途经耀县（今铜川耀州区）起云台、落云台，心有所感，有《起云台至落云台》《落云台至起云台》之作。

此处选取后一首。

其大意是：年关将临时节，"我"扶着拐杖，向着凋零破败的青山，气喘吁吁地强自攀登。举目四望，高大的参天古柏在兵火摧残下已伤痕累累，破败的寺庙前，珍贵的碑石大半陷入了荒草之中。

冰化雪消、泥滑难行的道路上，断绝了粮食的行人哀哀乞讨。关中大地，又是兵荒又是饥馑，迈着衰老多病的脚步，"我"一日几趟，在这里徘徊思虑，（不知该如何才好）。

这首诗描绘了当时陕西境内的凄凉破败景象，表现了诗人对前途的担忧和犹豫不决的抑郁心态。

"强登台"三字中的"强"字，不但因为道路泥滑，行走艰难，而且包含着诗人乱麻一团的难言心曲。

其中，既有对战争创伤和眼前破败苍凉景象的憾恨，也有对百姓疾苦的忧愁和焦虑，当更有对中国前景的忧伤，可能还不无种种忧愁压胸对身体的折磨之苦。以至诗人虽不过刚刚四十出头年纪，却已身体虚弱、步履艰难，多有自怜、自叹之举。

我图网　提供

药王山^①除夕杂感（二首）

一

伏虎降龙事渺茫，洞门^②香火岁除忙。

疮痍遍地神知否？儿女痴心祷药王。

二

岁尽天寒客思孤，茫茫何处是归途？

家人倘备宽心面^③，应念愁城^④困老夫。

注释

①药王山：在陕西铜川市耀州区城东二里处。唐代名磐玉山，宋至明代称五台山。唐代京兆华原（今耀州）人孙思邈为名震一时的医药学家，后世被人们尊称为药王，并建药王庙于五台山以纪念，五台山因此得药王山之名。

②洞门：传说药王孙思邈曾久居山洞，后世遂多称药王庙或药王旧居为药王洞，此处指药王山上的庙宇门前。

③宽心面：诗人家乡除夕夜所吃的面条。诗人自注："三原风俗，以除夕面为宽心面。"

④愁城：忧愁困窘于一地而无出路。

简析

一九一八年以来的三年灾荒，使靖国军处于极为困窘的状态；在食物匮乏的状况下，靖国军内多有违抗军令之事。

身居总司令之职的诗人，多方谋求摆脱危机而无成，于一九二〇年除夕前北上药王山。

团圆之节而一家人不得团圆，为革命前途和靖国军的未来而不胜担忧的诗人，如困愁城，万感交集，遂有这两首七绝之作。

第一首的大意是：实现"伏虎降龙"（铲除陕西军阀，东征华北，复兴中华民国大业）的目标十分渺茫；时值除夕，药王山庙宇内香火旺盛；作为药王的后辈儿女，香客们痴心一片，忙忙碌碌地上山来祭拜药王，但不知药王是否能看到这饥饿困窘、遍地疮痍的情景。

第二首的大意是：年关时节，天寒地冻，客处在外，满腹孤苦的思绪，举目茫茫，回家的路在哪里呢？妻子儿女们如果为大年夜准备面条，想来会想念"我"这个忧愁困窘在外的老头儿的。

"疮痍遍地神知否？"包含着多少复杂的忧国忧民之情，一句之中包含着屈原《天问》的复杂内蕴。

"茫茫何处是归途？"并非不知归家之路，而是时逢年关而归家不得的锥心之痛的淋漓展现，也是对何时能够整顿并振奋军心，扫灭军阀，重建革命政权的急切发问。

我图网　提供

民治学校园①纪事诗（二十首选一）

慷慨当年此誓师，回头剩有断肠词。

三秦子弟多冤鬼②，百战河山倒义旗。

动地弦歌③真画荻④，烧天兵火亦燃萁⑤。

难忘民治园中路，卷土重来⑥未可知。

注释

①民治学校园：诗人在三原县城西关所创办的民治小学校园。

②冤鬼：冤魂，指冤屈未得申雪的死者。此处指愿望未实现的阵亡将士。

③动地弦歌：意为遍地礼乐教化之声。弦歌，礼乐教化，语出《论语·阳货》："子之武城，闻弦歌之。"此处指教子以家国大义的动人事迹。

④画荻：成语"画荻教子"的缩写。荻为水陆两生，形似芦苇的多年生草本植物。《宋史·欧阳修传》记述了这样的故事：欧阳修四岁丧父，家贫，母亲郑氏以荻管为笔，画地教子认字学书。此处亦指劝子读书。

⑤燃萁（qí）：语出曹植《七步诗》中"煮豆燃豆萁"之句，比喻兄弟相残。此处喻指在以冯玉祥为代表的直系军阀的分化瓦解下，一些接受冯军收编的靖国军与不改初衷的靖国军间的对立、争斗和相残。

⑥卷土重来：语出唐人杜牧《题乌江亭》诗："江东子弟多才俊，卷土重来未可知。"意指失败后组织力量重新战斗。

此诗作于一九二一年。

当时，由于北洋军阀冯玉祥的威逼利诱，分化瓦解，是年九月，陕西靖国军总指挥胡景翼擅自接受其改编，取消了靖国军旗帜。接受了北洋军阀改编的原靖国军转而强占靖国军司令部，对拒绝接受改编的靖国军进行围攻和相残。

面对极其严峻的局势，诗人处境艰难，痛心疾首，不得不移住于自己创建的民治学校一月之余。在此期间，诗人创作了这组由二十首组成的"纪事诗"。

名曰"纪事"，却并不实写其事，而以民治校园中的六十一种花草树木因物托事，即景寄情，以物达情，隐约曲折地表述担负靖国军总司令三年来的曲折历程，隐晦地抒写内心复杂的矛盾和纠结、痛苦和悲愤、焦虑和了悟。其中，不乏余味不尽、颇耐寻思之句。

这里选取的是最后一首。其大意是：回想当年慷慨誓师的情景，面对今日的惨状，只能以断肠词句表达心中摧肝裂肺般的痛苦。靖国军历经百战，反倒被（自己的将士）摘掉了旗帜，三秦的许多英雄儿女变成了壮志未酬身先死的冤魂。在一片令人感动的兴教办学、劝子读书和崇尚家国大义的气氛中，忽地燃烧起兄弟相残、直冲云天的熊熊兵火。民治校园的这一段艰难生活，将给"我"留下难忘的痛苦记忆。但是，怎么能料定，"我"不会卷土重来，解救危难中的三秦父老乡亲呢？

"三秦子弟多冤鬼"一句之中，为靖国军的失败而不甘心、不罢休、不屈服的内心情状，分明可见。

"百战河山倒义旗"一句之中，交集着多少对那些曾经并肩战斗的将士的不解情谊和对他们倒转头接受直军改编的怨怼、愤懑的复杂感情。

而取用杜牧"卷土重来未可知"之句，则极其恰切地表现了失败英雄不气馁、不妥协的坚韧和刚毅，一种壮志未酬死不休的精神和姿态。

移居唐园诗以纪之（二首）

一

循迹乡村不忍回，唐园①有路足周回②。

长条络石③藤缠葛，古木交柯柏抱槐。

恶竹④万竿难尽斩，红梅一树独先开。

老兵⑤休道戎衣薄，大地阳春可唤回。

二

南园急雨北园晴，载酒西园月又明。

天上风云原一瞬，人间成败不须惊。

高坟玉盌儿孙盗，曲沼金鱼将士烹。

凄绝范公穷塞主，力穷西北泪纵横。⑥

注 释

①唐园：三原城北四千米处的鲁桥镇东里堡，有距今已一千三百余年的唐代将军卫国公李靖的故居唐园，时名半耕园，又名南园。其北有补拙园，即诗中所说北园；其西有荒苑，即诗中所说西园。

②周回：往来回旋。

③络石：又称白藤花、石龙藤、石鲛，系一种常绿攀缘木质藤本植物。

④恶竹：妨碍花木生长的杂竹。此处喻指北洋军阀势力。

⑤老兵：诗人自称。

⑥凄绝，凄苦之极。范公，范仲淹。穷塞，边塞最远处。言范仲淹当年驻防西北边关多年，辛苦绝顶，竭尽心力，却反遭诬陷，负屈含冤，招致贬谪。此处以范仲淹的遭遇自喻，抒发自己尽心竭力率领陕西靖国军不屈不挠地开展反抗北洋军阀的斗争，却因部下接受其分化收编之计

而倒戈，凄惨失败的痛苦心曲。

简析

这两首诗也写于一九二一年。

诗人在部下倒戈和极为险恶的境遇下，居处民治学校月余；闻乱军扬言冲击民治学校，在不得已的险恶情境下，再次移居于三原城北的东里堡唐园。

第一首着重抒写对唐园中所见的感触。大意是：顺着乡村的道路前行，不忍——毋宁说无心——返回，来到唐园，暂处其中，倒也足以在急剧的风云变幻中回旋踱步。举目望去，络石那长长的枝条缠绕着葛藤，古树枝柯交错，柏树槐树躯干紧贴；那些有伤花木生长的恶竹，实在应该统统砍掉；而那一树红梅，独自开放得那么鲜艳！"我"这个老兵，何必说什么（寒风刺骨），军衣单薄，温暖的阳春是可以召唤回大地的（胜利终将是会到来的）！

如果说，第一首表现了诗人在失败中的自信，那么，第二首则重在抒情，旨归于自慰。

（风云变幻，咫尺之间，气象迥异）南园下着急雨，北园却晴日当空，刚要去西园饮酒，时间却已是月明星稀的夜间。风云的变幻在天上原只是瞬间之事，人间的成功或失败，也无须惊怪。试想，曾几何时，王侯贵戚的高大坟冢内价值连城的玉碗和珍宝，被儿孙后辈所盗取；那些倾尽财力、殚精竭虑所修造的精美池沼内养育的金鱼，也被将士烹煮，吞下了肚腹。一代名臣范仲淹据守西北边塞多年，竭尽其力，不胜凄楚，却因遭受诬陷而被贬谪。

诗人隐没在心的感慨是：自古以来，人间有多少违背初衷的荒唐事、辛酸事、不平事啊！靖国军今日之败，又何必为之痛心疾首呢？"力穷西北泪纵横"，与其说，是记述范仲淹的遭遇，不如说，就是诗人的自况；而"大地阳春可唤回"，却是诗人自己必胜信念的灿烂表达！

武功城外（二首）

一

扶杖行吟任所之，武功^①原上晚晴时。

郊禖^②谁祷姜嫄庙^③？春雨人耕后稷^④祠。

万里风云掩西北，十年兵火接豳岐^⑤。

绿杨临水川如画，景物留连老益悲。

二

金鼓河山诉不平，义旗牵引复西征。

郊连战垒周原^⑥壮，浪打城隅漆水^⑦明。

朔漠^⑧冰霜苏子节^⑨，春风桃李武侯营^⑩。

登坛^⑪慷慨今犹昔，忍泪连年说用兵。

注释

①武功：陕西西部县名。传为后稷教稼之地。

②禖（méi）：古代的求子祭祀。

③姜嫄庙：原在武功县城西。姜嫄为后稷之母。

④后稷（jì）：即后弃。姓姬名弃，《诗经》云其为天帝之子。尧舜时为农官，教民稼穑，为周朝始祖。

⑤豳（bīn）岐：豳，古地名，在今陕西彬州、旬邑一带；岐，今岐山县。豳岐指彬州、岐山一带。

⑥周原：西周发祥地，位于今陕西岐山县、扶风县和眉县的部分地区。

⑦漆水：渭河支流，自北流经扶风县，至武功县汇入渭河。

⑧朔漠：北方塞外荒漠之地。

⑨苏子节：汉代出使匈奴的苏武手中所持节杖。苏武被拘于匈奴十九年，手持节杖不为其折磨所屈。

⑩武侯营：武侯诸葛亮六出祁山的军营，在五丈原北端。后人建祠于其地，今尚在。

⑪登坛：古人称统帅军伍为登坛拜将、运筹决胜、发号施令。此处指诗人应请前来统领靖国军余部。

简析

这两首诗作于一九二二年三至四月。

当时，杨虎城等部仍在靖国军的旗帜下誓死与军阀抗争。

三月，诗人应杨将军之请西来武功，密议复兴，设靖国军总司令部于凤翔，而以武功、扶风为行营，在两三个月内屡战屡胜。然各部互相猜忌，为敌所乘，导致一败涂地，不可收拾。

迫不得已，诗人于五月间取道陇南，入嘉陵江，经重庆返回了上海。曾经震动四方的陕西靖国军时期，也便终告结束。

第一首，写景抒情。

大意是：在晴朗的傍晚时分，"我"手扶拐杖，在武功原上随意而行，边走路，边吟诗。

城外姜嫄庙前，那么多人在祈祷求子；后稷祠旁，更多的人趁着春雨甫降，忙忙碌碌地耕地备种。

风云万里，遮盖西北；（袁世凯窃取民国大权后）十年来的兵火蔓延到了临近此地的邠县（今彬州）、岐山一带。

眼前，平川一片，绿杨高挺，漆水河潺潺流淌。这如画风景，令人流连，"我"却渐渐老了，悲从中来。"老益悲"三字，可见失败留在诗人心头，驱之不去，仿若阴影。

第二首，忆写靖国军的战斗历程，喻志于不屈强敌、不改节操的古代英雄的事迹。

大意是：（对于直系军阀诱编靖国军之事）山河怀愤，击响战鼓，如诉不平；（杨虎城将军等）高举靖国军的旗帜，引"我"西征来此。

城郊的防守堡垒一座连着一座，使武功尤显壮美，漆水河浪卷城隅，更见清澈。

这里蓬勃着当年被拘于匈奴大漠而执节不屈的汉使苏武的节操；春风桃李之下，诸葛武侯六出祁山的大营也就在近旁。

如今，"我"慷慨来此，统领靖国军余部，犹如当年，忍着泪水，忆说连年来用兵的功过是非。

"忍泪连年说用兵"，是对失败的自我回顾、总结和检讨；而"慷慨登坛"，蕴含着"大地阳春可唤回"的必胜信念。

96

我图网　提供

嘉陵江上看云①歌赠子元、省三、陆一②

云如蒸气岩前起，山似馒头石似米。

扣舷而歌歌未终，雨打孤篷③衣如洗。

风风雨雨断客肠，存亡诸子④俱凄凉。

关山百战逾秦陇，舟车经月道雍梁⑤。

时虞缯缴⑥如飞鸟，辜负江山看剑铓。

噫吁嚱⑦！

奇云忽聚忽分散，峭壁时隐时出现。

客心⑧如海复如潮，鹃声似续还似断。

无平不陂往不复，有酒一樽诗一卷。

醉后愤愤呼苍天，顿足踏破嘉陵船。

云引愁心雨引泪，嘉陵江上话昔年。

龙门⑨浪急鼋鼍⑩吼，华岳⑪云埋鹰隼⑫骞⑬。

间道忘身生命贱，孤军苦战岁时迁。

灾深饿殍横三辅，痛剧国殇泣九泉。

子弟前仆争后继，父老壶浆半含涕。

将军⑭歃血⑮举义旗，中道反戈先变计。

谁信李陵⑯报故人，羞为于禁⑰污家世。

甑已破矣⑱难苟全，秦无人焉望空祭。

不哭穷途哭战场，一龙一蛇一螳螂⑲。

云横秦岭关门锁，梦落周原战垒荒。

注释

①诗人原注："嘉陵江两岸皆山，新雨后，山川出云，有如釜甑蒸气也。山半多佛家造像。"

②子元、省三、陆一：子元即王玉堂，省三即王省三，陆一即王陆一。三人皆于靖国军时期为诗人身边的工作人员。

③孤篷：篷即船篷，有时亦指船帆，孤篷即孤帆。

④存亡诸子：活着的和死了的人们。此处指活着和阵亡了的靖国军将士。

⑤雍梁：古雍州、梁州。此处泛指陕南和甘肃、四川交界一带。

⑥时虞缯（zèng）缴（zhuó）：虞，担心；缯缴，一种猎取飞鸟的工具。时虞缯缴，此处犹言不时担心被杀害或抓捕。

⑦噫吁嘻：表示惊异和慨叹的语气词。

⑧客心：因出行在外，诗人自称为客，客心即诗人自己之心。

⑨龙门：在山西河津市西北、陕西韩城市东北，横跨黄河，形似门阙，故名。相传为大禹治水时所凿。

⑩鼋（yuán）鼍（tuó）：水中的大鳖一类动物。此处借喻陈树藩，以及直系军阀。

⑪华岳：西岳华山。

⑫鹰隼（sǔn）：老鹰和青鹘，指猛禽。

⑬骞（qiān）：高举，飞起，亦有亏损之意。此处当指高飞而受伤，暗喻自己率领靖国军苦战于三秦，而遭受冯玉祥的诱降收编之计，以及因胡景翼的背叛，所受到的伤害。

⑭将军：暗指胡景翼等接受直军改编的靖国军将领。

⑮歃（shà）血：代指誓师。

⑯李陵：汉武帝时拜骑都尉，勇敢善战。公元前九十九年奉命出征匈奴，寡不敌众，兵败而降。诗人在此处以李陵比胡景翼。据刘延涛《于右任先生年谱》云：胡景翼倒戈，带领靖国军大部接受冯玉祥改编后，曾"夜叩先生家门，请见于夫人，谓一切诚不得已，翼誓死不负右公也"。则"谁信"句之意当为：谁能相信胡景翼不负故交友情的话呢？

⑰于禁：三国时魏将，公元二一九年于襄樊之战中为关羽所败而降蜀，后归魏，见曹丕命人所画关羽战克、于禁降服之画像，羞愧而死。"羞为"句之意为："我"羞于像于禁那样变节投降，背弃民国大业，玷污祖宗家世。

⑱甑已破矣：语出《后汉书·郭符许列传》。巨鹿人孟敏不慎，将甑（做饭的瓦器）坠在了地上。他看也不看，转身而走。林宗问他为什么看也不看？孟敏说："甑已破矣，视之何益。"林宗觉得他不是个凡常人物，劝他游学读书。孟敏听了劝告，十年时间便成名了。

⑲《管子·枢言》云："一龙一蛇，一日五化之谓周。"后遂以"一龙一蛇"比喻随着情况的不同而出现的变化。《庄子·山木》记述有"螳螂捕蝉，黄雀在后"的寓言故事。此句为化用，意在比喻五年靖国军生涯中自己处境的变化，曾经誓师三原，似腾云驾雾的蛟龙，后则盘曲绕行，屡屡迁徙，似蛇行一般，最终"梦落周原"，间道亡命，如同黄雀在后的螳螂一般。

简析

这是一首熔记叙、议论、抒情于一炉，体如行书，放情而歌的歌行体长诗，写于一九二二年五月诗人取道陇南，入嘉陵江，经重庆返回上海途中。激情澎湃，气势磅礴，如大江奔驰，一泻千里，苍凉悲壮，有如李白的名篇《将进酒》。

全诗可分三段。"噫吁嚱"之前为第一段，重在描述旅途景象。

大意是：（在嘉陵江上乘船，远远望去）蒸气般的云雾从山岩前升腾而起，山像一个个馒头，岩石像是米粒。敲击着船边，正在唱歌，忽地下起雨来，打湿了船帆，"我"身上的衣服湿漉漉的，像是水洗了一般。历经时代风雨的人们（靖国军将士），无论存活着的，还是死亡了的，无不凄凄凉凉地腹藏一腔伤惨欲绝的断肠之痛。（几年来）于关中历经百战，（如今）"我"越过秦岭陇山，于雍梁之地而入嘉陵江，时而坐车，时而乘船，已行走月余，时时如同飞鸟遭遇缯缴之祸般提防着追杀，不敢欣赏山

河之美，时而审视着手中的剑锋（思量着如何应对追杀）。噫吁嚱！（真让人不知说什么好。）

此后至"子弟前仆争后继，父老壶浆半含涕"为第二段，重在叙述两岸景色勾引起的诗人对靖国军五年历程的回忆。

大意是：（举目望去）天上变化万端的云团忽而聚集，忽而分散，大江两岸的峭壁时而隐没，时而出现；啼血杜鹃凄凉哀怨的叫声时断时续，"我"的心时而如大海般无边无际，时而如潮水般汹涌澎湃。面前一樽酒，一卷诗，（思来想去）平坦的大地上总存在倾斜凹凸，逝去的事物也不可能重新回返。借酒消愁而醉，喷发愤恨，呼天抢地，将船只踩踏得摇摇晃晃。天上的云团勾引着"我"心中的忧愁，雨水又诱发着眼眶的泪水，任"我"在嘉陵江上述说着几年来的遭遇。时当黄河龙门大浪滔天、大鳌吼叫，云压华山，苍鹰负伤，"我"冒死忘生，沿小路回陕，率领靖国军孤军奋战，岁月几迁。那些年，连年天灾，饿殍遍于三秦，多少爱国将士前仆后继，为国捐躯，令人悲痛欲绝；父老乡亲流着泪水，支持和慰劳靖国军将士的事迹历历在目（多么令人感动）。

其后是第三段，重在抒情，表述心迹。

大意是：（胡景翼等将领率部）高举义旗誓师，却中途反戈、背叛，谁能相信这种叛降匈奴的李陵般人物不负初衷之语呢？又怎能像于禁那样，朝秦暮楚，玷污宗族家世呢？瓦罐破了便无法完好，三秦从此没有了赤胆忠心的靖国军，人们只能空对苍天了。（如今，"我"呀！）虽然"我"的处境几变，如同黄雀在后的螳螂，间道亡命，但却不为身陷穷途末路而痛哭，而只悔恨、痛哭战场上的落败。乌云笼罩秦岭，封锁了三秦关门，周原之上，战垒荒芜，"我"的（"护国"兴邦）迷梦已彻底破灭了。这是对靖国军五年戎马生活的最后总结。

值得一提的是，"谁信李陵报故人"之句，虽然充溢着对胡景翼反戈的怨恨，却并非深恶痛绝，显然犹有一丝希望存在。果然，两年后，一九二四年十月，冯玉祥与胡景翼等发动了北京政变，以事实践行了自己"不负右公"的诺言，证明了自己并非二十世纪的"李陵"。

第 五 章

风雨催人 帆船一叶

——大革命前期之作

地运百年随世转
帆船一叶与天争
当年壮志今何在
白发新添四五茎

于右任

时代掠影

所谓"大革命前期"，这里指一九二三至一九二五年。

诗人兵败凤、岐，"梦落周原"，返回上海后，被孙中山先生委任为国民党参议。

一九二三年二月，孙中山先生南下广州，三月一日宣布组成大元帅府，履行大元帅职权；三月间，诗人应命来到广州，追随孙中山先生，并襄助政事，参与筹备国民党"一大"。

一九二四年一月，诗人于《东方杂志》发表《国民党与共产党》一文，拥护孙中山先生"联俄、联共、扶助农工"的三大政策，强调国共合作的重要性，认为"合则两益，离则两损"。

伴随国民党"一大"于广州召开，以国共合作为基础的国民革命蓬勃兴起。九月间，二次直奉战争爆发。十月二十二日午夜，奉命北上讨伐奉系军阀的冯玉祥、胡景翼将军回师入京，包围了总统府，监禁了总统曹锟，并迫使曹锟下令解除直系军阀、时任海陆空军大元帅的吴佩孚之职。于是，冯玉祥、胡景翼等人所率直军，不发一枪一弹，仅仅两个多小时，即宣告这场"北京政变"成功。民国成立后，仍在紫禁城内苟延残喘十三年之久的清末代皇帝溥仪，也随之被驱除出宫，清政权终于彻底"归天"。

冯、胡二位将军电请孙中山及诗人来北京共商国是。患有肝癌的孙中山先生抵京后，身体不支，诗人一直协助工作。一九二五年三月，孙中山先生逝世。诗人参与办理丧事，并处理北方党政事务。其间，四月，胡景翼将军因病逝世于河南开封，诗人捐弃前嫌，特地去安抚其部下。十二月，段祺瑞改组国民政府，推诗人为"内务总长"，诗人"绝对不就"。

作品解读

为楚伧、孟芙新婚作（二首选一）

楚伧、孟芙新婚招饮，朴安、精卫、亚子、楚伧均有作。余思钝而晚成。因写寄同座仲辉、望道、亨丽、沣平，并约同游宋园。①

天南②困顿老元戎③，民党何时日再中④？
同社⑤几人操不改，三年百战气犹雄。
文章报国余肝胆，岁月催人杂雨风。
贱子⑥诗成更招饮，宋园花木已葱茏。

注 释

①原诗小引。楚伧，姓叶，原名宗源，字卓书，号楚伧，早期同盟会员，著名南社诗人。孟芙，即吴孟芙，叶楚伧新婚夫人。朴安，姓胡，原名忭，曾主持《国民日报》编务。精卫，即汪精卫，后沦为日伪汉奸。亚子，姓柳，原名慰高，早期同盟会员，中华人民共和国成立后，曾任中央人民政府委员、全国人大常委会委员。仲辉，即邵力子，早期同盟会员，曾参与创办《神州日报》《民呼日报》《民立报》，后任中央人民政府政务院委员、全国人大常委会委员、全国政协常委等职。望道，即陈望道，马克思主义宣传活动家，《共产党宣言》中国首译本的翻译者，

中华人民共和国成立后，任复旦大学校长，民盟中央副主席等职。亨丽，南社创始人陈去病之女。沛平，胡朴安之女。宋园，即宋教仁墓园。

②天南：广州。

③元戎：主将，统帅。此处的老元戎，指时设于广州的军政府大元帅孙中山先生。

④日再中：意同如日中天，即太阳在天空正中的意思，比喻事物的兴盛状态。

⑤同社：指南社诸诗人。

⑥贱子：诗人的谦称。

简 析

这首诗前的"小引"交代了创作缘由。

其创作时间当在诗人从陕西兵败归沪之后。这首诗的首句是"天南困顿老元戎"，意思是大元帅孙中山先生在广州举措艰难。孙中山先生是一九二三年二月南下广州、三月一日宣布组成大元帅府的。此前是无所谓老元戎"天南"之困的。因此，这首诗当作于一九二三年二月之后。《于右任诗词曲全集》将此诗写作时间列于一九二二年，疑有误。

这首诗的大意是：大元帅孙中山先生在南国广州举措艰难，国民党何时才能够兴旺起来，如日中天啊！我们南社的诗人们不改节操，三年来，身经百战仍然意气轩昂。我们肝胆相照，撰写诗文，报效国家；然而岁月的流逝、风雨的变幻，却无情地折磨着人，让我们"老冉冉其将至"。（我们的老朋友）宋先生已被害多年，他墓园的花木长得郁郁葱葱。"我"的诗写好了，要请大家聚饮，并一起游览宋教仁这位革命烈士的墓园——宋园（表达我们的缅怀之情）。

首联勾画当时"元戎困顿"的政治态势。颔联颂扬在座诗友"操不改""气犹雄"的革命气概。颈联肯定和鼓励诗友以诗文报国的行为。尾联则以对宋教仁烈士的缅怀，激励诗友前仆后继，壮志不改。

全诗沉雄悲壮，字字千钧，蕴藏着一种"风萧萧兮易水寒"的苍凉之气。

于右任诗词集解

咏木棉①

海市②喧阗③日正中，万花光射满城红。

参天秀出④英雄树，高揖⑤群伦⑥惯受风。

注释

①木棉：落叶乔木，也称攀枝花、英雄树。

②海市：海市蜃楼的简化。《史记·天官书》曰："海旁蜄（蜃）气象楼台，广野气成宫阙然；云气各象其山川人民所聚积。"《本草纲目·鳞一》："（蜃）能吁气成楼台城郭之状，将雨即见，名蜃楼，亦曰海市。"后多以"海市蜃楼"喻虚无缥缈不可实现的事物。

③喧阗（tián）：声大而嘈杂。

④秀出：美好而突出。班固《为第五伦荐谢夷吾疏》云："英姿挺特，奇伟秀出。"

⑤高揖：高大的身躯拱手自上而下行礼。

⑥群伦：同辈或地位同等之人。

简析

这首诗作于一九二三年，是一首运用象征手法写作的抒情咏怀诗。

大意是：在海市蜃楼般喧哗热闹的正午时分，广州满城的万朵木棉花放射着红灿灿的光焰。木棉——那高峻参天、奇伟出众的英雄之树，习惯了经受狂风暴雨的袭击和摧残，总是刚毅地屹立着它的高大身躯，向周围的树木兄弟们施礼致意。

高峻入云，惯于经受大风考验，向有英雄树之称的木棉，以其灿烂、

热烈的花朵为人所青睐，既是诗人心目中的榜样，也是诗人当时的心情和心境的象征。

《咏木棉》的潜台词不言而喻：誓愿如木棉一般，把光彩和美丽献给社会，毕尽其力于革命，向大众鞠躬尽瘁。

全诗立意于借物咏志，既是对木棉英雄树的礼赞，对孙中山等革命者奇伟秀出、崇高、坚强的英雄形象的热情颂扬，又寓以如木棉般挺立不屈的自勉之意。句句含蓄，语语蕴藉，耐人寻味。

过台湾海峡远望

激浪如闻诉不平，何人切齿复谈兵。

云埋台岛遗民泪[①]，雨湿神州故国情[②]。

地运百年[③]随世转，帆船一叶与天争。

当年壮志今何在，白发新添四五茎。

注释

①遗民泪：一八九五年甲午战败，清廷与日本签订丧权辱国的《马关条约》，将台湾割让给了日本，台湾人民集会抗议，"聚哭于市中，夜以继日，哭声达于四野""愿人人战死而失台，决不愿拱手而让台"，是他们的共同心声。

②故国情：故国一般指历史悠久的国家或故乡。此处指台湾既已割让给了日本，对于全中国人民来说，自己的一腔爱国之情，如同经受了一场暴雨的无情袭击和摧残一般。

③地运百年：此处指岁月流逝中的山河之变。

简析

这首诗写于一九二三年三月。

当时，诗人乘坐轮船北上，经过台湾海峡，蒙蒙细雨中，倚甲板举目远望台湾岛，但见激浪翻卷，帆船颠簸，入耳涛声，如诉如泣。

诗人一时百感交集，浮想如潮。他不能忘怀甲午海战后中华神州宝岛台湾沦落于日本强盗手中的历史事实，他觉得眼前的激浪在为此而哭诉不平，连颠簸着的一叶扬帆小船也在竭尽其力地与命运顽强抗争。

诗人相信，故国情难断，九万里神州虽处于凄风苦雨之中，但是，绝

不会舍弃自己身上这一块骨肉般的领海、领土！他不愿看到军阀混战、百姓涂炭的现实。他觉得，自己必须焕发精神，壮心不老，虽然年已四十六岁，白发频添，但必得在孙中山先生的旌旗下，继续驰驱沙场，完成再造神州的革命大业！在这种联翩诗潮的汹涌中，这首七律从诗人肚腹之中喷发而出。

其大意是：耳听台湾海峡激越吼叫的波浪之声，好像在诉说着一腔不平之气，不知是谁又在谈论那场惊天地泣鬼神的甲午大海战。

（那场大战的失败，使神州丧权辱国，台湾人民从此落入了日本的奴役之下）浓重的乌云，遮盖了昔日还是神州的百姓，如今却遭受着日本奴役的台湾人民的哭声；哗哗而下的眼泪，雨水般地洒湿了神州大地的东南西北。

然而，大地的风水机运，伴随着岁月的奔流而如川之逝，世界上没有百年不变的高山大河，一叶小舟也不会屈服于茫茫江海的潮涨潮落、险波恶浪，挥楫扬帆，顽强抗争，激流勇进。

可惜，"我"头上白发频添，不知当年的那种凌云壮志，今天还是否存在？

首联是对眼前"诉不平""复谈兵"之状情景交融的描述。

颔联是眼前情景引起的"遗民泪"与"故国情"——两岸民众共有的昔日丧权辱国之痛——的抒写。

颈联转向现实，是对中国人民不屈不挠地与命运相抗争的精神的写实和祈愿。

尾联则将神州人民这种"帆船一叶与天争"的精神现实转向自我对照，向自己提出严肃的精神诘问。这种诘问，因强烈的报国之志和担当精神而迸发，却也突显了这种报国之志和担当精神不减当年的强烈现实的存在。

全诗情景交融，景中有情，情寓景中，感人至深。

与曾孟鸣谒黄花岗七十二烈士之墓

黄花岗①下路，一步一沾巾。

恭展②先贤垅，难为后死身。

当年同作誓，今日羡成仁③。

采得鸡冠子，多多寄故人④。

注释

①黄花岗：在广州白云山下，是一九一一年四月二十七日广州起义中牺牲的七十二烈士的墓地。

②恭展：此处为恭敬地瞻视之意。

③成仁：为崇高事业而牺牲。语出《论语·卫灵公》："志士仁人，无求生以害仁，有杀身以成仁。"

④多多，有的版本作"殷情"。于右任自注："采鸡冠花籽，寄民治学校。"故人指时任三原民治学校校长的张文生先生。

简析

一九二三年元旦，孙中山先生发表《中国国民党宣言》，决心召开中国国民党第一次全国代表大会，改组国民党，确立并推行"联俄、联共、扶助农工"的三大政策。为此，委任包括于右任在内的二十余人为参议，做筹备工作。

同年三月，于右任奉命来到广州，其间，与曾梦鸣等人前往黄花岗，恭谒七十二烈士之墓。于右任徘徊于烈士墓碑间，抚今追昔，他见墓碑侧多植鸡冠花，红黄相间，于是采得花籽一掬，遥寄民治学校，并在归途中

写下了这首诗。

大意是：走在黄花岗下的道路上，自己悲痛难忍，不得不走一步擦一次潸然而下的泪水。

恭恭敬敬地省视先贤们的坟墓，不由得痛恨自己未能（为革命）步烈士后尘而为国捐躯。

当年，自己与先贤们都立下了致力革命、报效祖国的宏图大志，如今却只能不无自愧地羡慕他们以身成仁的英雄行为。

怀着殷殷之情，采一些黄花岗上的鸡冠花籽，多多地寄给老朋友吧！

诗人崇敬"先贤"烈士为革命献身"成仁"精神之深之切，以至深感自己"难为后死身"，为自己作为尚且存活于世的"后死"者而不胜其"难"。"难"在如何不使烈士的鲜血白流，"难"在无所违逆地实现烈士的遗愿，"难"在坚定不移地将"民族、民主、民生"的三民主义革命进行到底，责任重大，任重道远！

采烈士墓前火红的鸡冠花籽"多多寄故人"，寄托着先贤精神之花开遍神州的殷切希望，也是诗人将革命进行到底的坚定决心的象征。

我图网　提供

海上遇凤岐兵败纪念日[①]

金鼓[②]东征[③]可有期，老来抱恨复何之。
髑髅[④]夜月三良[⑤]墓，禾黍[⑥]秋风后稷祠[⑦]。
海上有愁消日月，中原无地见旌旗。
关西子弟多豪俊，莫忘当年是义师[⑧]。

注释

①凤岐兵败纪念日：一九二二年农历五月，陕西靖国军惨败于凤翔、岐山一带，端午之日，靖国军司令部于凤翔行营举行了最后一次会议，从此偃旗息鼓。次日，杨虎城将军率余部北赴延安、榆林休整待起，诗人则辗转回沪。故凤岐兵败纪念日当指端午之日。

②金鼓：古代进军信号。

③东征：指靖国军东征盘踞北京及华北的北洋军阀的计划。

④髑髅（dú lóu）：死人的头骨；骷髅。

⑤三良：靖国军的三名骁将张义安、耿直（端人）和井勿幕（一说董振武）。

⑥禾黍：泛指黍稷稻麦等粮食作物。古人常用以表达悲悯故国破败或胜地废圮之慨。语出《诗经·王风·黍离》："黍离，悯宗周也。周大夫行役至于宗周，过故宗庙宫室，尽为禾黍。悯宗周之颠覆，彷徨不忍去，而作是诗也。"

⑦后稷祠：专门供奉后稷的祭殿。位于陕西武功老城武功镇境内稷山之巅上阁寺。自汉代以来，代有修建，现存建筑是在清代基础上复建。

⑧义师：为正义而战的军队。

简 析

这首诗系诗人一九二三年端午节乘舟海上之作。

端午节是中华民族纪念爱国诗人屈原的传统节日，也是一年前陕西靖国军兵败凤翔、岐山而偃旗息鼓，自己"梦落周原"之日。时逢此日，诗人感慨系之，因有此作。

大意是：靖国军东征北洋军阀的大计，不知还有没有实现之日？"我"这个满腔遗恨、年岁渐老的关中"铁汉"，已不知道该如何办才好。

（忘不了啊！）那静谧的夜月之下的张义安、耿直、井勿幕"三良"之墓，那周围满是在秋风中摇曳的禾黍（那勾动人悲悯败亡之情的禾黍）的后稷祠！

在这激浪起伏的海面上乘舟行进，消磨着满腹的忧国忧民之愁，"我"怎么也看不见、盼不到中原之地重新高举正义的旌旗。

（我们）"关西"子弟，从来豪俊辈出，（兄弟们啊，）切勿忘记继承当年的正义之师——靖国军——的壮志，为"金鼓东征"，扫灭军阀，光复神州而毕尽其力！

从这首七绝可见，诗人虽返回上海，又南赴广州，然而靖国军败于凤、岐，仍是诗人时刻作痛的心头伤疤，北洋军阀一日不灭，民国一日不得振兴，他心头的这块伤疤则一日不得痊愈，则一日"老来抱恨""有愁消日月"啊！

读 史（三首选一）

风虎云龙①亦偶然，欺人青史话连篇。
中原代有英雄出，各苦生民数十年。②

注释

①风虎云龙：《周易·乾卦》云："云从龙，风从虎，圣人作而万物睹。"喻圣主得贤臣，贤臣遇圣主，皆有定数。诗人对此持批判态度，认为事物的相互感应和人才的际遇，往往基于偶然。

②清人赵翼《论诗》云："江山代有才人出，各领风骚数百年。"诗人反用其意，认为历史上中原之地的所谓"英雄"，无不贻祸患，使百姓遭受苦难。

简析

这首诗作于一九二四年。

其时，陷于怅惘和痛苦中的诗人面对现实，抱着批判的态度，希望从研读史书中寻找革命失败的原因。

他从自己的现实经历中冷静审视，在分析历史事件的成败和历史人物的作为之中，慧眼独具，得到了一些与史书大相径庭的结论。

在这首七绝里，他一针见血地揭露和鞭笞了那些古今——特别是北洋军阀们——所谓的"英雄"，认为他们的作为，他们的"各领风骚"，实则是制造祸患，并使人民陷于苦难之中的最大原因。一种时刻汹涌着的悲悯民众的胸怀和人道主义精神，使这首《读史》一时广为传诵，堪得名篇之誉。

黄河北岸见渔翁立洪流中①

劳者无名逸有功，便宜毕竟属英雄。
世人都道河鱼美，不见渔翁骇浪中。

注　释

①诗人原注：黄河鲤必手捕者味始佳，故岸边浅水处，多见渔者立其中。

简　析

此诗作于一九二五年。

多年来，诗人或东来，或西去，多次渡黄河。看到站立于洪流激浪之中捕鱼的渔翁，感慨万千，遂有此作。

大意是：自古以来，含辛茹苦、操劳终日的人杳然无名；而那些闲适逸乐的人，往往名下"功绩"非凡。所谓"英雄"，大都是些善于投机取巧、占便宜的人。世上的人都说黄河的鲤鱼好吃，但不知看到没有看到，渔翁们总是站立在黄河的洪流激浪中捕鱼的啊！

四句之中，感慨无尽，既包含对渔翁一类辛苦万端的"劳者"的怜悯，更包含对坐收渔利、不劳而获的"逸者"或"英雄"的鄙薄，更充盈着愤慨世道不平之气，喷发着一腔心忧民生疾苦之情。

据说，此诗四句落纸，诗人翻阅宋诗，忽地看到范仲淹《江上渔者诗》云："江上往来人，但爱鲈鱼美。君看一叶舟，出没风波里。"

有感于自己此诗竟与之异曲同工，自叹道："吾奈何若掠范公语！"此所谓"英雄所见略同"，儒者忧国忧民之心如一耳！

第六章

护巢苍隼　苍髯如戟

——赴苏联行之作

苍髯如戟一战士

何日完成革命史

大呼万岁定中华

全世界被压迫之人民同日起

丁右任

时代掠影

冯玉祥、胡景翼发动的"北京政变"成功后，奉系军阀首领张作霖违背"奉军不入关"的诺言，挥军南下，北京随之失陷。

张作霖进入北京，控制了由段祺瑞任中华民国临时执政的北京政权，剑指冯玉祥所率国民军。国民军无力抵抗，溃不成军，冯玉祥撒手去了苏联。

而北洋军阀河南刘镇华统领其镇嵩军闻风而动，向陕西猛攻。驻陕的国民二军将领李云龙被迫退入西安，陷入重围。诗人旧部杨虎城将军前赴救援，并电请诗人设法援助。五月间，共产党人李大钊先生建议诗人前赴苏联敦请冯玉祥将军归国。

诗人捐弃前嫌，慷慨应诺，由黄海出发，在海上几经周折，于七月下旬抵达莫斯科。诗人参观了红场、克里姆林宫，拜谒了列宁墓，见到了冯玉祥。

冯玉祥拒绝归国，说："我们打不过张作霖、吴佩孚他们，你难道还不死心吗？"

诗人道："革命党哪怕烧成了灰，还是不死心的！你还是跟我回国吧。革命党准备北伐，黄埔军是一支坚强的武力。我们由西北向东边进攻，跟北伐军会师中原，全国统一有望。"

诗人看冯玉祥疑虑重重，心意不定，毅然决然道："你再考虑考虑……这是你立功的好机会，不可错过啊！"

诗人带着苏共支援的枪械弹药与苏联军事顾问即将归国时，接到李大钊发来的电报云："陕西军事恶化，救西安急如星火。"即取道蒙古库伦

（今乌兰巴托）归国。

　　途中于九月间，欣逢冯玉祥带车队赶来于大沙漠之内。遂于五原成立国民联军。诗人以国民党中央执行委员身份，正式授国民联军之旗，推冯玉祥为总司令。

　　五日后，诗人与冯玉祥分兵赴陕。诗人一行于十月先抵三原，于十一月与城内的杨虎城、李云龙内外夹击，一举打垮了军阀刘镇华部队，西安之围遂解。

　　为了适应时代的发展变化，诗人苏联之行期间的诗作，突破了旧体诗的条条框框，把许多新名词、新术语运用于诗句之中，使其作品思想新、语言新、意境新、感情新，诗风为之一变。

　　这一时期的诗作，后来汇集成册，即名之曰《变风集》。

我图网　提供

第六章　护巢苍隼　苍髯如戟

作品解读

舟入黄海①作歌

黄流②打枕终日吼，起向柁楼③看星斗。

一发④中原乱如何？再造可能得八九。

神京陷后⑤余亦迁，奔驰不用卖文钱。

革命军中一战士，苍髯如戟⑥似少年。

呜呼！苍髯如戟一战士，何日完成革命史？

大呼万岁定中华，全世界被压迫之人民同日起。

注释

①黄海：西太平洋边缘的中国领海。位于中国与朝鲜半岛之间。因黄河挟带大量泥沙入海，近岸被染为黄色，故称黄海。

②黄流：指黄海的黄色波浪。

③柁楼：船上操舵之室，其高如楼，故称柁楼；亦借指乘船。

④一发：更加，越发。如"一发不可收拾"。

⑤神京陷后：指北京陷于奉系军阀张作霖之手。

⑥苍髯如戟：两颊胡须又硬又长，相貌威猛。成语，语出李白《司马将军歌》："紫髯如戟冠崔嵬。"

简析

此诗写于一九二六年五月，诗人乘船赴苏联，敦请冯玉祥将军回国，途经黄海之时。

大意是：黄海的黄色波浪日日夜夜冲击着船体，哗哗地吼叫着，使"我"睡不安枕，起身走向舵楼，百无聊赖地观看天上的星斗。

此时此刻，不知中原乱到了何种地步？从军阀手中夺回政权，再造中华，恐怕少不了八九年漫长日月。

然而，京城既已失陷（于奉军之手），"我"也出走（北赴苏联），这倒也不用卖文糊口，为生计发愁。

"我"要做革命军中的一名苍髯如戟却英姿威武似少年的战士。呜呼！这位苍髯如戟、英姿威武的革命战士，（"我"要问你）何时能够完成革命历史？

"我"会大声疾呼，结束混乱，中华万岁！还要动员全世界被压迫的人民同日奋起（开展革命斗争，让受压迫的日月一去永不复返）！

这首诗直抒胸臆，气势磅礴，蓬勃着平乱救国的焦灼迫切之情。

诗人所以一着笔即交代自己"起向柁楼看星斗"，并非完全因为"黄流打枕"，而是因为心中念着处于危机之中的祖国："一发中原乱如何？"

此去苏联敦请冯玉祥将军，便是为了平乱救国。为了平乱救国，为了解故乡西安之围，自己虽已达四十八岁，将入"知天命"之龄，却"苍髯如戟似少年"，气宇轩昂，精神焕发，要做"革命军中一战士"。

诗人自我诘问：（你既然是革命军中一战士）你将"何日完成革命史"？这是满腔爱国精神的负载者必然对自己提出的诘问，是诗人担国家命运于自身的内心激情岩浆的必然喷发。

"大呼万岁定中华，全世界被压迫之人民同日起"，则是诗人对自我诘问的回答，也是对自己志在世界的辉煌宏图的庄严宣示。

东朝鲜湾①歌

舟入东朝鲜湾，望太白山②作歌，时正读《资本论》。

晨兴③久读资本论，掩卷④心神俱委顿⑤。

忽报舟入朝鲜湾，太白压海如衔恨。

山难移兮海难填，行人过此哀朝鲜⑥。

遗民莫话安重根⑦，伊藤⑧铜像更巍然。

吾闻今岁前皇死⑨，人民野哭数十里。

又闻往岁独立军，徒手奋斗存血史。⑩

世界劳民十万万，阶级相联参义战。

何日推翻金纺锤⑪，一时俱脱铁锁链。

噫吁嘻！

太白之上云飞扬，太白之下人凄怆。

太白以北⑫弱小民族齐解放，

太白以南以东以西被压迫者，

如怨如慕如泣如诉复如狂。

山苍苍兮海茫茫，盟山誓海兮强复强。

歌声海浪相酬答，天地为之久低昂。⑬

舟人惊怪胡为此？此髯⑭歌声犹不止。

万里转折赴疆场，我本革命军中一战士。

120

注 释

①东朝鲜湾：位于朝鲜东部海域。

②太白山：山名，位于朝鲜半岛东部。

③晨兴：早上起来。

④掩卷：合上书本。

⑤委顿：疲倦，困顿。

⑥哀朝鲜：甲午之战后，朝鲜被日本侵占，诗人为之而悲哀。

⑦安重根：朝鲜爱国义士，曾刺死祸害中日人民的罪魁、日本前首相伊藤博文。

⑧伊藤：伊藤博文，甲午战争的发动者，迫使清政府签订丧权辱国的《马关条约》的前日本首相。

⑨前皇死：朝鲜前太王李熙死于日本。朝鲜人民闻此讯，义愤填膺，反日情绪不可遏抑。

⑩在俄国十月革命影响下，一九一九年三月，朝鲜汉城市民高呼"朝鲜独立万岁"的口号，举行示威游行。全国各地纷纷响应，继而发展为许多地区的武装起义。后在日本侵略者残酷的武力镇压下归于失败。

⑪金纺锤：古埃及以金纺锤代表权力的权杖，此指反动统治。

⑫太白以北：指俄国。

⑬语出杜甫《观公孙大娘弟子舞剑器行》，形容其震撼力之大，使长天大地久久地为之时而低时而高，上下震动。

⑭此髯：诗人自指。

简析

诗人乘船赴苏联途中，阅读马克思的《资本论》，忽闻轮船进入东朝鲜湾，掩卷远望，见太白山而浮想如潮，遂有此作。

这是一首歌行体的"变风"长诗。全篇激情沸腾，如大江暴涨，奔腾而下，一往无前，气象万千。

在描述自己眼下所闻——"忽报舟入朝鲜湾"之后，即转入朝鲜遭受日本侵略及其"徒手奋斗存血史"的历史叙述；与之紧相连的是"世界劳

民十万万，阶级相联参义战"的呼号；接着，犹如水到渠成，自自然然地发问"何日推翻金纺锤，一时俱脱铁锁链"。

至此，笔锋一转，通过太白山以北（即苏联）与以南以东以西人民眼前的不同境况对比，诗人直抒胸臆，表达自己对世界被压迫人民"山苍苍兮海茫茫，盟山誓海兮强复强"的殷切希望。是希望，也是对此前发问的回答。

而"歌声海浪相酬答，天地为之久低昂。舟人惊怪胡为此？此翁歌声犹不止。万里转折赴疆场，我本革命军中一战士"。则是诗人胸中不可遏抑的宏图壮志的不自觉表达，也是"盟山誓海"之言。

全诗一气灌注，气势磅礴，撞击人心。

我图网　提供

舟入大彼得湾①

二百余年霸业零②，天风③吹尽浪花腥。

掬来④十亿劳民泪，彼得湾中吊列宁。

注释

①大彼得湾：位于今俄罗斯远东滨海南部。

②零：凋零。

③天风：此处喻指列宁领导的十月革命。

④掬来：双手捧起。

简析

这首诗写于诗人一九二六年赴苏联，乘船经过大彼得湾之后。

其大意是：二百余年来（彼得大帝的残酷统治），被十月革命的风暴——"天风"——所推翻，将其血腥的浪花吹得干干净净，一去而永不复返。（今天，"我"路过这里，）用双手捧起十亿劳动人民的血泪，在彼得湾里祭吊列宁。

前两句所谓"霸业"，当为以武力称霸的别称，是对彼得大帝政权性质一针见血的揭露和鞭笞。

一个"零"字，将其残酷统治一扫而尽，可谓一字胜于十万兵马；而一个"腥"字，给予彼得大帝的霸业以无情揭露和痛击，用霹雳盖顶、力夺千钧来形容，绝不为过。彼得湾以彼得大帝得名，彼得湾曾经"浪花腥"，是彼得大帝以其武力强权统一俄国、称王称霸之地。

如今，日月换新天，"我"在这里祭吊发动十月革命、建立了崭新的苏维埃政权的革命导师——列宁。

彼得大帝和列宁，代表着两个迥然不同的阶级、制度和历史时代。

"掬来十亿劳民泪，彼得湾中吊列宁"，堪称激发读者对比霸权统治和无产阶级红色政权的绝好警句。用劳动人民的泪水"吊列宁"，其内涵之深广，十分发人深省，既包含着劳动人民对彼得"霸业"断然化"零"的喜极而泣，也蕴藏着他们对红色政权诞生的无尽惊喜。既融合着昔日在血腥统治下艰难生存的痛苦回忆，也充溢着对革命导师列宁的无限崇敬……

四句二十八字，字字珠玑，句句精警。

我图网　提供

布蒙共和国立国五年纪念歌（节录）

四日松林作食堂，露天大宴尤难忘。

半是欢迎半欢祝，中央女委①主壶觞。

贝加湖②里鱼生美，打其庄③中马奶香。

大礼烹羊割唇耳，④中霄起舞杂谐庄。

天然庭燎⑤焚松股，土产珍馐进野桑。

响彻云衢⑥国际歌，天将明矣唱未央⑦。

嗟予转折二万里，七日乌城发白矣。

苍隼护巢⑧曷不归？神龙失水⑨忧思起。

乌城西安一直线，昨梦入关督义战。

尽烹走狗定中华，一行解放四万万。

老来有志死疆场，竟把他乡当故乡。

注释

①诗人自注：中央女委，萨哈利亚诺夫女士。

②贝加湖：即贝加尔湖。

③打其庄：布蒙共和国政府夏日所在地。

④当地风俗，以请客人割烹好的全羊的唇和耳为大礼。

⑤天然庭燎：指以露天为厅堂，燃火烧烤。

⑥云衢（qú）：云霄。

⑦未央：未了，尚未结束。

⑧苍隼护巢：苍鹰性格刚烈凶猛，尤其在繁殖期间，任何靠近它的动物甚至人类，都将遭受它的顽强抗争。此处比喻自己保卫家乡的行动。

⑨神龙失水：汉代文学家贾谊《惜誓》有云："神龙失水而陆居兮，为蝼蚁之所裁。"意为群神中的龙一旦失去了大海的水，落在陆地上，便会受到区区之蝼蚁的欺凌和侵害。此处比喻正义（革命力量）遭受邪恶（北洋军阀势力）的糟践。

简 析

这首诗作于于右任一九二六年到达苏联之后。

果然如李大钊所言，苏联方面已做好了接待准备。轮船抵达海参崴（符拉迪沃斯托克），苏联政府即安排于右任一行坐火车去布里亚特蒙古苏维埃社会主义自治共和国首府上乌金斯克。

其时，正值布里亚特蒙古苏维埃社会主义自治共和国成立五周年，到处张灯结彩，载歌载舞，热闹非凡。既为庆祝自治共和国的神圣节日，也盛情欢迎从中国远道而来的客人。

欢庆活动先后四天，第一天举行纪念大会，第二天阅兵，第三日为以角力、赛马为内容的民族运动会，第四日在松林里举行"两头见太阳的宴会"，从当天下午太阳未落山时开始，通宵达旦，歌舞饮宴，到第二天太阳出来才结束。

于右任和马文彦受邀参加了四天的各项活动，"两头见太阳的宴会"给于右任的印象尤为深刻。松林里，灯光明亮，篝火映月，恍如白昼。桌上摆满丰盛的蒙古族风味食品，人们手摇唱机播放的歌曲声，与手鼓、马头琴的声音，以及青年男女的合唱声交汇在一起，流淌着无比的欢快和愉悦。彻夜狂欢，于右任却仍精神抖擞。应主人之邀，诗人创作了这首题为《布蒙共和国立国五年纪念歌》的长诗。

全诗可分三段。第一段，简述布里亚特人五百年的苦难和成为苏维埃社会主义联邦自治共和国之一，一跃而成为"世界弱小民族之鸾凤"的历史。第二段，记叙其连续四天纪念立国五周年佳节的盛况。从"嗟予转折二万里"开始的第三段为抒情。

这里选取的是第二段记叙第四日松林晚会和第三段抒情的主要部分。其大意是：盛典第四天在松林中的露天大宴特别使人难以忘怀。大宴半是表达对"我"这个远方来客的欢迎，半是为了庆祝自己的共和国成立五周年。大宴上以请客人割烹熟的羊唇、羊耳为大礼，通宵舞蹈，既正经八百又滑稽幽默。以露天为庭，燃烧松枝篝火，以各种土产珍馐作为野餐的食品。高唱国际歌的响亮声音，直上云霄，天将黎明仍然歌声悠扬。

　　可叹"我"路途转折两万里，已到达上乌金斯克七天，急白了头发。你应当是"护巢"的"苍隼"，却为何迟迟不归？要知道，故乡西安，乃至整个神州，都如同断了水的"神龙"一般，渴待着一口救命之水，以奋发而起。昨晚做梦，从上乌金斯克直线到达西安，督促军民抗击围城的北洋军，此行一举解放四万万同胞，把那些罪大恶极的军阀统统烹煮，使中华从此太平安宁。"我"虽然已经老了，但是，大志尚在，甘愿为国死在疆场。然而，今天，"我"却把人家的故乡当成了自己的故乡（沉醉在欢乐之中）！

　　虽然，上乌金斯克的欢迎那么隆重、热烈，虽然松林的狂欢那么别有情调，令人永志难忘；然而，诗人却"惆怅他乡忆故乡"，难以忘怀自己的使命，为处在围困之中、焦灼地等待救援的西安民众和守城官兵而忧心如焚，坐卧不安。眼前晃动着一个排遣不去的幻影——此刻，他们正如"神龙失水"般，气息奄奄，忧心忡忡，渴望着"护巢"的"苍隼"。

　　诗人忍不住严厉地质问自己："我"为什么还停留在这儿？怎么能不迅速回去，金戈铁马，驰驱沙场，督促作战，解除西安之围，解放全国四万万同胞兄弟呢？自己年将五十，渐入老龄，即使死于疆场又有何憾恨？怎么能"竟把他乡当故乡"，留恋于此呢？

　　这严肃的自我质问，这热血沸腾的"变风"诗句，大气磅礴，读之怎能不令人心神悸动呢？

红场歌

在红场谒列宁柩后，为作此歌。

中山已逝列宁死，莫斯科城我来矣！
遗骸①东西并保存，紫金②红场更相似。
每日排队朝复暮，争看列宁人无数。
我亦蹩躄③诣红场，代表人类有所诉。
一片红场红复红，照耀世界日方中。
列宁同志何曾死，犹呼口号促进攻。

噫吁嘻！
东方羁束④难自解，吾党改组⑤君犹待。
君之主张东方之民久已闻，
君之策略东方之事莫能改。
何况共同奋斗救中国，中山遗命赫然在。
转悔当年起义早，方法不完得不保。
如今愁苦呼声遍亚东，大乱方生人将老。
头白伶仃莫斯科，惭感交并责未了。
未了之责谁予助，至此翻思进一步。
为全人类之自由而进征兮，
解放东方之大任先无误。
吊中山之良友兮，知取则⑥之不远。
信我党之必兴兮，夫孰荷此而无忝⑦。

惆怅兮将别，歌声兮哽咽。

酬君兮全世界奴隶之泪，

莫君兮全世界豪强之血。

献君兮全世界劳动人民之铁链，

奏君兮全世界历史之灰屑。

君之灵兮绕世界而一视，

中山之事与君携手而并进兮，

时不久兮全设。

红场歌兮声悲切！

简析

这首歌行体长诗是诗人拜谒列宁、参观红场之后所作。

感情饱满，气势磅礴，浑灏流转，充满了对无产阶级革命导师列宁的崇敬和热爱，表达了"取则"列宁，继承孙中山先生遗愿，"为全人类之

自由"和"解放东方之大任"而"进征"的宏图壮志。

全诗可分三段。

首段叙述参观红场的缘起，表达"代表人类有所诉"——从"何曾死"而"犹呼口号促进攻"的列宁思想和精神中有所获得的意愿。

"噫吁嘻！"之后为次段。歌颂列宁的"策略"对于"全人类之自由"、对于"救中国"的"孰荷此而无忝"的意义。

"惆怅兮将别，歌声兮哽咽"之后为末段。诗人以无比崇敬的心情表达将继承列宁的"策略"实现"中山之事"的坚强决心和对列宁的深厚感情。

其"酬君兮全世界奴隶之泪，奠君兮全世界豪强之血。献君兮全世界劳动人民之铁链，奏君兮全世界历史之灰屑"四句，激昂慷慨，正气凛然，读之令人感动不已。

选材新，感情新，境界新，语言新，形式新，富于弹性、张力和震撼力，可谓其"变风"的代表之作。

外蒙①道中（二首选一）

地老天荒鸟不哗，飞车似水走干沙。

多情明月来戈壁，如洗穹庐②赠奶茶。

人种③于今随地理，牛羊自昔当桑麻④。

海棠⑤如掌真奇艳，阔叶全蒙独此花。

注释

①外蒙：蒙古人民共和国。

②穹庐：游牧民族居住的毡帐，亦泛指北方少数民族。此处指蒙古族。

③人种：此处为不同民族的同义词。

④桑麻：种桑养蚕和植麻取纤维，泛指农事。

⑤海棠：蒙古国有一种独特的花，开时形如手掌，名之曰野海棠。

诗人自注：有花类印度海棠，命名之曰野海棠。

简析

一九二六年，诗人从苏联经蒙古回国途中，写诗多首。其中，以《外蒙道中》为题的有两首七律，此为其中第二首。立意在于描画蒙古国道中的独特风光，表达对蒙古人民的友爱之情。

其大意为：地久天长，这里如此荒凉，连鸟儿的叫声都没有，今日只有我们的汽车在干燥的沙漠上驰驱。

多情的明月来到这罕有人烟的地方，（给予这儿一丝儿活气；）月光下，像是洗过了的毡帐内的蒙古族兄弟，热情地赠给我们奶茶喝。

伴随着我们来到此地，自古以牛羊放牧为桑麻生计的不同民族，顿然

间隔膜消泯。

这里虽然地老天荒，但野海棠开得如手掌一般，多么鲜艳啊！

如果说，"鸟不哗""走干沙"和"多情明月"构成了荒凉、空寂的典型意象，那么，"穹庐赠奶茶""海棠""奇艳"则赋予这荒凉、空寂之地以别样的热烈和绮丽。

而这种热烈和绮丽之感的流露，源自诗人此时对归国解除西安之围胜券在握的心情。如此，诗人在不同寻常的行迹记述中，将自己的心底秘密书面化为情景交融的诗句。

我们在诗人之作中，接触的多是金戈铁马之音，这首诗给予我们的却是白鸥浩荡般的另一种气象。

我图网　提供

露宿外蒙兵营（二首）

一

星斗低昂①落枕边，多情明月映胸前。
幕天席地②吾滋愧，一夜沙场自在眠。

二

天似穹庐容我住，地无租赁任人眠。
乾坤③真作卑田院④，脚动星辰⑤亦偶然。

注释

①低昂：或低或高。

②幕天席地：以天为幕，以地为席，即露宿之意。

③乾坤：天地的代称。

④卑田院：悲田院，唐代始设，为收容乞丐之所，亦称养济院，或悲田养病坊。元代石君宝《曲江池》云："我家须不是卑田院，怎么将这叫化的都收拾我家来了！"

⑤脚动星辰：豪壮之语，以脚踢动星辰。此处呼应幕天席地，言无所遮蔽，脚可直接触动天上的星辰。

简析

一九二六年，诗人自苏联经库伦（今乌兰巴托）南下，误入沙漠，白天日晒沙蒸，夜间露天而宿，一路极为艰辛，作此两首七绝以抒发感怀。

第一首的大意是：在"我"的枕头边上，天上的星斗或低或高，闪闪烁烁，明亮的月亮映照在"我"的胸前。以天为幕，以地为床，这一夜睡在沙场，"我"心里喜滋滋地多么自在，多么快活！

第二首的大意是：天空像是毡帐，慷慨地接受"我"来此居住；大地更加慷慨，不收租赁费，任你随便当床，睡在它上面。天地真的被当作了收容乞丐的场所，（"我"仿佛被当成乞丐，被收容在这个无遮无盖的地方，在这里露宿。）"我"的脚偶尔触动星辰，也便自自然然，不足为怪了。

　　诵读全诗，一种高昂的乐观主义情绪飞扬其中，浸透于字里行间。这种身处极度艰苦的环境而极其乐观的情绪，来自崇高的担当精神和胜券在握的内心自信，读之令人感动不已。

　　其精神风韵，其白鸥浩荡之致，在诗人的全部诗作中，呈现着虽不多见却十分绚丽的风采。

我图网　提供

中秋过贺兰山①下

护巢苍隼②安云晚，失水神龙③讵④足忧。

大地驰驱四万里⑤，贺兰山下作中秋。

注释

①贺兰山：在今内蒙古自治区与宁夏回族自治区西北交界处。

②护巢苍隼：苍鹰性格刚烈凶猛，尤其在繁殖期间，任何靠近它的动物甚至人类，都将遭受它的顽强抗争。此处比喻自己保卫家乡的行动。

③失水神龙：汉代文学家贾谊《惜誓》有云："神龙失水而陆居兮，为蝼蚁之所裁。"意为群神中的龙一旦失去大海的水，落在陆地上，便会受到区区之蝼蚁的欺凌和侵害。此处比喻正义（革命力量）遭受邪恶势力（北洋军阀）的糟践。

④讵：岂。

⑤四万里：概指从国内到苏联的往返路程。

简析

这首诗也写于诗人一九二六年农历八月十五日经过贺兰山下之时。

这一天为中国的传统节日——中秋节，是团圆之节。团圆节自然会勾起旅途游子的思乡、思亲之情。

然而，诗人的团圆之思，却并不是小"家"之思、近亲之情。他所梦牵魂绕的，是祖国，是深重危机之中的故乡西安。北洋军阀陈树藩、刘镇华对西安的围困，使西安全城父老乡亲的生命危在旦夕。他要火速回去救援，解救水深火热中的父老乡亲。

情动于中，发而为诗，巧妙地以"苍隼护巢""神龙失水"的比喻，

表达自己煎熬于腹的乡愁和乡思。

其大意是：像苍鹰一样飞回去保护自己的窝巢，难道会晚了吗？像神龙失去大海之水而遭受蝼蚁之类卑贱动物伤害的祖国，特别是故乡西安，难道不令人忧心如焚吗？（正是这个原因）"我"奔驰于中苏两国之间，山水迢迢四万余里，今日在贺兰山下度过传统的团圆之节——中秋节！

下面自然会有这样的潜台词：团圆节不能与家人团圆，并不遗憾，"我"这是在为了大"家"，为了故乡，为了从危机中解救故乡的父老乡亲，为了来日与他们快快乐乐、无忧无虑地团圆啊！

于右任

诗词集解

我图网　提供

边墙下见雁①（二首）

一

长城窟上一哀雁，北海②相逢争寄书。

朔漠③无食我同困，与尔才度狼居胥④。

二

月落烟横塞上下，沙飞红映柳萧疏⑤。

中原限日贼授首，更欲托君归报渠⑥。

注释

①诗人自注：在上乌金斯克时见雁，与布里亚特友人谈及苏武寄书事，并云："此雁入中国必较余早。"

编者按：上乌金斯克，即苏联布里亚特蒙古苏维埃社会主义自治共和国首府乌兰乌德（今为俄罗斯联邦布里亚特共和国首都），原名上乌金斯克，是汉朝使节苏武被匈奴拘留牧羊之地。

②北海：汉使苏武被拘留于匈奴牧羊之地。可能即在距上乌金斯克不远的贝加尔湖附近。

③朔漠：北方沙漠地带，也泛指北方。

④狼居胥：古山名，在今内蒙古自治区西北。

⑤萧疏：稀疏、萧条、寂凉的景象。

⑥渠：人称代词，他、她或它。

简析

此诗为一九二六年诗人回国途中之作。有的版本刊为一首七律，有的刊为两首七绝，笔者从内容、结构等诸方面审视，认同两首七绝之说。

诗人行抵苏联境内布里亚特蒙古苏维埃社会主义自治共和国首府上乌金斯克，忽然发现了一只南飞的哀鸣着的大雁，一桩历史故事不禁跳上心

头，在重重记忆中显现出来——那是遥远的汉朝时期，中郎将苏武奉汉武帝之命出使匈奴于此地，被单于扣留牧羊的事。单于软硬兼施，逼迫苏武投降，苏武持节不屈，被流放于北海牧羊，十九年不改其效忠大汉之志。星移斗转，岁月流逝，汉武帝驾崩，汉昭帝即位，匈奴与汉和亲。汉朝要求匈奴释放苏武回国，匈奴编假话说，苏武已经死了。随从苏武出使匈奴的常惠，把苏武的实际情况密告了汉朝使者。同时设计让汉使告诉单于，汉天子在上林苑打猎，射得一只大雁，足系书信，这封书信上写着，苏武在沼泽地带牧羊。单于听了，只好放苏武回国。后来，人们也便用大雁（或称鸿雁）比喻书信或传递书信的人。当下，诗人看到了这只南飞的哀鸣大雁，思潮汹涌，相信它会先于自己回到中国，也便产生了托大雁传书的设想。于是，两首题为《边墙下见雁》的七绝也便在胸中瓜熟蒂落。

第一首是对苏武牧羊历史故事的回忆。

大意是：（当年）长城窟上的一只哀鸣的大雁，在北海与苏武相逢，争抢着要为苏武寄送书信。在茫茫的北方沙漠地带，与苏武同处困境的大雁，（怜悯苏武，）虽然缺乏食物，仍然带着绑在自己腿上的书信，（竭尽全力地飞呀飞呀！）度过了狼居胥山（进入了大汉疆域，但距离京城长安还很远很远啊）！诗人采用拟人化的手法，描写大雁"争寄书"的热肠侠义，其潜台词是对苏武坚贞不屈、大义凛然行为的肯定；"与尔才度狼居胥"，则是其焦急不堪、竭尽其力的心态和精神的展现。其实，大雁的焦急，只是诗人的感觉，而真正焦急的是诗人自己！焦急着回国，焦急着解除西安之围，焦急着"尽烹走狗定中华，一行解放四万万"（《布蒙共和国立国五年纪念歌》）。这才是诗人的真情所在。

第二首是诗人对大雁捎书的渴望之情的尽情抒写。

大意是：塞外长天上下，月亮落了，薄晓的烟幕升腾着，黎明就要到来，沙尘飞动，萧疏的红柳在飞动的沙尘中映现着自己的身影。大雁就要开始新的一天的飞行了。大雁啊，"我"要饬令盘踞于中原之敌，限日把自己头上的脑袋都交出来，拜托您回国后把这个消息转告给他们！这是檄文，是战书，也是不容迟疑的勒令。一种战胜强敌的决心、一种胜券在握的信念、一种磅礴凌厉的气势，震天动地，感人至深。

第 七 章

败苇枯荷　天鬶人虐

——大革命失败后的四年之作

黄花岗前故人哭

料我今世重来不

余生莫诉神州恸

采得黄花已白头

于右任

时代掠影

一九二七年，分立于武汉和南京的国民党汪精卫政权、蒋介石政权，虽然相互对峙，形成了所谓"宁汉分立"之势，却在背弃孙中山先生确立的"联俄、联共、扶助农工"三大政策上，同声相应，同气相求，不约而同地掀起了"分共""清党"的滚滚逆流。

四月十二日，蒋介石率先发动了反革命政变；七月十五日，汪精卫召开国民党中央常务委员会扩大会议，公开宣布与共产党决裂，随即对共产党员和革命群众实行大屠杀，还提出了"宁可枉杀千人，不可使一人漏网"的血腥口号。大批共产党员和工农群众遭到杀害。至此，蒋、汪反革命合流，第一次国共合作破裂，轰轰烈烈的大革命，即第一次国内革命战争宣告失败。

昨日的同盟者共产党员，忽地被当作不共戴天的仇敌；宣称走俄国人道路的信誓旦旦之言犹在耳边回响，一翻白眼，撵走了曾经并肩作战的苏联顾问。诗人一向主张的国共两党"合则两益，分则两损"的庄严论断，被踩得粉碎，一时满眼"败苇枯荷"（《邓尉看桂》诗中用语），陷入迷惑和苦闷之中。

他所不能释怀的，是多难多灾的祖国；他所不能背离的，是孙中山先生确立的三大政策；他为之忧思不忘的，是"天饕人虐"中的百姓，特别是连年大旱、赤地千里的故乡关中的父老乡亲。

从此之后，直至一九三一年"九一八"事变发生之前的四年多时光里，诗人一直处于困惑、迷惘和为国家前途、为百姓苦难而忧愁和焦虑之中。

作品解读

闻庐山①舆夫叹息声

上山不易下山难，劳苦舆夫莫怨天。
为问人间最廉者，一身汗值几文钱？

注释

①庐山：在江西省九江市长江边上，我国著名的避暑胜地。

简析

这首诗写于大革命失败之后的一九二七年。此时，风云变幻，国共两党合作破裂，一直主张"合则两益，离则两损"的诗人，由惊异而沉默，直至无可奈何。他不能隐身桃源，竟被政治风浪推拥至波峰浪尖，他的满腹忧心自然而然地夹杂了难以抒发的愤懑之情。

在一次赴庐山途中，诗人眼观舆夫以小轿抬着达官权贵上、下山，听着舆夫隐隐发出的喘息之声，心有所感，发而为诗。全诗明白晓畅，以极其简洁平易的语言表达了深厚的忧民之情。

大意是：轿夫们抬着达官显贵或有钱人，上山不容易，下山也艰难，但无须怨天。可以问一问天下最公正廉洁的人，轿夫的一身汗水值多少钱？

此时无声胜有声，无须回答，轿夫的辛劳，远远没有得到应有的回报。这是对剥削现象的抗议，是对劳苦百姓的同情和怜悯，是对不平等的社会现实的质问，也是一颗博爱之心的自然坦露。

与张秉三、赵古泥游尚父湖^①

尚父湖波荡夕阳，征诛渔钓两难忘。

穷羞白发为文士，老羡黄泉^②作国殇。

落叶层层迷无路，横舟缓缓适何方？

桂枝如雪枫如血，猛忆关西旧战场。

注 释

　　①张秉三：诗人，收藏家。赵古泥：书法家，金石家。尚父湖：位于江苏省常熟城西，虞山之南。相传商代末期，太公姜尚隐居虞山，垂钓于此湖，因名尚父湖或尚湖。又因城东南另有一湖——东湖，亦名西湖。

　　②黄泉：道家文化对人死后所居之地的称谓，即阴曹地府。

142

简 析

这首诗写于一九二七年深秋。

诗人面对大革命失败、国共合作破裂的现实，于苦闷、彷徨和无奈之中，游商代末年隐居虞山的姜太公垂钓之尚父湖，以求心灵慰藉。

闻听书法家、金石家赵古泥长髯齐胸，与自己相貌相似，邀以与诗人张秉三三人同游，一时传为佳话。

这首诗意境幽远，情融于景，意味悠长，颇耐咀嚼。

其大意是：泛舟于夕阳映照着的尚父湖，阳光在湖水中随波荡漾，搅动了"我"率领陕西靖国军征战于关西的回忆，使"我"忘不掉国民党忽地调转枪口，向着昔日的同盟军共产党举起了屠刀，大加杀伐的事实，也忘不掉姜太公曾经垂钓于此的历史故事。

实在羞愧啊，"我"如今（已四十九岁，行将五十，）头上白发缕缕，却只是一个穷困的文士，多么羡慕在垂暮之年捐躯沙场而赴黄泉的国殇啊。

眼前是层层落叶，看不见路在哪里，缓缓地滑船行进，不知道该去往何方。

猛地看见那洁白似雪的桂花，殷红似血的枫叶，不禁又想起关西的征战和惨败了啊。

其实，诗人与其说是"游"尚父湖，不如说，是在为自己的心灵寻求栖息之地，为自己的未来和前途寻找出路。

南京四近，苏州、无锡、宁波、杭州……都不乏绮丽的湖光山色，选择尚父湖，似乎或有或无地潜藏着诗人在苦闷、彷徨和无奈中，仿效姜太公晚年，退隐山野的意图。

所以，萌生了尚父湖之游的心意，是因为"穷羞白发为文士"，然"老羡黄泉作国殇"，欲做国殇却不得如愿。

而"落叶层层迷无路，横舟缓缓适何方？"与其说，是对尚父湖边景色和泛舟湖内的景色和自我心情的描写，不如说，是诗人苦闷苦思心态的象征化和真实表露。

"桂枝如雪枫如血，猛忆关西旧战场"，则是他心中无法剔除的块垒。眼前那雪白的桂花，犹如反清革命的纯洁和正义的象征，而那好似血染的枫叶，不也正似当年靖国军之败和如今国民党向着共产党屠杀的事实吗？

诗人的心灵在颤抖。这首七律也便是心灵颤抖之作。

题经颐渊、廖何香凝、陈树人①合作《岁寒三友图》（二首）

一

紫金山②上中山墓，扫墓来时岁已寒。

万物昭苏③雷启蛰④，画图留作后人看。

二

松奇梅古竹潇洒，经酒⑤陈诗⑥廖哭声⑦。

润色江山一枝笔，无聊来写此时情。

注释

①经颐渊：字子渊，名亭颐，浙江上虞人，著名教育家，工书画，精诗文，擅雕刻。何香凝：原名谏，又名瑞谏，一八七八年生，广东南海人，一九七二年卒于北京，女权运动创始者之一，"民革"创建者之一，国画家，廖仲恺夫人，新中国成立后历任政协、民革中央副主席等职。陈树人：一八八四年生于广东番禺，卒于一九四八年，民国时期政治活动家，岭南派著名画家。

②紫金山：又名钟山，位于今南京市玄武区。孙中山先生陵寝坐落于其山前正中位置。

③昭苏：苏醒。《礼记·乐记》曰："蛰虫昭苏，羽者妪伏。"泛指重获生机，恢复元气。

④启蛰：节气名，意为昆虫经冬日蛰伏，至春天启户复出。

⑤经酒：指经颐渊饮酒消愁。

⑥陈诗：陈树人作诗抒怀。有诗云："不尽长江渺渺情，雾消晴放一

身轻。飘然橐笔三千里,半为游山半写生。短衣匹马逐春风,百粤山河照眼雄。揽辔越王台上望,鹧鸪声里木棉红。"

⑦廖哭声:指廖仲恺夫人何香凝面对轰轰烈烈的大革命的失败,无数革命志士惨遭杀害,伤悲不堪,义愤填膺,放声痛哭。

简 析

这两首诗写于一九二八年一月"岁已寒"之时。

早在一九二五年,国民党左派的一面旗帜、共产党的挚友、何香凝的丈夫廖仲恺先生即惨遭国民党右派暗杀。至一九二七年四月十二日,蒋介石公然向共产党举起屠刀,发动了反革命政变。一时白色恐怖笼罩神州,如同寒凝大地、冰封万里的严冬到来一般。

当此之时,诗人与经颐渊、陈树人、何香凝三人扫墓相遇于中山灵前,约定由诗人题诗,经颐渊画修竹,陈树人画奇松,何香凝画古梅,三人合作《岁寒三友图》。

"岁寒三友"者,松、竹、梅也。松经冬不凋,竹挺拔有节,梅则凌寒怒放,故为"三友"。

宋代林景熙《霁山集·五云梅舍记》即云:"即其居累土为山,种梅百本,与乔松、修篁为岁寒友。"

这两首七绝,就是诗人题于经、陈、何合作的《岁寒三友图》之上的诗作。

第一首的大意是:我们来紫金山上,为孙中山先生扫墓之时,正值"岁已寒"时节。然而,虽然寒凝大地,冰封万里,万物却悄悄地"昭苏",蛰居的昆虫已在隐隐的春雷声中恢复着生机。

正当此时,经、陈、何三人一起创作了这幅《岁寒三友图》。通过这幅画作,把他们的情感传达给后来人,让他们品哑、鉴赏。

第二首的大意是：这幅画上的松是奇松，梅是古梅，竹很潇洒，表达着经颐渊借酒消愁、陈树人写诗抒怀、何香凝放声痛哭的深沉情感。

他们以自己手中之笔，为祖国的山河点缀添彩，而"我"无所聊赖，只能以诗句描述此时的情状。

没有典故，这两首诗似乎明白如画，平实易懂。然而，却潜藏着相当深刻的寓意。

"岁已寒"既是对自然现象的写实，也是反革命政变后白色恐怖笼罩着的政治气候的隐喻。"万物昭苏雷启蛰"既是"寒尽阳生"的必然规律的描述，也是对打破白色恐怖、高张革命旗帜的期待。

"松奇梅古竹潇洒"既是对《岁寒三友图》画幅的评价，也是对经、陈、何三人不同情感表达方式的写实。而"无聊"一词所表达的，并非诗人的真实"无聊"，既是诗人对自己未参与画面创作的谦逊之语，更是一种"此时情"——一种无力回天，打破白色恐怖以昭苏万物、唤醒万众、高张旗帜、将革命引向正途的自愤自恨之情。

其短短五十六字之中，所蕴含的寓意和情感，颇耐咀嚼和思味。

我图网　提供

北 归①

卧病②久蹉跎，归程计几何？

难携东海雨，苦执鲁阳戈③。

人与河山老，诗真血泪多。

渭南还渭北，④惆怅莫经过。

注释

①北归：一九二九年，陕西连年大旱，颗粒无收，为数百年所未见，诗人从上海筹款回乡救灾。

②卧病：其时，诗人久患足疾，行走困难。

③鲁阳戈：《淮南子·览冥训》云："鲁阳公与韩构难，战酣，日暮，援戈而挥之，日为之反三舍。"后人遂以鲁阳戈形容力挽乱局的手段或力量。

④渭南还渭北：指渭水南北的关中地面。

简析

此诗作于一九二九年八月。

陕西自一九二六年起，三年间庄稼颗粒无收。灾荒惨绝古今，数百年所未有。野草被挖光，树叶被摘光，树皮被剥光——这些东西都进了饥民之口。妇女、儿童被贩卖于远方者，不计其数。"赤地人相食"（《斗口村扫墓杂诗》），许多坟墓被掘，未腐之尸被吞食，陪葬之物，被盗卖糊口……。就连诗人伯母房太夫人之墓也遭饥民挖掘。

"天饕"如此，更有"人虐"。关内关外，兵匪迭起，道路隔绝，凡要赈济者无法抵达。尤为可恨的是，军阀阎锡山封锁黄河渡口，灾民逃荒无

路，只有坐以待毙。

其时，诗人患足疾日久，忧心如焚，稍可下床，即筹措资金救灾，且冒险归陕，负土修整伯母之坟，并吊问死难将士及先烈，看望父老乡亲。

诗人看到"河声岳色都非昔"（《归陕次潼关作》），父老乡亲遭受深重苦难的情景，心情焦急，悲痛、感愧之余，作此诗以书感抒怀。

其大意是：因病卧床日久，白白地耽误了许多日子，走在归乡救灾途中，不知回到故乡还有多少路程啊？自愧无法将东海之水化为雨水，润泽干涸的大地；也自恨手无鲁阳之戈，挽救岌岌可危的局面。"我"与关内关外的河山都顿然衰老，口吟的诗句中血泪何其之多！（我的家乡就在渭水之北的三原，）如今，无论渭水之南，还是渭水之北，都令"我"不忍也不敢一见，心情惆怅，最好不要经过……

"渭南还渭北，惆怅莫经过。"走近家乡而心情惆怅，都不敢"经过"，可见，其凄惨之状和诗人心中的痛苦，何其深重！

这是和血带泪、撞击人心的诗句啊！

我图网　提供

斗口村①扫墓杂诗（六首选三）

四

伤心党祸走西南，②茧足③千山带病还。

难忘床前挥涕语，盼儿星夜出潼关。④

五

发愤求师习贾余，东关始赁一椽居。⑤

严冬漏尽⑥经⑦难熟，父子高声替背书⑧。

六

手写遗书何处寻？每翻迁史⑨泪沾襟！

微风吹动坟前草，犹似麻衣殉葬心。

注释

①斗口村：在陕西泾阳县，系于右任祖居之地，其祖坟亦在此。

②指诗人在靖国军失败后经陇南入川，转赴上海事。

③茧足：脚掌磨出层层厚皮。

④一九〇八年冬，诗人正筹办《民呼日报》之际，接到家书，谓父新三公病危，时时呼叫亡命于外的儿子。诗人不顾清廷通缉，冒险返乡探亲。父子相见，惊喜交加。父亲强打精神噙着泪水对儿子道："汝归我喜，汝住我忧，盼汝明日即去。"次日，天微明即催儿子离三原返沪。

⑤指诗人之父新三公于四川为商家刻印书籍归家，在三原东关赁屋居住，父子一起发愤读书事。

⑥漏尽：古人以漏壶滴水法计算时间，漏尽即壶水滴尽，为天将黎明之时。

⑦经：儒家经书。

⑧替背书：诗人与父深夜交替背书，一时传为佳话。

⑨迁史：指诗人之父新三公生前亲手抄写的司马迁所著《史记》。

简 析

写于陕西"天饕人虐"、灾荒惨绝古今的一九二九年，诗人返乡赈灾慰亲、赴祖茔扫墓之后。原有六首，这里选取了后三首。诗人自注，第一首是写给母亲赵太夫人的，第二首是写给伯母房太夫人的，第三首是写给二叔祖重臣公的。这里选取的后三首则是写给父亲新三公的。

第四首的主旨在于回忆那次与父亲的生离死别——最令"我"伤心的是，一九二二年靖国军惨遭失败，迫于无奈，"我"由陇南入川转赴上海，带病翻山渡水，千里迢迢，脚掌磨得厚茧层层。一路之上，"我"都难忘一九〇八年回乡探望病危中的父亲的情景，和父亲的珠泪纵横之语（"汝归我喜，汝住我忧"），催促"我"次日微明即离开家乡，东出潼关，返回上海。

第五首，则回忆父亲对自己的读书身教：那年，父亲从四川学做生意回来，于三原东关租赁了一间小房子居住。我们父子发愤读书，在严寒的冬天，常常苦读到天色微明，因尚未背熟所要背的经书，故我们父子二人常常交替着背书。（"我"背书时，向书一揖，转身背诵，父亲来对照；轮到父亲了，父亲也是向书一揖，转身背诵，由我对照。）

第六首，是安葬父亲的回忆。（一九〇九年十二月五日，诗人之父已辞世一周年，诗人潜行回乡，安葬父亲。诗人身穿麻衣，扶柩于祖坟，棺木入墓，诗人脱去麻衣，欲入坟为父殉葬，被众人拉住。安葬完毕，即于坟地挥泪告别乡亲，登程返沪。）如今，回到家中寻找父亲的遗书，一无所得；每想起安葬父亲时的情景，不由得翻阅（父亲手抄的）《史记》，珠泪滂沱，湿透前胸。站在父亲坟前，看那微风吹动着野草，多么像是"我"以麻衣殉父时的那颗颤动着的心啊！

平易的诗句，真挚的情感，撞击人心。

归省①杨府村房氏外家（五首选三）

三

记得场南折杏花，西郊枣熟射林鸦。

天荒地变②孤儿③老，雪涕④归来省外家。

四

桑柘⑤依依不忍离，田家乐趣更今思。

放青霜降迎神后，拾麦农忙散学时。

五

愁里残阳更乱蝉，遗山南寺⑥感当年。

颓垣荒草神农庙，过我书堂一泫然⑦。

注释

①归省（xǐng）：回乡探亲。

②天荒地变：也作天荒地老，极言历时长久。

③孤儿：指诗人自己。诗人两岁丧母，由伯母抚养，父亲常年经商打工在外，故自称孤儿。

④雪涕：擦拭眼泪。《列子·力命》："晏子独笑于旁，公雪涕而顾晏子。"亦为珠泪晶莹貌，如唐人李绅《趋翰苑遭诬构四十六韵》："望天收雪涕，看镜揽霜须。"

⑤桑柘（zhè）：桑木与柘木，代指家乡或农桑之事。

⑥遗山南寺：宋金对峙时期的文学家、历史学家元好问，字裕之，号遗山。十九世纪末期，泾阳杨府村有遗山南寺。

⑦泫然：泪水涌流的样子。

简 析

这一组七绝也写于诗人一九二九年返乡期间。

是时，诗人已五十一岁。杨府村在陕西泾阳，这里并非诗人的母亲赵太夫人的娘家——她的娘家在甘肃静宁，她是自幼随父逃荒落脚三原的，其娘家所在村庄已不得而知，诗人曾赴静宁多方打听，终不得确凿地址。

杨府村是诗人的伯母房太夫人的娘家所在之地。诗人两岁丧母，父亲、伯父都在外经商，伯母房太夫人于弟媳赵氏——诗人之母临终之时，慨然接受弟媳"托孤"之嘱，义无反顾地担负起了养育这个"孤儿"的义务；却又困于生计，即怀抱孤儿，投靠于杨府村娘家。诗人六岁时，在杨府村外放羊遇狼，幸为邻人相救，大难未死。祸患之后，伯母即与舅父们商议，以村外的神庙为学堂，聘请宿儒第五先生为师，让诗人开始读书。

诗人从此在杨府村读书六年，至一八八九年十一岁时，伯母始带领他回到三原东关石头巷，入毛班香先生私塾读书。在杨府村的九载童年生活，诗人不仅受到伯母"三春晖"般的慈爱，也得到了舅父、舅母们的亲切爱抚，这给诗人留下了深刻印象。诗人既然归乡，杨府村是必去不可的。

这组《归省杨府村房氏外家》七绝诗由五首组成。

第一首回忆与"白头诸舅母"相见，"几番垂泪话凶年"，而自己却难以安慰的情景。第二首是在诸舅父坟前对自己"十年留养"其家、备受关爱的回忆。"风雨牛车送我时"，那幅古朴而温存的画面，已深深镌刻在诗人心头，成为永远难以磨灭的记忆。

这里选取的是第三、四、五首。

第三首，深情回忆至今犹在眼前的于杨府村度过的"场南折杏花，西郊枣熟射林鸦"的童年幸福生活，感叹恍然之间，自己这个"孤儿"却已五十一岁，渐入老龄。第四首，以"放青霜降迎神后，拾麦农忙散学时"的典型镜头，继续回忆自己在杨府村的童年生活，表达自己对外家的依依深情。第五首，则感慨当年的神农庙，这个自己的发蒙"书堂"，如今已"颓垣荒草"，诗人感物伤时，"泫然"泪下。

这是灾荒中的省亲之作。全篇于悲凉、沉郁之中，熔铸着古朴的乡情、亲情和人性之光。一幅幅典型的血泪交融的镜头画面，给读者以心灵的洗涤，并留下了感人至深的印记。

与陆一、恺钟、祥麟同谒黄花岗
七十二烈士墓（二首）

一

招国魂①兮思国殇②，报国羞谒黄花岗。

黄花满地天如晦，白发安能死战场。

二

黄花岗前故人哭，料我今世重来不？

余生莫诉神州恸，采得黄花已白头③。

注释

①国魂：为国殉难的烈士之魂。

②国殇：黄花岗所葬七十二位烈士。

③采得黄花已白头：古人有以头插时令鲜花，如菊花，以表达欢快、愉悦心情，以及追求美之风尚，唐代尤盛。黄花，即菊花，杜牧《九日齐山登高》一诗即有"尘世难逢开口笑，菊花须插满头归"之句。白头，一九三二年，诗人五十四岁，青春已过，老年将至。

简析

此诗写于一九三二年春。诗人为了说服广东、香港的国民党员，团结一致，抵御日寇，共赴国难，而南赴广州。抵达之日，即与王陆一等人一起参谒黄花岗七十二烈士墓，因有此作。

其大意是：我们来到黄花岗前，召唤国家之魂归来，回想为国捐躯的烈士们，深为自己报国无功而羞愧。

长天阴晦，满地黄花落英，"我"这个白发之人为什么不能为捍卫祖

国的山河而死于战场啊！

作为长眠于黄花岗的烈士们的故交，"我"禁不住放声痛哭，（也许，这是最后一次看望你们。）怎么能料定今生之世还能再来拜谒你们？

但愿在垂暮的有生之年，能不再为神州遭受侵凌而恸伤，"我"苍苍的白头之上，已经插上了亲手在这儿采摘的黄花（招国魂于自身了啊）！

"报国"二字是诗眼所在。既来参谒黄花岗，却又"羞谒黄花岗"，似乎矛盾；这种显见的矛盾，根源都在于"报国"二字。

诗人所以敬仰黄花岗所葬"国殇"，是因为他们为"报国"而死；自己"羞谒"，也是因为"报国"而无功，未如烈士们为国捐躯。

而何以"黄花岗前故人哭，料我今世重来不"？是因为痛哭于烈士墓前的诗人，已经暗下决心，抵抗日寇侵略，以自己的生命报效祖国。

所以"余生莫诉神州恸，采得黄花已白头"，是因为采得黄花岗的黄花，即得国殇之魂，今天既已于此采得黄花，插在了自己渐染白发的头上，也便是国魂附体。

诗人已暗下决心，继承国殇之魂，报效国家，不使有生之年再为神州遭受侵凌而伤痛！

太白山纪游歌^①（节录）

三日向阳寺中待，一路奇观现雪海：

上是青天下白云，人居中间行自在。

数百里中铺一色，如脂如棉^②变成彩。

又如远海不尽之波涛，大起大伏弥复载。

群峰露尖似鱼龙，吞吐出没无主宰。

材木枞柏桦漆竹，山行渐高树渐改。

苍苍万千落叶松，乱石争地生重重。

枇杷大叶又小叶，银背金背为大宗。

杜鹃如柴遍碧岑^③，芍药开落自古今。

名花满地僧鞋菊^④，异掌宜人手掌参^⑤。

四日路经文公庙^⑥，向天掀髯发一笑。

一封朝奏^⑦天下惊，夕贬潮阳^⑧年已耄^⑨。

云横秦岭家未知，骨委瘴江国难报。^⑩

念此凄然深下拜，烈烈罡风^⑪天为怪。

似谓来者尔何人？人生应不计成败。

国族于今危复危，默默而亡有明戒。

![注释]

①诗人自注：余本欲为游记，继思以韵文为之，为易记也。因成此篇，故曰：《太白山纪游歌》。

编者按：太白山，系秦岭主峰，是关中最高的山峰。主体位于陕西

省宝鸡市眉县、太白县境内。"太白积雪"，古为关中八景之一，是著名的旅游胜地。

②如脂如棉：脂，羊脂玉，即羊油一般油腻的玉石；棉，棉花。

③碧岑（cén）：青山。杜甫《上后园山脚》："自我登陇首，十年经碧岑。"岑，小而高的山。

④僧鞋菊：附子的别称，其花似僧鞋，故称。

⑤手掌参：又名手参或掌参，生长于高山灌木丛中，状如手掌，故名。

⑥文公庙：唐代文学家韩愈庙。韩愈死后谥号文公，故名。

⑦一封朝奏：指韩愈所上《论佛骨表》。唐元和十四年（819），唐宪宗李纯命宦官赴法门寺迎释迦牟尼佛骨入宫，供奉三日送还。此事轰动朝野，王公士民奔走相庆，瞻礼施舍。时任刑部侍郎的韩愈上表宪宗，认为"佛骨不足事"，佞佛悖逆儒学，危害国家和士民。宪宗李纯勃然大怒，命即斩首。众臣说情，免于死罪，贬潮州刺史。

⑧潮阳：唐潮阳县，属潮州，今为广东省汕头市潮阳区。

⑨耄（mào）：古称八十至九十岁的高龄老人为耄老。韩愈贬谪潮州时为五十一岁，此处泛指年迈之人。

⑩韩愈于大雪天通过蓝关，越秦岭，因作《左迁至蓝关示侄孙湘》："一封朝奏九重天，夕贬潮州路八千。欲为圣朝除弊事，肯将衰朽惜残年。云横秦岭家何在？雪拥蓝关马不前。知汝远来应有意，好收吾骨瘴江边。"瘴江，即南方瘴疠毒气弥漫之地。

⑪罡（gāng）风：强劲而足以扫荡一切的大风。

简析

诗人忧心神州兴亡，不满蒋介石对日寇的妥协和不抵抗，坚持国共两党"合则两益，离则两损"的政治主张。然而，他毕竟是国民党的中常委、国民政府的监察院长，把维护团结——首先是国民党内的团结，看得至为重要。他坚决反对分裂，对身为国民政府元首的蒋介石又不能不维护其尊严，不能不有所屈从。为了摆脱无日不有的重重内心矛盾，诗人于一九三二年九月，曾返回西安，约张溥泉（张继）、邵力子、杨虎城同游太白山，然"嗣闻冰雪封其道，太息有志竟不成"。

一九三三年八月，诗人再次返回陕西，在张溥泉、杨虎城陪伴下同游太白山。其时，邵力子坠马卧伤，于右任估计其会放弃此游，"讵知同学勇过我，弱者自强能称霸。曾偕女杰傅与陆，傅为贤助陆新嫁"。邵力子与于右任有着深厚的同窗、同事友谊。邵力子虽然因坠马而身体欠佳，仍偕同夫人傅学文，以及夫人的闺蜜、新婚不久的陆女士参与了这次太白之游。

太白山在太白县东，眉县以南，高峻不测，有"去天三百""积雪六月"之说。

《一统志》云："山下军行，不得鸣鼓角，鸣则疾风暴雨立至。上有洞，即道书第十一洞天。又有太白神祠，山半有横云如瀑布，则澍雨。人常以为候验，语曰：'南山瀑布，非朝即暮'。"

诗人作《太白山纪游歌》。其诗长达一百六十多行，一千二百字，洋洋洒洒，风格独具，文笔淡雅而意味葱茏，蔚为大观，诗苑少见。

这里录取的是长诗中记述第三、四日之游的两段。

记述"三日"一段描述一路风景，以写实与比喻交融之笔，状其缥缈新奇，变幻莫测，历历如在眼前，可谓妙笔生花，诗坛独步。

其大意是：九月三日，我们在向阳寺中休息了一天，回头看那呈现于白茫茫的雪海之中的一路奇观：上面是青天，下面是白云，人在青天白云之间，自由自在地行走。遥遥数百里，铺就一个颜色，如同羊脂玉，如同棉花团，不断变幻着色彩，又负载着如同一望无际、大起大伏的大海波涛。座座山峰鱼龙般隐现着它们的峰巅，神奇莫测，不见根基。山上有枞有柏，有桦有漆，也有竹，树木随山高而变化。尤其那千千万万苍翠的落叶松，互相竞争着在乱石中扎根于泥土，簇拥而生；枇杷不堪落后，大叶的、小叶的竞相成长，银背的、金背的愈见繁盛，蔚为大宗。杜鹃花儿像是干柴

一般，长满了青山；芍药花儿开开落落，古今如此。很少见的僧鞋菊、手掌参等名花，满地都是。

"四日"一段追古抚今，以韩愈竭忠进谏而遭贬谪之事，抒写自己心系国家、民族兴亡的博大胸怀。

其大意是：四日这天，经过了文公（韩愈）庙，不禁令"我"高兴得抚须而笑。韩公上奏朝廷的《论佛骨表》，震惊了天下。然而，祸从天降，他虽已年迈，清早呈"表"，傍晚即被贬谪往潮阳。家里人哪里知道，他越过了乱云遮天蔽日的秦岭，委身于瘴气弥漫之地，难以实现以身报国的愿望。想到这里，"我"不禁凄然下拜，强劲的罡风劲吹，似乎也在表达着苍天的不平。韩愈好像在询问"我"：你是何人？看你忧心忡忡，似乎不无壮志未酬、忠言不为采纳之虑。何必如此呢？人生当只管正道直行，不计较成败得失才是。如今，中华民族及其国家处于危难深重、生死存亡关头，应当砥柱中流，力挽狂澜，大声呼唤国人奋起，扶大厦于将倾才是！养育了中华民族的赤县神州，绝不能让它默无声息地走向沦亡！

这当然不是韩愈的告诫，而是诗人借着韩愈之口抒发的内心独白。

诗人希望借出游消解其胸中块垒，而山水常常不但不能排除内心之忧，反倒是出其不意地加重了他的"国族"之忧。这真是难以逃脱的二律背反！

158

第八章

愿捐吾躯　外御日侮

—— 抗日战争期间之作

遗诏焚香读过

大王问我

几时收复山河

丁右任

时代掠影

一九三一年，侵华日军发动九一八事变后，完全侵占中国东北。此后，陆续在华北、上海等地制造事端，挑起战争。而国民党主导的国民政府则一方面对日寇采取妥协政策，以期避免冲突扩大；另一方面，陈重兵"围剿"红军力量。一九三四年十月，中央红军第五次反"围剿"失利，被迫开始长征。一九三五年八月一日，红军在长征途中，以中共中央、苏维埃中央政府的名义，发表了《为抗日救国告全体同胞书》，即《八一宣言》，号召各党派抛弃成见，以"兄弟阋于墙，外御其侮"的精神，"为抗日救国的神圣事业而奋斗"！中共的呼吁，得到了全国爱国青年的热烈响应。

诗人十分拥护《八一宣言》，为第二次国共合作的实现不遗余力。一九三七年七月七日，日军悍然炮轰宛平城，发动了卢沟桥事变。民族危亡之时，举国鼎沸，要求抗战之声此起彼伏。中共于次日即呼吁全民族抗战，"不让日本帝国主义占领中国寸土"。蒋介石却提出"不屈服，不扩大"和"不求战，必抗战"的方针，冀望于国际社会的声援和支持。

诗人巧施心计，宣传中共的"四项声明"，促成第二次国共合作的实现。抗战的炮火打响后，诗人冒险慰问伤员；并于一九三七年底，发起创办《民族诗坛》，宣扬抗战，反对投降；于一九四一年与冯玉祥、郭沫若、茅盾等发起倡议，定端午节——农历五月五日为诗人节，纪念爱国诗人屈原，激发民族爱国情感；一九四一年又发起创办《中华乐府》，为抗战胜利而呼号。

一九四五年八月，日本宣告失败，九月二日，正式在受降书上签字。十四年抗日战争终于以中国人民的伟大胜利而宣告结束。

诗人欣喜若狂，以其诗笔，写下了堪称史诗的瑰丽诗篇。

作品解读

中秋薄暮，黄陂①道中见伤兵

伤兵叹息复叹息，日之夕矣月复出。

转诟②人间爱赏月，不知敌机乘月伤吾骨。

明月阑③，吾骨酸；明月残④，吾骨寒。

民族生命争一线，吾身幸参神圣战。

军前歌舞作中秋，独惜更番⑤不得见。

今宵明月圆又圆，定是吾军破胡⑥天。

破胡天，破胡天，吾躯甘愿为国捐！

注释

①黄陂：今湖北省武汉市北部的黄陂区。

②转诟：转而指责或嘲骂。

③明月阑：月尽天晓。

④明月残：月亮局部为云所遮，残缺晦暗。

⑤更番：再一次。此处指再次中秋月圆。

⑥破胡：胡指日军，破胡即大破日军。

这首诗作于一九三七年中秋节。为诗人在熊熊燃烧的抗日战火中巡视前线，中秋之日，于湖北黄陂途中看到伤兵后有感而作。

其大意是：（时在中秋节）天色已晚，月亮出来了，伤兵在叹息着，叹息着，转而责难人们喜欢赏月，不知道敌人的飞机会乘着月光（投掷炸弹），摧残、戕害我们的身体。

月尽将晓，（因盯视敌机）"我"的脖子会酸困难忍；月亮为云遮蔽，"我"全身会寒冷不堪。在这争夺民族生命一线希望的时刻，"我"有幸参加了抗日的神圣战争。

就在军营前唱个歌，跳个舞，度过中秋节吧。再次中秋月圆，"我们"恐怕已不能看到，应十分珍惜今夜的明月。

今夜的明月圆又圆，正是我军大破日寇的好时机，大破日寇，大破日寇，"我"愿意为国捐躯，献出自己的身体和生命！

中秋是中华民族的团圆节，赏月是团圆节不可或缺的习俗。然而，当此团圆之节，为抗战而负伤的将士们，不但不能与家人团圆赏月，却又"转诉"人们赏月而"不知敌机乘月伤吾骨"，其内心复杂的痛楚与矛盾、爱与恨，纠结缠绕，难以言表。

"转诉"之后的诗句，都是伤兵的心声。明月或"阑"或"残"，都牵连着他们的躯体和血肉。他们为参加与民族生命攸关的神圣战争，即使看不到明年的中秋明月，也自以为幸运。

他们希望中秋的明月能有助于"吾军破胡"，甘愿自己的身躯、生命"为国捐"。诗人对伤兵爱国情感的深深敬仰，坦荡自然地流溢于诗句之中。

而"吾躯甘愿为国捐"之句，既是伤兵之语，也是诗人为国献身的愿望和决心的激昂表达。

归里省斗口巷老屋

堂后①枯槐更着花，堂前风静树阴斜。
三间老屋②今犹昔，愧对流亡说破家③。

注释

①堂后：正房之后。

②老屋：指诗人家乡三原的房屋。现已辟为"于右任故居"，开放参观。

③破家：一作毁家，即毁家纾难。语出《左传·庄公三十年》："斗谷於菟为令尹，自毁其家以纾楚国之难。"意为倾尽全部家产解救国难。

简析

一九三八年，蓬勃而起的抗战，尚不能阻挡日寇的铁蹄。大片河山沦丧，人民无家可归，四处流浪。

诗人以国民政府监察院长之职，在巡视各地伤兵和难民的安置、抚慰战区民众、纠弹贪官污吏的间隙，于四月间返乡谒祖居。此诗即作于此时。

其大意是：正房之后那株衰老的槐树还开着花，没有风，把树荫斜映在正房之前。那三间老屋还在那儿，（就这点儿家财；日寇侵凌，国难当头，千千万万同胞流亡荒野）实在愧疚于说什么罄尽家财，以纾国难啊！

"堂后枯槐更着花，堂前风静树阴斜"两句，特别是其中所描写的那着花的"枯槐"和斜映的"树阴"，蕴含着诗人对老屋的深深依恋和浓厚情感。然而，面对国难当头、同胞流离的现实，诗人心中却萌生了忍痛割爱、"毁家"纾难的意愿，却又为这份家财菲薄而无济于事，不无自愧之情，其昭然可见的爱国情怀，能不令读者感动吗？

鹧鸪天·偕庚由①自西安往成都机中作

凭倚高风且觉迟，身悬万仞②一凝思。

山如列国争雄长③，云似孤儿遇乱离。

秦岭峻，蜀山奇；西南著我此何时？④

相随更是金天⑤雨，洗净人间会有期。

注释

①庚由：张庚由，于右任诗友。一九四一年，曾帮助诗人创办《中华乐府》。

②身悬万仞：身在万仞高空之上。仞为计量单位，万仞形容极高。

③雄长：意同称雄争霸。

④西南著我此何时：意为这是什么时候？"我"能静静地待在成都这个西南偏僻之地吗？西南，成都在中国西南。著，贮，居积，此处为"让……静待"的意思。

⑤金天：秋天。语出陈子昂《送著作佐郎崔融等从梁王东征》："金天方肃杀，白露始专征。"

简析

此词作于一九三八年秋天，诗人回乡之后从西安去往成都的飞机之上。大意是：虽然是凭借高空之风，坐飞机前往成都，身在万仞之上凝神思考（御敌保国），还是觉得太迟太慢了。俯视一座座大山，像是列国在称雄争霸；一团团云朵，犹如孤儿般遭遇灾乱而流离失所。

秦岭高峻，蜀山秀奇，这是什么时候啊？"我"能静待在西南偏僻之地吗？但"我"相信，这随"我"此行的秋雨，一定是会洗净人间罪恶（把日寇驱除出境）的！

这首诗把金秋时节在飞机上俯瞰的感触写得惟妙惟肖。

"身悬万仞"，对民族危难的隐喻十分形象；"山如列国""云似孤儿"的想象新奇得令人惊叹；"洗净人间会有期"，寄寓了毋庸置疑的抗战必胜信念。

诗人坐飞机去成都，仍觉迟慢，可见其内心的焦灼。

焦灼何在？"山似列国""云似孤儿"的极形象、极新奇的比喻引出"乱离"二字。乱离自然出于日寇在中华大地上的疯狂践踏。

当此之时，诗人怎么能静待于西南？他心中凝思的是抗战，是如何"洗净人间"，铲除罪恶，大败日寇！"会有期"三字，则寄寓了毋庸置疑的抗战必胜信念。

该词构思新颖，词语蕴藉，情感真挚，可谓难得的佳作。

我图网　提供

第八章　愿捐吾躯　外御日侮

165

黄钟·人月圆·阴雨连日，此情冀野、庚由知之也

云垂四野鹃声①乱，梦绕战场还。

鄱阳湖上，风陵渡口，大别山前。

（幺）文人呕血，将军效命，计已经年②。

南临大海，北连沙漠，万里烽烟。

注释

①鹃声：传说，先秦时蜀王杜宇称帝，号望帝，为蜀治水有功，后禅位臣子，退隐西山，死后化为杜鹃鸟，啼声凄切，昼夜悲鸣，悲哀凄惨，吐血乃止。后常以鹃声形容哀痛之极。

②经年：经过一年左右或若干年。北宋柳永《雨霖铃·寒蝉凄切》："此去经年，应是良辰好景虚设。"

简析

《人月圆》是词牌名，也是曲牌名。《中原音韵》称其入"黄钟宫"。这首小令作于一九三八年，诗人巡视战事期间。

当时，蒋介石仍坚持"政府抗战"，对日妥协，对共产党进行限制的政策。然而，全国各地军民在共产党的号召下，纷纷挺身而出，对日寇的侵略行为进行不屈不挠的抵抗和回击。

诗人乘飞机巡视遇雨，感慨系之，遂有此作。

大意说：云脚低垂，在响彻四野的悲哀凄惨的杜鹃声中，"我"乘机而还，梦绕战场，经过了江西的鄱阳湖，山西、陕西间的风陵渡口，河南、湖北、安徽间的大别山前。

所经之处，无不是文人们呕心沥血地作诗撰文，鼓吹抗战，将士们舍生忘死，效命沙场，算来已有一年。

向南临近大海，向北直到沙漠，千里万里，抗击日寇的烽烟连成了一片。

这首小令，以不到五十字的篇幅，即勾勒出了抗战凄惨而宏阔的画面，一幅战火遍燃，"文人呕血，将军效命"，全国总动员的动人场景跃然纸上。这是中华民族的民族精神昂扬的气象，也是全国上下对蒋介石片面抗战政策的自觉反抗。

而"梦绕"二字，则深寓诗人对战事的无限关切；"计已经年"四字之中，隐含着诗人对战事艰辛的忧心和喟叹。

我图网　提供

第八章　愿捐吾躯　外御日侮

菩萨蛮·有述北战场①事者，因赋②此

太行③隐隐云端见，胡儿④昨夜⑤窥⑥防线。

妄想入中原，骨灰归亦难。

凌晨风雪作，久别创伤裹。

奉命守黄河，天寒高唱歌。

注释

①北战场：当指八路军一二九师所建立的以太行山为中心的抗日根据地。

②赋：赋的最初含义是铺陈，即描述事物，抒情写志，后来发展为一种文体。此处为赋的原意——铺陈。

③太行：太行山，位于山西高原与河北平原间。

④胡儿：指日军。

⑤昨夜：前不久的一个夜晚。

⑥窥：窥视，窥探。

这首词作于一九三八年。

抗日战争打响后，中国共产党领导的八路军一二九师建立了以太行山为中心的晋冀豫抗日根据地，开展游击战争，屡败日军。

诗人作为国民党元老之一，时任国民政府监察院长，一直主张国共两党"合则两益，离则两损"，与共产党员素有交往；"述北战场事者"当指八路军某将领。

诗人听了这位八路军将领述说太行山区的抗日斗争，感慨系之，因铺陈"述北战场事者"所述之事，而有此作。

其大意是：不久前的一个夜晚，从缭绕高峻的太行山的云端隐隐可见，日军在偷偷地窥探我军的防线。哼，妄想侵入中原！管教你有来无回，连骨灰也难得回去。

这天凌晨，风雪大作，好久没有喋血战场，告别了包扎伤口的我军，奉命在这里守卫黄河。天气虽然寒冷，他们却斗志昂扬，放声高唱，歌声直上云霄。

也许，正因为我军如此严阵以待，日军暂时缩头龟壳，未敢越过防线侵袭而来。

诗人胸中激荡着惊喜的情绪，铺陈了"述北战场事者"所述说之事。

一个"窥"字，一句"骨灰归亦难"，显示了诗人对抗战必胜的信念和对日寇的蔑视。

"久别创伤裹"一句，颇耐寻味，是出自那位述说者之口的语句，活灵活现地勾画出八路军将士执戈待战的神情：你们企图进犯中原，好，来吧，我们好久没有打仗，没有负伤，没有包扎伤口了，我们和你们一决雌雄！我们乐得负一次伤，包扎一次伤口哪！

其中，包含着诗人对八路军将士多么深厚的钦佩之情。

"天寒高唱歌"一句，则极简练而极生动地描绘出八路军将士的高昂斗志和制胜豪情，却也表达了诗人对胜利的确信和期盼。

我图网　提供

双调·殿前欢·咏《太白集》①

《太白集》中战争文学特精奇，爱而咏之。

李青莲，三杯拔剑舞龙泉②。
谁家血色开生面？
不做神仙，文章更值钱。
庸儿③眼，那知道民族精神战？
认大作为乾坤啸傲，风月消闲。

注释

①《太白集》：唐代伟大的浪漫主义诗人李白，字太白，号青莲居士，又号谪仙，有《李太白集》传世。李白善饮，唐人称之为"酒中八仙"之一。杜甫《饮中八仙歌》谓："李白斗酒诗百篇，长安市上酒家眠。"李白也喜舞剑。其《结客少年场行》自谓："少年学剑术，凌轹白猿公。"《侠客行》云："三杯吐然诺，五岳倒为轻。"江南友人曾赠李白以龙泉宝剑。李白记其事于《留别广陵诸公》："金羁络骏马，锦带横龙泉。"李白的诗浪漫而灵动，充满爱国主义精神和崇尚大自然的情怀，讴歌祖国山河，愤世嫉俗，热切地冀望结束动乱，实现统一。

②龙泉：龙泉宝剑。中国古代十大宝剑之一。传说是由欧冶子大剑师所铸。欧冶子为铸此剑，凿开茨山，放出山中溪水，引至铸剑炉旁成北斗七星环列的七个池中，是名"七星"。剑成之后，俯视剑身，如同登高山而下望深渊，缥缈而深邃，仿佛有巨龙盘卧，是名"龙渊"。故名此剑曰"七星龙渊"，简称龙渊剑。唐朝时因避高祖李渊讳，便把"渊"字改成"泉"字，曰"七星龙泉"，简称龙泉剑。剑，大约创制于殷末周初之际，距今三千多年。早期的剑都很短。西周时两军交战，以车战为主，远则弓箭对射，近则戈矛相接，用不上这样短小的剑，当时主要用来防身。春秋

后期，吴越两国相继崛起，争霸于南方。两国均处于水网交错、丛林遍野的水乡，难于车战，步兵和水军遂成为吴越军队的主要兵种，剑成了军队的常规武器。所以，吴越两国都特别重视剑的生产，其铸剑技术也远远超过中原各国，成为中国古代的"宝剑之乡"。

③庸儿：平庸的，与高明绝缘之徒。

简 析

这首词作于一九三八年。那是抗日战火熊熊燃烧的年代。也许，今人难于理解，诗人何以在那样的年月钟情于《李太白集》，"爱而咏之"？何以继于一九三七年创办诗歌刊物《民族诗坛》？这首词解开了这个谜团。我们一读便知。

其大意是：自号青莲的唐代诗人李白，三杯酒下肚，便手持龙泉宝剑，舞动了起来。然而，哪一家，哪个人是单单凭着手中的兵器，血肉横飞地滥杀无辜，打开新的局面的？难道李白舞剑是为着"血色开生面"吗？（不，不是的！）李白固然把饮酒、舞剑看得很重，但是，即使不做"酒仙""谪仙"，他的诗歌和文章也会更宝贵，价值更高。

庸鄙的凡夫俗子哪里明白李太白"笔落惊风雨，诗成泣鬼神"（杜甫《寄李十二白二十韵》）那种豪放飘逸的诗歌的价值？哪里懂得鼓舞、振奋民族精神对于抗战的成败攸关？这些庸人们，竟然把李白的诗，理解成了"乾坤啸傲，风月消闲"——狂放不羁、信口开河的妄评社会，闲愁无聊的吟风弄月！（简直是颠倒黑白，胡说八道！）

诗人是深明诗歌等文艺作品的战斗精神功能的。他于一九三七年便创办了《民族诗坛》，为抗战呐喊助威，以为"民族精神战"的武器。他认为，李白的诗集中不乏"特精奇"的"战争文学"。这首词便是时已六十岁的诗人，对诗词作为"战争文学"，在抗战中可能发挥的"民族精神战"的积极作用的艺术化表述。国难当头之际，诗人誓言"吾躯甘愿为国捐"（《中秋薄暮，黄陂道中见伤兵》），却不得奔驰沙场，而做出效法李白，以诗词为武器，振奋民族精神，跻身抗战行列的抉择。

诗人节

文艺界倡议以端午节为诗人节，纪念屈子①也。

民族诗人节，诗人更不忘。
乃知崇②纪念，用以懔③危亡。
宗国④千年痛，幽兰⑤万古香。
于今朝⑥作者，无畏吐光芒。

注释

①屈子：屈原，名平。战国时楚国人。我国历史上第一位伟大的爱国诗人。楚怀王时，曾任左徒、三闾大夫，为佞臣构陷，被流放于沅、湘流域，多年后抱石自沉于汨罗江而死。一九四一年，于右任与冯玉祥、郭沫若、茅盾等重庆文艺界代表人士发表倡议，以端午节为诗人节，以纪念屈原，激发国人民族情感，振奋爱国精神。

②崇：《说文解字》："崇，嵬高也。"引申为高贵、兴盛、崇敬、尊崇等。此处当指心怀崇敬之情。

③懔（lǐn）：本义为危惧、恐惧，引申为戒惧、危惧。《孔子家语·致思》："懔懔焉若恃腐索之扞马。"注："戒惧之貌。"陆机《文赋》："心懔懔以怀霜。"注："危惧貌。"

④宗国：古代的同姓诸侯国，与天子同宗，故称之为宗国。后世代指祖国，也指朝廷。

⑤幽兰：喻高洁的品性。屈原《离骚》："时暧暧其将罢兮，结幽兰而延伫。""户服艾以盈要兮，谓幽兰其不可佩。"

⑥朝：此词多义，一为早晨，如朝阳、朝晖等；二为日，一天，如今

朝、明朝等；三为拜见，拜访，如《史记·项羽本纪》云："项羽晨朝上将军宋义。"此处当为纪念之义。"朝作者"，即纪念屈原。有版本作"期作者"。

简 析

这首诗作于一九四一年端午节之前。

其时，以蒋介石为首的国民党顽固派，背叛孙中山先生确立的国共合作的政策，策划、发动了皖南事变，无数共产党员惨遭杀害；日寇加紧诱降，乌云笼罩着山城重庆天空。

为了发扬民族正气，诗人与冯玉祥、郭沫若、茅盾等文艺界代表人物，倡议以端午节为诗人节，纪念爱国诗人屈原，以激发国人的爱国情感，振奋民族精神。诗人出席了纪念活动，并担任大会主席。这首诗即为这次会议而作，诗人在大会致辞中朗读了自己的这首佳作。

大意是：端午节是我们民族的诗人节。（全国人民要牢牢记住，）诗人们是更不能忘怀的。要知道，我们怀着十分崇敬的心情纪念屈原，是为了以戒惧之心，应对我们民族正在遭遇着的生死存亡之灾。我们所纪念的爱国诗人屈原，他自投汨罗江而死，是我们祖国的千年之痛，他的幽兰般的高洁品性，散发着永不消弭的芳香。今天我们这些倡导纪念屈原活动的诗人和作家们的精神和作为，应当放射一种无畏（日寇疯狂侵略）而（救国于危难）的灿烂光芒。

这是对设立诗人节的说明，是号召文艺界的诗人和作家们，以手中之笔，参与抗敌的动员和"无畏吐光芒"的期望，也是诗人对自己心系祖国命运、"懔危亡"的内心剖白。在说明中交融着抒情，激情与剖白为一，堪称佳作。

在此，我们不妨谈谈诗人的诗词观念。

后来，诗人曾如此说明自己发起诗人节的意愿："我是发起诗人节之一人，我们为什么以端午节为诗人节，当然是纪念屈原的。所谓纪念屈原，

一是纪念其作品的伟大，一是纪念其人格的崇高。屈原的作品，无论造词、立意，都为中国诗人开辟一广大的境界。刘勰在《文心雕龙·辨骚》中说：'是以枚贾追风以入丽，马扬沿波而得奇。其衣被词人，非一代也！'关于屈原的人格，哀民生之多艰，恐美人之迟暮。学人忧国，死生以之。司马迁说他：'蝉蜕于浊秽，以浮游尘埃之外，不获世之滋垢，皎然泥而不滓者也。推此志也，虽与日月争光可也。'所以纪念屈原，是纪念他衣被万世的创作精神，及与日月争光的高尚人格。"

于右任一贯提倡诗体解放，对作诗提出"韵不可废，体不可拘"的八字方针。而他自己也是率先身体力行的。

他还曾说过："我们的诗，三百篇后，由汉魏而六朝，量少变，至唐而变生多体，变也；宋词，变也；元曲，变也。每一变的初期，皆为诗体的解放，内容的扩大。"

他认为，诗体的变化，就是诗的革命。

他说："诗的体裁，必须解放，伟大的天才、伟大的思想，绝非格律所能限制的。即以李杜而论，我觉得，他们伟大的成就，是他们的长歌，他们的新乐府。他们的崇高地位，不是作风美备，而是对前代诗风的革命精神，而是由于这种革命精神所产生的领导作用，假使他们不在这条路上发展，而仍是走前代的道路，他们也不过清新如庾开府、俊逸如鲍参军而已！近人作诗，动言效法李杜，我认为真的效法，应当效法他们的这种革命精神。无论如何，我们应当拿诗的格律来适应我们的思想，不可拿我们的思想来适应诗的格律，犹之我们当因脚的大小来做鞋，不应当因鞋的大小来削脚。"

联系他后来的这些关于诗歌创新的见解，我们不难深层地理解他的诗歌创作、编辑诗歌刊物、发起诗人节的爱国主义精神了。

越调·天净沙·谒成陵①

兴隆山②畔高歌，曾瞻无敌金戈③。
遗诏④焚香读过，大王问我：
"几时收复山河？"

注释

①成陵：成吉思汗之陵。
②兴隆山：亦称兴龙山，在甘肃省榆中县城西南。
③金戈：金属打制的戈。戈，古代曲头横刃长柄兵器。
④遗诏：皇帝生前所留遗书或遗言。

简析

有感于许多珍贵文物被日寇破坏，诗人于一九四一年曾赴敦煌考察文物，回程经甘肃榆中县兴隆山，拜谒了由八座白色毡帐组成的成吉思汗陵园。

成吉思汗是蒙古族首领，生于蒙，长于蒙，统一了中国，建立了元朝，定都于大都（今北京）。

成陵名陵，却原本并非安葬成吉思汗之地，而是供奉蒙古族的总神祇——"八白宫"之所在。蒙古人游牧，总神祇也随之搬迁。

据历史记载，成吉思汗去世后，始建总神祇于鄂尔多斯，又分别于漠北、木纳山南建立了"八白宫"。后来，征战频繁，"八白宫"总神祇也便不时搬迁。

到了民国二十八年（1939），成陵被搬迁至成吉思汗攻打西夏时经过的甘肃榆中兴隆山。

这首《天净沙》即作于诗人拜谒成陵之后。

前两句是说，成吉思汗曾于兴隆山前金戈铁马，高歌猛进，所向无敌；后面所谓"遗诏"就是成吉思汗的遗言。

今天，"我"来到成陵，焚香祭拜之余，展读成吉思汗的遗诏。（遗诏是成吉思汗对他的继承者和臣下的诏命和愿望）

"大王问我"，"大王"自然是成吉思汗。而"几时收复山河"的话，却出自诗人心中的想象，是诗人面对日寇侵略提出的现实诘问和焦灼如火的内心期待：什么时候，我们才能像成吉思汗一样，驱除日寇，收复山河，统一中华啊？

这一现实诘问和内心期待，有一种激情澎湃、凌厉豪迈、横扫千军的气概和自信，发人深省，感人至深。

一九四五年，毛泽东主席赴重庆与蒋介石谈判。诗人设家宴欢迎毛泽东主席一行。

席间，两人谈诗论文。诗人盛赞毛泽东《沁园春·雪》中的"数风流人物，还看今朝"是"激励后进之佳句"。毛泽东笑道："何若'大王问我：几时收复山河'发人深省也！"两人哈哈大笑。毛泽东所称赞的，就是这首《天净沙》的篇末两句。

夜读豳风诗

陨萚^①惊心未有期，烹葵剥枣^②复何为？
艰难父子^③勤家室，栗冽^④农夫祝岁时。
南亩于茅^⑤犹惴惴，东山零雨^⑥自迟迟^⑦。
无衣无褐^⑧思终日，苦读周人救乱诗^⑨。

注释

①陨萚（tuò）：草木落叶。《诗经·豳风·七月》中有"八月其获，十月陨萚"句。意为八月收获庄稼，十月草木落叶。《诗经·豳风·七月》以周历纪年，其八月相当于夏历（农历）六月，十月则相当于农历秋八月。"萚"与"箨"同音，"箨"为竹笋上一片一片的皮，"萚"为从草木上脱落下来的皮或叶。有的刊本"陨萚"作"陨箨"，疑有误。

②烹葵剥枣：《诗经·豳风·七月》有云："七月烹葵及菽，八月剥枣。"即农历五月间煮葵煮豆，六月间摘枣，打枣。

③艰难父子：《诗经·豳风·七月》有云："同我妇子，馌彼南亩。"意为农夫与妻子儿女，一起耕作于田间，把饭送到向阳的土地上去，田官十分高兴。

④栗冽：寒冷。《诗经·豳风·七月》有云："一之日觱发，二之日栗冽。"意为十一月冷风飕飕，十二月寒气刺骨。

⑤南亩于茅：《诗经·豳风·七月》有云："昼尔于茅，宵尔索绹。"意为白天忙着割茅草，晚上还要搓麻绳。

⑥东山零雨：《诗经·豳风·东山》有云："我徂东山，慆慆不归；我来自东，零雨其蒙。"意为我去东山出征，好久好久没有

回来；我东征而归，零星小雨下得漫天迷雾蒙蒙。后以"东山零雨"代指从军出征。

⑦迟迟：《诗经·豳风·七月》有云："春日迟迟，采蘩祁祁。"迟迟，朱熹注："日长而暄也。"即天长而温暖之意。

⑧无衣无褐（hè）：《诗经·豳风·七月》有云："无衣无褐，何以卒岁？"意为没有好衣服，连粗布衣服都没有，可怎么过年啊？褐，古代指粗布或粗布衣服。

⑨周人救乱诗：指《诗经·豳风·破斧》。这是一首歌颂周公率领将士东征平叛的诗。其最末四句是："周公东征，四国是遒。哀我人斯，亦孔之休。"意为周公率领我们东征，使四方边疆巩固又安全。可怜我们这些劫后余生的人，也能过上好日子！遒：团结安详。休：美好。

简 析

此诗作于一九四四年。

当时，抗战已十三年之久，虽已转入战略反攻，但是，战区广大人民群众历经战祸，疾苦不胜。诗人体念时艰，为之忧心如焚。

《豳风》是《诗经》十五国风之一，包括《七月》《东山》《破斧》等七篇，反映了当时的农事、忧愤、征怨等社会生活，特别是农民生活的方方面面。

诗人夜读《豳风》，感慨系之，发为心声。

其大意是：一年一度的草木凋零，令人心惊肉跳，不知尽头何在啊！为什么农民总是过着煮葵打枣的艰苦日子？为了一家人的生活，父子终年辛勤耕耘，寒风刺骨的严冬到来，却不知怎么度过岁末年节。

他们割茅草于田间，心中忧惧不安，担心从军出征，破坏了天长温暖的好日子。"我"整日思虑和忧心着无衣无褐、无以蔽体的人们，在心灵的酸楚中苦苦地阅读着《破斧》那篇周朝人的救乱之诗。

全诗除了最后两句是诗人自己的感慨，前六句似在阐述《豳风》的诗意，却何尝不是对农民的现实艰窘生活的描画？

抗日战场上接连不断的惨重伤亡，如"陨萚"般令人惊心动魄，无以计数的穷苦百姓辛勤耕作，七月煮葵，八月打枣，艰辛终年，仍无法糊口，"栗冽""祝岁"，年关难度。

他们忧惧不安地"南亩于茅"，难道不是在期望过战乱不发、"春日迟迟"、天长而温暖的好日子，太平日子吗？想着他们如今在战乱中缺衣少食、颠沛流离、家破人亡的生活，心中实在悲痛、凄苦，却又无可奈何，只有苦苦地阅读西周时代的救乱之诗。

"救乱"二字的出现，剖露了于右任当时的真实心境，也道出了他所以苦苦夜读，所以创作这首诗的真实意图。

这首诗的真正主题，也在于对"救亡"的焦虑。

中国图库　提供

破阵子·祝《中华乐府》①

三峡星河影动，五更鼓角声悲。②
骚雅③而还天道转，关马④之兴地运移。
作家当战时。

雨浥⑤文人笔砚，云生大将旌旗。
漫说缁衣⑥为讽刺，岂有甘棠⑦不疗饥。
太平先有诗。

注释

①《中华乐府》：一九四四年，诗人与卢前、张庚由等人在重庆创办的以词曲为主要体裁的文学刊物。

②杜甫《阁夜》诗中有句："五更鼓角声悲壮，三峡星河影动摇。"意为拂晓之时军营中震响着悲壮的鼓角之声，三峡的水面上荡动着晨星银河的光影。诗人在此化用其句。

③骚雅：骚，泛指屈原开创的浪漫主义文学，雅为《诗经》的组成部分，二者合指先秦至唐宋的文学传统。

④关马：关指关汉卿，马即马致远，合指元曲诗人的代表。

⑤雨浥（yì）：雨水使之湿润。

⑥缁（zī）衣：黑色的衣服，也是《诗经·郑风》中的一个篇名。《诗经》中的《缁衣》所表达的，学者多认为是"好贤""礼贤"之意。

还有一种解释，诗人在这里运用的是《澄子亡缁衣》的寓言故事。这则寓言出自《吕氏春秋·审应览·淫辞》：宋国有个叫澄子的人，丢了一件黑衣服，去路上找。发现有个妇女穿着一件黑衣服，便拉住不放，说是自己刚丢了件黑色夹衣。那妇女说，你丢的是黑色夹衣，可"我"这件是我亲手所做的单衣啊。澄子说："我"丢的是夹衣，你这件是单衣，拿单衣当夹衣，你还不合算吗？意在讽刺歪曲事实的诡辩。

⑦甘棠：棠梨，又称杜梨，其果圆小，味酸。也是《诗经·召南》中的一个篇名。

简　析

抗战开始后，诗人以"苏辛为友，李杜为师"（《黄钟·人月圆·梦中有作》），即以苏轼、辛弃疾为朋友，以李白、杜甫为老师，创作诗词，为抗战而鼓吹和呼号，为浴血于前线的将士们擂鼓助阵，"呼唤中华运转"（《中吕·醉高歌·追忆陕西靖国军及围城之役诸事凄然成咏》）。

他十分重视诗歌的时代功能，认为必须适应时代，推动诗歌创作的变革；格律诗格律森严，难以适应抗战的需要；词曲的长短句较格律诗自由，是更能适应鼓呼抗战的艺术形式。于是，于一九四四年，与友人一起创办了《中华乐府》，并创作了这首《破阵子·祝〈中华乐府〉》的词，代发刊词。

其大意是：如今，位于神州腹部的陪都重庆，已如杜甫《阁夜》一诗所描述的，拂晓之时，银河澄澈，群星映照着三峡，江水摇曳不定，将士们在凄凉悲壮的鼓角声中整装出发，抵御日寇的侵袭。我们不能不明白一个道理：《诗经》《楚辞》的传统随着天道的运转而改变，关汉卿、马致远为代表的元曲的兴起，也因缘于时代的变革。从古到今，作家、诗人，无不使自己的作品适应时代的需要。

为时代雨水浸润的，是文人的笔砚；勃起的风云，便是将士的旌旗。不要说什么《吕氏春秋》中宋人澄子，那借口自己丢失而以强盗逻辑夺取妇人缁衣的事是个讽刺寓言，（日寇的逻辑和宋澄子如出一辙）有血性的中华民族，难道忍受不了以酸小的杜梨填饱肚皮的艰苦，而与日寇决一死战？胜利属于我们，万世太平终将到来，但太平的到来，应当先有诗歌的激励和呼唤啊！

这是诗人心底的声音通过笔锋的真诚呼喊。

当时，八路军、新四军与国民党将士，并肩浴血于抗日前线，取得了一个又一个胜利，将抗战推进全面反攻阶段。然而，国民党中不时有人发出不满于国共合作的"嘈杂"声音。他们与诗人"合则两益，离则两损"的主见截然相反，认为共产党不过一股小小的"赤匪"，与之合作，有损而无益，且有伤国民党的体面。一些国民党官员，苛政祸民，贪污受贿成风。有人提出批评，呼唤"仁政"；国民党政府却以"施行仁政，无补时艰"予以搪塞。

如果说"云生大将旌旗"是对抗战前线将士的激情歌颂，"岂有甘棠不疗饥"即是对国民党反动派的嘈杂之声的回击。而"太平先有诗"，则画龙点睛地道出了创办《中华乐府》的意图所在，也是对诗人们挥笔为抗战擂鼓助阵的再动员。诗人对文艺服务于国家、民族的根本需要的认识，何等明确啊！

"雨浥文人笔砚，云生大将旌旗"，诗人以这两句精彩的诗句，表达了自己对文武两条战线，同心同力奋斗则战必胜意愿的确信。

我图网　提供

中吕·醉高歌·闻日本乞降，作付《中华乐府》（十首选二）

一

万家爆竹通宵，人类祥光①乍②晓。

百壶且试开怀抱，③镜里髯翁渐老。

十

自由成长如何？大战方收战果。

中华民族争相贺，王道干城④是我。

注释

①祥光：吉利祥瑞之光。唐人骆宾王《赋得春云处处生》："萦日祥光举，疏云瑞叶轻。"

②乍：刚刚，开始，起初，或忽然、猛地之意。此处兼有忽然、刚刚之意。

③百壶且试开怀抱：语出杜甫《苏端、薛复筵简薛华醉歌》："千里犹残旧冰雪，百壶且试开怀抱。"表达了开怀痛饮之情。诗人于此借用其句。

④王道干城：一九二四年秋，孙中山逝世前，曾发表《大亚细亚主义》一文，痛斥日本侵略者云："究竟是做西方霸道的鹰犬，或是做东方王道的干城，就在你们日本国民去详审慎择。"孙中山解释"王道"为"主张仁义道德"，而"霸道"则是"主张功利强权"。"干城"一词，为捍卫或捍卫者之意。王道干城即以王道捍卫国家之意。

1945 年 8 月 15 日，日本宣布投降，历时十四年的抗日战火终于熄灭。消息传来，举国欢腾。这组《醉高歌》即写于此时。

该作品共十首。第一首写万家欢腾和诗人自己开怀痛饮的惊喜心情。第二至九首回顾日寇的挑衅和抗战所以爆发，"万灵效命"的抗日斗争，国际的反法西斯战线，以及诗人的感触。第十首则是诗人抒发的胜利豪情。这里选取的是首、尾两首。

第一首的大意是：（听到日本投降，抗战胜利的消息，）千家万户（欣喜若狂），燃放爆竹的声音通宵达旦，如同天刚破晓，祥光便在人间出现一样。"我"不禁开怀畅饮，试试喝它一百壶，看看能不能消解这心头之喜。对镜自视，哦，"我"已渐渐老了！

诗人将杜甫"百壶且试开怀抱"的诗句顺手拈来，用得极为恰切，简直非此句无以表达自己当时的心情。

而紧承其后的末句，则赋予欣喜的氛围以几分悲凉，颇耐人寻味。其实，"镜里髯翁渐老"，表面看是诗人的自我哀叹，但又何尝不是国家之叹、民族之叹。我们的国家、我们的民族，在十四年的抗战中，付出了多少代价啊！

第十首的大意是：怎么让我们的国家、我们的民族、我们的人民获得自由？抗日战争的胜利，使我们开始获得了这个战果！世界各国都争相向我们道贺，是我们捍卫了中华民族仁义道德的"王道"文化传统！

四句之中，昂扬着胜利的豪情。如果说，前两句是对抗战胜利意义的总结和肯定；那么，后两句则是对中华民族传统"王道"文化的自信和骄傲，也是对侵略者那种企图以功利强权骑在别的国家、别的民族头上作威作福的"霸道"文化的蔑视和无情斥责。

第 九 章

飞度天山　夜深惘惘

——新疆行之作

行远方知骐骥贵

登高那计鬓毛斑

夜深惘惘情难已

万木啼号有病杉

丁右任

时代掠影

一九四五年八月，日本无条件投降，长达十四年的抗日战争宣告结束。

蒋介石集团为了窃取抗战胜利果实，连续三次电邀中共中央主席毛泽东赴重庆举行会谈。

毛泽东、周恩来于八月二十八日飞抵重庆，经过四十三天的艰难谈判，十月十日，国共两党终于达成和平建国的《双十协定》。

一九四六年六月，新疆组成民族联合政府，诗人应邀并代表国民政府前往参加省政府成立仪式，慰问各族人民。

兴冲冲而去，却于行程中，发现蒋介石集团背叛《双十协定》，国共两党两军间摩擦、冲突迭生，特别是自己出行途中的六月二十六日，蒋介石竟调动三十万军队围攻中共中原解放区，内战由此骤起，心情因而沉重了起来。

诗人于往返途中，多有诗作，无不以其心灵的波澜，反映了当时政治气候的风云变化。

作品解读

浣溪沙·哈密西行机中作

我与天山共白头①，白头相映亦风流。
羡②他雪水溉田畴。风雨忧愁成往事，
山川憔悴③几经秋。暮云收尽见芳洲④。

注 释

①共白头：以山拟人，天山终年积雪，故头白；是时，诗人已头发花白，故与天山"共白头"。

②羡：本意为喜爱并盼望得到，此处为喜爱、欣喜之意。

③山川憔悴：以山川拟人，意为山川容颜干枯、委顿。

④芳洲：香草聚生的小洲。

简 析

这首词作于诗人一九四六年八月赴新疆所乘飞机之上。

诗人从飞机上观看山川大地，心有所感，发而为词。

大意是："我"和天山的头都白了，但是，白头也很漂亮，风采出众。我们都为融化的雪水灌溉山下的田地而不胜欣喜。回想过去，神州的山山川川，经受了多少年磨难，容颜变得憔悴不堪；如今，那令人忧心的风雨

187

交加的苦难岁月，终于变成了一去不复返的过眼烟云。傍晚的云霭全都消退了，那香草丛生的美好小洲历历可见。

这是表层的意思。如果说，上阕重在写飞机上所见，那么，下阕似乎仍在写景，实则重在抚今追昔，抒发情怀。

其表层之意后面，情景交融，"诗中有画，画中有诗"，语语有所指，句句寓深意。

所谓"风雨忧愁"，即祖国遭受日寇侵凌的昔日忧患；"山川憔悴"，即日寇侵凌下的山川破碎、金瓯不全的拟人化表达；而"暮云收尽见芳洲"，则是抗战胜利，山川大地回归祖国怀抱的形象化描绘。

诗人热爱祖国的情怀，弥漫在这诗化的艺术语言之中。二十世纪四十年代，在中国能够乘坐飞机出行者寥寥无几，抒写机中所见之景、所生之情者，更为罕见。

诗人将机中所见之景、所生之情，发为诗篇，非乘机无"我与天山共白头"之慨，非乘机无"暮云收尽见芳洲"之景。

景新、境新、情新、意新，颇令人耳目一新。

188

我图网　提供

夜宿天池①上灵山道院

三十五年八月十二日，夜宿天池上灵山道院，不寐有作。

> 飞度天山往复还，今来真是识天颜。
> 云中瀑布冰期雪②，月下瑶池雨后山。
> 行远方知骐骥③贵，登高那计鬓毛斑。
> 夜深惘惘④情难已，万木啼号⑤有病杉⑥。

注 释

①天池：位于天山主峰，在新疆阜康市境内。神话传说，这里是王母娘娘住地。旁有灵山道院。

②冰期雪：冰川时期的冰雪。冰川第四季之后，距今四千至六千年曾出现的新冰期，仍有冰雪覆盖于高寒山区。

③骐骥：良马。《庄子·秋水》云："骐骥骅骝，一日而驰千里。"

④惘惘：此词多义，一为遑遽而无所适从。《楚辞·九章·悲回风》云："抚佩衽以案志兮，超惘惘而遂行。"王逸注："失志偟遽。"二为伤感，失意。唐人韩愈《送殷员外序》："出门惘惘，有离别可怜之色。"三为迷迷糊糊。宋人叶适《除秘阁修撰谢表》："惘惘于簿书之程，区区乎医药之事。"此处当为迷糊而无所适从之意。

⑤万木啼号：风中林木的声音。宋人陆游《闭门》云："霜薄残芜绿，风酣万木号。"

⑥病杉：遭遇病害的杉树。此处化用白居易《题杨颖士西亭》诗句"竹露冷烦襟，杉风清病容"，当指枯枝败叶。

简折

这首七律作于一九四六年农历八月十二日返程途中。

当夜，诗人宿于天山主峰之上的天池灵山道院，近旁有瀑布、冰雪、天池等奇景，感怀联翩，不能入寐，因有此作。

大意是：来时飞过了天山，返程中又来到了天山，今天真是让人大开眼界，见识了真正的天。雨后的月夜，白云缭绕中，冰川时代的瀑布和山巅上的天池——传说中王母娘娘的瑶池，那么神秘，那么美丽。

此刻，"我"深有所感：走的路多了，才知道日行千里的骐骥是多么宝贵。能登上如此高峻的山峰，"我"哪里顾得了自己已是两鬓斑白的老人。夜深了，风吹林木，夹杂着枯枝败叶的断裂声，呜呜地吼叫着。"我"心中波澜起伏，扑朔迷离，实在说不清是什么感觉，什么情感。

显然，这是一首抒情诗。

笔者以为，所谓"骐骥"，当指那些长期以来，为了新疆新政权的建立，大而言之，为了争取抗战胜利，彻底摆脱帝国主义侵略，而奋斗不已、功勋卓著的民族赤子；而所谓"登高那计鬓毛斑"者，即那些为了神州金瓯重圆，而不顾年老力衰——如诗人自己——的人们。

诗人所以"夜深惘惘情难已"，是因为自己已分明感觉到"万木啼号有病杉"——在为光复神州而奋斗的"万木"之中，夹杂着"病杉"——枯枝败叶般的民族败类、阻碍历史车轮前进的绊脚石的声音。他们不甘心自己的失败，难免要挑起事端的。这些"病杉"不是别的，就是国民党中的顽固派！

采桑子·迪化东归机中

九月一日迪化东归机中，时天山初降雪。

高空日丽凉初透。
往事悠悠①，西望云浮，
等是②人间不自由。

豪情依约③歌还又。
积雨才收，爽气凝眸④，
笑看天山更白头。

注 释

①悠悠：长久，遥远，或忧愁忧思。前者如陈子昂《登幽州台歌》："念天地之悠悠，独怆然而涕下。"后者如《诗经·郑风·子衿》："青青子衿，悠悠我心。"此处当为忧愁忧思之意。

②等是：同样是，总是。宋人苏轼《和子由除夜元日省宿致斋》："等是新年未相见，此身应坐不归田。"元人刘因《人月圆》："古今多少，荒烟废垒老树遗台。太行如砺，黄河如带，等是尘埃。"此处应为总是之意。

③依约：仿佛，隐约。唐人刘兼《登郡楼书怀》："天际寂寥无雁下，云端依约有僧行。"宋人晏殊《少年游》："风流妙舞，樱桃清唱，依约驻行云。"

④凝眸：目不转睛地看。

简 析

《采桑子》是词牌，也是曲牌，这首词作于一九四六年九月一日诗人从迪化（今新疆乌鲁木齐）乘飞机东归途中。

大意是：乘坐着飞机，"我"放眼望去，高空中的太阳十分灿烂，天山铺上了初雪，开始有了凉意。看那西去的浮云，仿佛总是为着人间缺乏自由，而绵延于已经逝去岁月中的忧愁忧思中。那一声声为着争取自由而豪情满怀的激昂歌声，似乎仍在耳边回响。眼下，下了许久的阴雨方停，令人爽气满怀，目不转睛，把天山上那皑皑白雪覆盖的美景，笑看不够。

上阕写景，诗人将胜利的喜悦和欢欣寓情于景。

"等是人间不自由"既是获取这种胜利的喜悦和欢欣所以得来的目的，也是仍然隐隐地存在于诗人胸中的心结——有人仍在暗暗地破坏这种得来不易的胜利的喜悦和欢欣，或者说，"万木啼号有病杉"（《夜宿天池上灵山道院》），仍有民族败类或反动势力企图阻挡历史车轮的前进。

下阕抒情，诗人虽有隐忧在心，却依然乐观、旷达，"豪情依约歌还又"。

这豪情借"积雨才收""天山更白头"而"爽气凝眸"，而"笑看"，情景交融，诗味顿添，余音绕梁。

浣溪沙·兰州东行机中作

不上昆仑独惘然①，人生乐事古难全。
匆匆今又过祁连②，自古英雄矜③出塞④。
如今种族是同天⑤，何人收泪听阳关⑥。

注 释

①惘然：多义词，有失意、忧思、若有所失，或疑惑不解、不知所措、迷糊不清、空无所有等多种含义。此处当为若有所失之意。

②祁连：祁连山，在青海省东北部与甘肃省西部之间。东越祁连，即进入甘肃省境。

③矜：多义词，有庄重、拘谨，自尊、自大、自夸，怜惜、怜悯等多种含义。此处当是拘谨、谨慎之义。

④出塞：走出边塞，一般泛指走出山海关、嘉峪关等关隘要地。此处当指走出阳关（位于今敦煌西南古董滩）。

⑤同天：和睦同处于人世之间。

⑥阳关：西汉时所置之关，故址在今甘肃西南古董滩附近，与玉门关同为通往西域的交通门户。此处当指古琴曲《阳关三叠》。系据王维七绝《送元二使安西》一诗所谱，《真传正宗琴谱》谓其意"盖垂情于话别者也。……聆其音者，能无起故乡之悲乎"！

简 析

这首词写于一九四六年夏诗人赴新疆返程途中。

诗人颇喜游览名山大川，难得来到新疆，原有游览昆仑山的意图，却因故未能如愿，匆匆而返。途经祁连山有感，因赋此篇。

其大意是：没有能够登上昆仑，不无独自怅惘、失落之感，但自古至今，人生在世，哪能事事如意？（这又何必遗憾！）今天，"我"匆匆忙忙地越过了祁连山。

自古以来（因为塞外多为少数民族聚居之地，与关内汉人之间的矛盾时起时伏），人们都对出行塞外十分谨慎，甚至惴惴不安，如今已大不同于以往，实现了民族团结，关内、塞外各民族和睦共处于祖国大地。还有谁为出塞而挥泪听取《阳关三叠》那令人不无生离死别、断肠裂肺之感的音乐声了。

这首词的立意不难理解。

诗人喜欢游览名山大川，难得有机会上昆仑，然行抵昆仑脚下，却并未游览，"人生乐事古难全"自然是自我宽慰，然真正使自己得以宽慰的是"如今种族是同天"。

种族同天，这是诗人未游昆仑而不以为憾的真正缘故，这也便是这首词的主旨所在。也正因为"如今种族是同天"，所以，出塞之时，也便没有了挥泪听取"阳关三叠"那临别之时令人肝肠寸断的音乐声了。

194

我图网　提供

双调·水仙子·回京机中忆往事

回京机中追忆数十年来故事，因修改前作

一拳打碎黄鹤楼，[①]二水中分白鹭洲[②]。

八年苦战今难受，望陵园，人白首。

旧江山浑是[③]新愁。念不尽，神明大咒[④]，

说不尽，乾坤自由[⑤]，听不完，楚汉春秋[⑥]。

注释

①化用李白《江夏赠韦南陵冰》中"我且为君捶碎黄鹤楼，君亦为吾倒却鹦鹉洲"之句。李白与友人韦冰于安史之乱中生离死别。安史之乱后，李白银铛入狱，长流夜郎，后有幸遇赦，骤然与遭受贬官的友人韦冰相遇。二人悲喜交加，如梦如幻，惊喜之余，倾吐激愤，李白顿生"为君捶碎黄鹤楼""为吾倒却鹦鹉洲"之慨。

②白鹭洲：南京市东南隅，分割秦淮河之水为二，而西入长江。明初中山王徐达建花园于此，故称"徐太傅园"或"中山园"。后为徐氏后裔园主与王世贞、吴承恩等著名文人诗酒欢会雅集之所。民国时期改建为白鹭洲公园。

③浑是：全是，满是。

④神明大咒：指国民党反动派背版孙中山先生三民主义和"联俄、联共、扶助农工"三项政策的反动言论。

⑤乾坤自由：乾坤指天地，此处借喻政治、权力，乾坤自由在此处即喻指党派政权。

⑥楚汉春秋：原指项羽与刘邦争霸的历史故事。国民党反动派借此故事比喻国共关系，妄图撕毁重庆谈判达成的《双十协定》。

简析

一九四六年秋，诗人从新疆乘机返回南京途中，"追忆数十年来故事，因修改前作"，遂成此曲。

所谓"数十年来故事"，无非是否坚持孙中山先生三民主义思想，"联俄、联共、扶助农工"三项政策，以及国共两党"合"与"离"，对日寇的侵略是坚持抗战还是妥协退让……之事。

诗人是孙中山先生思想的忠实信徒，是孙中山先生"三项政策"的忠实践行者。对国共两党的关系，诗人一直坚持"合则两益，离则两损"的主张。

对日寇侵华的强盗行为，诗人是坚定、果决的抗战派，主张"打得赢要打，打不赢也要打"，只有打，别无选择。

国共两党举行重庆谈判期间，诗人以其机警和睿智，帮助中共谈判代表，挫败了蒋介石拘禁毛泽东，破坏谈判的阴谋，力促谈判取得成功，达成《双十协定》。

然而，国民党内始终"嘈杂"着各种奇谈怪论，以其"神明大咒"悖逆孙中山先生的三民主义者大有人在，以其所谓"乾坤自由"论调反对"联俄、联共、扶助农工"三项政策者声嘶力竭，特别是"楚汉春秋"之论，更是甚嚣尘上。

重庆谈判达成的《双十协定》墨迹未干，他们便在国共之间制造矛盾和摩擦，妄图挑起战争，凭借其强大的军事实力，"剿灭"共产党和八路军。随着抗战的胜利，这种"楚汉春秋"的奇谈怪论更加气势汹汹。

在持这种奇谈怪论者看来，国共之争，犹如项羽与刘邦之争；国民党势力之强，堪比项羽。抗战胜利后，如果国民党不从日军手中接收全部国土，独吞抗战胜利果实，而像项羽一般对共产党容忍、退让，则共产党便必将如刘邦致项羽乌江自刎、灭楚而兴汉一般，剪灭国民党，最后统一华夏。

在他们看来，发动内战，势在必行。他们不但制造荒谬理论，而且将这种理论付诸实践，公然调动大军、地面坦克进攻，空中飞机轰炸，点燃了内战之火。

诗人原以为抗战胜利即开万世太平，却不料"楚汉之争"又起，战火复燃，孙中山先生的三民主义和自由民主思想的实现，又成为水中花镜中月；自己昼思夜想、孜孜以求的神州"新时代"，化为了"欺世妄语"，怎不令人悲愤，新愁再生，白头顿添？气愤之极，乃欲"一拳打碎黄鹤楼"！

大意是：（真使人无可忍耐，）必一拳打碎黄鹤楼，致秦淮河被白鹭洲分而为二（而不能解恨）！八年来抗日苦战，如今胜利了，却有人挑动内战，令人不可忍受。（此番）乘机飞行返回，"我"看见了中山陵，深为自己已满头白发，中山先生的未竟之业仍未实现（而不胜忧伤和内疚）。祖国山河依旧，"我"却愁肠新添。（那些背叛中山先生遗愿者）一个个摇唇鼓舌，喋喋不休，念不完他们的"神明大咒"，说不尽他们的"乾坤自由"，也让人听不完他们的"楚汉春秋"怪论。

此曲开首一句"一拳打碎黄鹤楼"，系化用李白诗句，突兀而惊奇，如霹雳骤发，力拔山河，气势非凡，十分震撼人心。

李白所以"一拳打碎黄鹤楼"，乃出于对朋友和自己不幸遭遇的义愤，而诗人所以欲"一拳打碎黄鹤楼"，则根源于"八年苦战今难受"。

"八年苦战今难受"既是义愤所以产生的缘由，也是此曲的主旨所在。

其后三句，都是对何以"今难受"的阐释或说明。全曲寥寥八句，倾注了诗人一腔爱国之情，渴望和平之心，感人至深。

我图网 提供

第 十 章

雕笼重关　泪洒黄花

——「期致天平」之作

群众无声似有声
杜诗重读不胜情
太平老人磨铁砚
垂老还期致太平

于右任

时代掠影

《双十协定》墨迹未干，国民政府即撕毁协定，不但拒不承认前期已经进入该地的共产党军队及其所建立政权的合法性，且于一九四六年六月调动三十万大军，以突然袭击手段，进攻中共在中原地区的军队，全面内战遂告爆发。

苦战一年，至一九四七年七月，中共领导的解放军由战略防御转入战略进攻，接着连续进行了辽沈、淮海、平津三大战役，基本上消灭了国民党军主力。

至一九四九年初，北平和平解放在即，大江以北，已是共产党领导下的阳光普照的新天地。解放军渡过长江，已成为必然之势，国民党南京政权风雨飘摇，朝不保夕。

蒋介石迫于无奈，于一月二十一日宣布下野，将权力移交于副总统李宗仁。在此前后，诗人多次发表谈话，呼吁停战谋和，并以"支持和谈，结束内战，以纾民困"为主旨，召开监察院全体监委会议，会后即甩手辞职。

为了扶大厦于将倾，李宗仁请求与中共谈判。

谈判于北京进行之际，李宗仁请求诗人赴北京参加谈判签字仪式。诗人预料谈判难以成功，打算谈判破裂后，即留在北京。

然到达机场登机之时，却传来赴京谈判代表张治中暂不必来京的电话。诗人未得如愿，丧气回家，在解放军横渡长江的炮声中，被国民党特务挟持到了广州，后则到了台湾。

作品解读

第二次大战回忆歌① （节录）

凉风萧萧吹汝急，恐汝后时难独立。②
堂上书生空白头，临风三嗅馨香泣。③
群众无声似有声，杜诗重读不胜情。
太平老人④磨铁砚⑤，垂老还期致太平。

注释

①诗人自注：（一九四七年）十月十五日夜三时不能成寐，倚枕作此，未及完篇而病，十二月四日京沪夜车中更续成之，一九四七年十二月五日太平老人记。篇中字句与初发表时略有增加，一九四八年一月二十九日太平老人又志。

②借用杜甫《秋雨叹》（三首）中的诗句。"汝"指秋风中的植物决明子。

③借用杜甫《秋雨叹》（三首）中的诗句。诗中杜甫以书生自称，表达了自己已入白头老龄，只能临风而闻决明子的馨香，而对其将遭遇的厄运无可奈何的心情。

④太平老人：诗人以关学的创立者、宋代卓越思想家张载"为万世开太平"的思想为自己的社会理想，晚年自号"太平老人"。

⑤磨铁砚：意为不改初衷，矢志不移。典出《新五代史·桑维翰传》："人有劝其不必举进士，可以从佗求仕者，维翰慨然……又铸铁

砚以示人曰：'砚弊则改而佗仕。'卒以进士及第。"

简　析

《第二次大战回忆歌》是一首叙事长诗。诗人很看重自己的这一大作。据有关记述，诗人曾将自己这首长诗的手稿于一九六二年从台湾寄给了移居美国的女儿绵绵。绵绵不负父亲的重托，妥善保管，于一九八四年托人带回了祖国。

有学者认为，这首长诗洋洋两千言，是史诗，亦是史论。在叙述二战始末和中国在二战中的作用及其受到的伤害之后，抒发了诗人期望太平的殷切心愿。

全诗句句是血泪，字字是爱恨，一意在太平。忧国伤时之心，渴求光明之情，溢于全篇，堪与老杜的《北征》相提并论，实乃罕有之杰作。

这里选取的是最末的八句。其大意是：劲吹的冷风多么残酷地吹打着你，让人担心你以后怎么独立生存。"我"这个坐在房子里的书生徒然急白了头发，几次闻到风吹来你的馨香，痛不自禁，泣不成声。人民大众沉默无语，但这种沉默无语似乎比发出声音更有力量。"我"这个向以"为万世开太平"为社会理想而奋斗的花甲老人，读诗圣杜甫的《秋雨叹》（三首），胸中激情澎湃，不能自抑，垂老之年，矢志不移，仍要坚持磨穿铁砚的精神，以自己手中的笔，为理想社会的实现大呼大叫，毕尽其力。

八句的前四句是杜甫《秋雨叹》（三首）中的句子。杜诗中的"汝"，指的是秋风中的植物决明子。这是一种既能以其鲜艳的花朵供人欣赏，又有着很好药用价值的植物。

在杜甫看来，它虽资质尚佳，可是到了秋日，岁暮天寒，也难免于凋零的命运。杜诗将决明子比作君子，为他们的身处乱世、命运多舛而不胜担忧。

而诗人却以"汝"指称中华，为神州大地战火又燃、血雨腥风复起而忧愁，慨叹自己无力回天的无奈之情。

其境界比诸老杜更开阔，更深沉。诗人那种磨穿铁砚，为理想的太平社会的实现而毕尽其力的精神，至今仍不乏感动人心的力量。

闻文白①自北平来电有感

文白电余暂勿来平。

衡阳燕去②几时还？万叠燕云③万叠山。
彩凤身无双羽翼，④雕笼⑤何日启重关⑥？

注释

①文白：张治中之字。解放军横渡长江之前，张治中为国民党首席谈判代表，于一九四九年四月一日赴北平与中共进行和平谈判。

②衡阳燕去：衡阳在湖南南部、衡山之南，古人常以衡阳指代中国。宋人范仲淹《渔家傲·秋思》云："塞下秋来风景异，衡阳燕去无留意。"相传"北雁南飞，至此敛翅停回"，栖于衡山回雁峰。诗人于此处化用范仲淹诗句。

③燕云：五代时期之地名，指燕云十六州，即今北京、天津，以及河北、山西北部，极具屏障中原的重要战略意义。

④化用李商隐《无题》"身无彩凤双飞翼"诗句。李诗原意为惋惜自己没有五彩凤凰一般的双翅，可以飞抵所爱之人身旁。

⑤雕笼：雕刻精致的笼子。

⑥重关：重重关锁。

简析

此诗作于一九四九年四月中旬。

其时，人民解放军风扫残云般将解放全国的进军步伐推进到了长江北岸，渡江在即。

国民政府仓皇失措，不得不一方面派代表与共产党进行和平谈判；一方面多方控制"亲共"势力，诗人已被特务严密监视。

在此时此刻，代总统李宗仁委任诗人为特使，赴北平协助国民党代表团与中共进行和平谈判。诗人心里盘算着如果谈判破裂，便留在北平。他一向主张国共合作，在重庆谈判期间，还曾大义凛然，帮助毛泽东、周恩来挫败了蒋介石破坏谈判的阴谋。

他相信，中共是会接受他的。然而，他没有料想到，当他兴冲冲地接受了委任，就要登机北去的时刻，张治中却来电让他暂时勿去，给他泼来一头冰水，不能不使他大失所望。满腹幽怨中，诗人赋就这首七绝。

其大意是：距离北平，相隔着万重关山，（张文白，你）犹如南飞衡阳的大雁，打算何时归来啊？（"我"估摸你是不会回来了！）而"我"，却如身无双翅的五彩凤凰一般，从此被关在雕刻精致的笼子里，什么时候才能打开那一重又一重关锁，得到自由啊！

其实，诗人与张治中是至交好友。张治中估摸双方代表拟定的协议文本，很可能得不到国民党中央的认同。因此，签字暂时还不能进行，诗人在此时来北平，只会是徒然往返。他完全没有想到，他的这封电报竟然使诗人失去了最后逃脱牢笼的机会。

然而，站在诗人的角度，对张文白的嫉恨是必然的。嫉恨愈深，愈见其逃离国民党为自己设就的"雕笼"的愿望之迫切，愈见其不愿做国民党政权殉葬品的意愿之强烈。

这首诗即是对这种愿望和意愿的表达，感情真挚而含蓄，强烈而富于激情，堪称打动人心的佳作。

见永平^①作《秣陵杂咏》因题此诗

雾封烟锁郁苍苍，匆别留诗寓感伤。
眼底江南风景异，天将大雨舞商羊^②。

注 释

①永平：刘永平，诗人同乡，其时供职于诗人任院长的南京国民政府监察院院长办公室，是诗人可堪信赖的下属。颇善诗歌创作。南京解放前，曾赋《秣陵杂咏四首呈于右任院长》。秣陵为秦汉时期对南京的称谓。其诗云："动地波涛滚滚来，目空无物亦堪哀。中枢一老主和议，免使江南付劫灰。""江边屹立谢公墩，欲卧东山作隐论。推手棋枰谁管得，帆樯欲动已连云。""歌残玉树露初凉，六代豪华付莽苍。自古神州原一体，那须南北限长江。""挈妇将雏返故乡，知机何必恋岩墙。百千万劫纷经眼，去住安危莫计量。"意在拥护诗人力主国共两党和议的立场，反对所谓"划江而治""南北分治"的谬论和妄图，鼓动诗人"挈妇将雏"，撒手归乡。

②舞商羊：商羊舞，系古代人们遇久旱举行祈雨活动时所跳的舞蹈。"天将大雨舞商羊"，即失去必要之意。又有一说，商羊系传说中的神鸟，大雨前，常屈一足起舞。《孔子家语·辩政》："齐有一足之鸟，飞集于公朝，下止于殿前，舒翅而跳。齐侯大怪之，使使聘鲁，问孔子。孔子曰：此鸟名曰商羊，水祥也。……"则"天降大雨舞商羊"，乃提醒人们预防洪涝之意。笔者以为此处当为失去必要之意。

南京解放前夕，诗人的同乡刘永平来看望他。诗人忽然想起一件事：前不久，刘永平曾赋《秣陵杂咏四首呈于右任院长》，其中的三首他还记得其词："动地波涛滚滚来，目空无物亦堪哀。中枢一老主和议，免使江南付劫灰。""歌残玉树露初凉，六代豪华付莽苍。自古神州原一体，那须南北限长江。""挈妇将雏返故乡，知机何必恋岩墙。百千万劫纷经眼，去住安危莫计量。"

刘诗中的"中枢一老"指诗人，其诗意在拥护诗人力主国共和议的立场，反对所谓"划江而治""南北分治"的谬论和妄图，鼓动自己"挈妇将雏"，撒手归乡。

诵读之后，诗人心有戚戚然，不想这位年轻人有此政治识见，心下颇为感动。此时，面对刘永平，勃然心动，七绝《见永平作〈秣陵杂咏〉因题此诗》跳上心头，即命笔以赠。

其大意为：江南已处在阴晦的雾封烟锁之中，我们可能将匆匆离别，作这首诗以留作纪念。如今，江南的情景大不同于以往，在这个时刻（谈什么"主和议"），只怕已如大雨将至时，才想起跳向神灵祈雨的商羊之舞，已经毫无意义了。

如果把商羊之舞解释为神鸟于大雨之前，起舞以提醒人们预防洪涝，则诗人借用这个典故，含蓄地表达了如此深埋心底而无法明言的言外之意："眼底江南风景异"，解放军即将渡过长江，解放全中国，如同久旱而大雨将至，商羊起舞，这是好征兆啊！这是深埋诗人心底的秘密，是真情的无意坦露，是面对可堪信赖的心腹下属的放胆之语。

其与以蒋介石为代表的国民党反动派之间的龃龉和矛盾，对共产党的政治认同和向往，于此可见。

越调·天净沙·谒黄花岗

中原万里悲笳①，南来泪洒黄花。
开国人豪②礼罢，
采香盈把③，高呼万岁中华！

注释

①悲笳：古代军中号角，其声悲凉，故称悲笳。

②开国人豪：指为中华民国的建立而流血牺牲的黄花岗烈士和孙中山先生等英雄豪杰。

③盈把：满把。将物体用手握住为把。

简析

在特务的胁迫下，诗人于一九四九年三月中旬飞赴广州，每至下午，总要驱车来到黄花岗，徘徊瞻眺，为相从者讲述革命故事。

由于有特务严密盯梢，诗人谋求前赴香港转北平的打算无法实现，在九月间的一次拜谒黄花岗后，作《越调·天净沙·谒黄花岗》，一抒胸中块垒。

其大意是：在万里中原大地，悲凉的军号声处处可闻，南来广州的"我"，泪洒于黄花岗前。向开国人豪孙中山先生的英灵祭吊、施礼之后，"我"采集了满把黄花，振臂高呼：万岁，中华！

在诗人看来，是蒋介石背叛了孙中山先生的三民主义和"联俄、联共、扶助农工"的三大政策，导致了今日共产党笳声震神州，国民党节节败退大厦将倾的境况，祭吊于黄花岗烈士墓前，他不能不潸然泪下。

"采香盈把"，是继承人豪遗愿的一种表达方式；高呼"万岁中华"，

即对回归孙中山先生的思想路线的疾声呼喊。

据有关史料记述，诗人曾以标准草书将这首《天净沙》书写好，亲自找了石工镌刻，打算树立在黄花岗烈士墓侧。

他没有估计到，共产党解放全中国的进程如此之快，不多日后，一九四九年十月一日，中国共产党即于北京天安门广场前举行了隆重、庄严的开国大典，宣告了中华人民共和国的成立，解放广州的炮声随之隆隆响起。

诗人的美好意愿便伴随着国民政府的灭亡而化为云烟，这支曲也便成了诗人为孙中山先生的未竟之业在大陆举行的最后祭奠。

我图网　提供

渝台机中

粤北万山苍，重经新战场。

白云飞片片，野水①接茫茫。

天意抑人意，他乡②似故乡。

高空莫回首，雷雨袭衡阳③。

注释

①野水：不知其名的湖水、溪水或河水。

②他乡：指广东乃至整个南国。

③衡阳：古人常以衡阳作为神州的代词。此处当为此意。

简析

身在"雕笼"之中的诗人，于一九四九年十月二十九日（在重庆解放的前一天），在国民党特务的催逼下，不得不离开大陆，飞往台湾。

这位古稀老人的一颗苍老的心，破碎了！飞机在天空中颠簸，坐在飞机内的于右任清然泪下，这首五律低吟而出。

其大意不难理解：广东北部，万山苍茫，已成为国共两军决战的新战场；从机舱望去，一片片白云飞动着，地面上不知名的一片茫茫水面连着又一片茫茫水面；不知是天意还是人意，这南国的河山已如同曾经战祸不息的"我"的陕西家乡一般；乘机飞行在高空，不要回头，也不敢回头看了，共产党的浩浩大军正如同疾雷闪电一般向前推进，就要解放全中国！

前两联写景，景中寓情，"重经新战场"，把往昔与如今勾连在一起；后两联抒情，情中有景。

"他乡似故乡"，把千里之遥拉近于咫尺；"高空莫回首"，使空中与地

面同在眼前。"莫回首"三字之中，包含着多少酸楚和悲凉、痛苦不堪和难言之隐！跟随孙中山先生历经风雨，出生入死，闹革命，建民国，如今却失去了立足之地，就要沦落天涯，怎能不酸楚和悲凉？

回首往昔，曾经的关西"铁汉"（《孝陵》诗语）"冲天血路飞"（《杂感》诗句），"不为汤武非人子"（《出关》诗句），"苍髯如戟一战士"（《舟入黄海作歌》诗句）……如今却身不由己，被挟持往台湾，怎能不痛苦不堪而又不无难言之隐？

"高空莫回首，雷雨袭衡阳。"实可谓流血堕泪之句！

我图网　提供

第十一章

飞花和泪　望我大陆

——沦落台湾时期之作

葬我于高山之上兮

望我大陆

大陆不可见兮

只有痛哭

于右任

时代掠影

年已七十古稀的诗人，于一九四九年十一月被迫来到台湾，开始了新的生活。

他虽仍处于国民党"中枢"，身任台湾"监察院长"，然居于蒋介石独裁统治的淫威之下，为着生存，为着他日回归故乡的一线希望，不得不虚与委蛇，老和尚撞钟式的点卯应差。有时，迎合着蒋介石的口吻，骂几句共产党，喊几句自知毫无成功希望的"反攻大陆"的词句，甚至说几句为蒋介石歌功颂德的话。

但是，灵魂深处，诗人已心灰意冷，而怀乡思亲、亟盼两岸一统之念日切，遂倾情于诗酒雅集，吟诵酬唱，纵意于书法创作，尤其是标准草书的研制和推广。

自入台，至辞世，十五年间，其诗歌创作主题，终不离怀乡思亲一词。

作品解读

上巳①新兰亭禊集②

又是兰亭修禊时，游观所向盛于斯③。

自由觞咏④人人乐，大宙⑤清和岁岁期。

当世不殊诸子⑥抱，其情或引万流⑦知。

天随浪迹亭林⑧老，俯仰之间一遇之。

注 释

①上巳：传统节日名。曹魏时形成，以三月三日为上巳节，人们于水边洗濯污垢，祭祀祖先，名之为修禊。

②这首诗作于一九五〇年。诗人自注："台北士林园艺所所长陈国荣，养兰数十种，皆名品。先生为榜其室曰新兰亭。上巳日，与贾煜如、黄纯青，发起修禊于此。"

贾煜如，名景德，山西沁水人，清朝进士。一九四九年去台湾，曾任考试院长等职，一九六〇年去世。

黄纯青，原名炳南，晚年自号晴园老人，台北县树林人。好吟咏，曾任台湾地区文献委员会主任委员。

③斯：这，这里，这个。

④觞咏：饮酒赋诗。王羲之《兰亭集序》曰："一觞一咏，亦足以畅

叙幽情。"

⑤大宙：此处指人类社会。

⑥诸子：子为古代对学问渊深、道德崇高的人的尊称。此处指参加"新兰亭禊集"的文人、诗友们。

⑦万流：此处指万民，即广大群众。

⑧亭林：明末清初著名爱国主义思想家顾炎武，今江苏昆山人，因其住宅旁有亭林湖，学者尊称其为亭林先生或亭林老。其与黄宗羲、王夫子并称明末清初三大儒。一生颇为坎坷，晚年定居于陕西华阴，成为张载开创的"关学"的有力支持者。其"天下兴亡，匹夫有责"之语，"我愿平东海，身沉心不改；大海无平期，我心无绝时"的诗句，爱国激情磅礴，至今广为人传颂。

简 析

诗人抵台后，心情抑郁，于三月三日上巳节邀约诗友，修禊于台北士林园艺所，举觞而饮，遂有此诗。

其大意是：又是修禊于兰亭的日子，人们在此游览、观赏的兴致何其旺盛啊！我们在此自由自在、快快乐乐地饮觞、吟咏，期盼着人类社会岁岁年年和平、安详。我们这些与会的诗友们都怀有同样的社会怀抱，我们的心情和愿望必将得到人民大众的理解和认同。也许出于天意，使我像顾炎武老先生一般浪迹天涯，并于弯腰抬头之间，时不时地与他老先生邂逅。

这首诗的旨意，前两联在于交代修禊活动的起因和盛况，后两联则聚焦于"大宙清和"的理想表达。

如果说，"当世不殊诸子抱，其情或引万流知"是对自己参加这次修禊，并非为了一己的消愁解闷，而是为着"大宙清和"——即事关"万流"的说明；那么，"天随浪迹亭林老，俯仰之间一遇之"，便是自己这种"大宙清和"的愿望，是与胸有"天下兴亡，匹夫有责"襟怀的伟大爱国主义思想家顾炎武老先生心气相通的家国情怀的深层阐释。

四题胡笠僧①为岳西峰②《临岳武穆③书长卷》

遗恨难为告九泉，茫茫华夏两坟园④。

摩挲上将新诗卷⑤，洗涤神州旧泪痕。

一代人才悲短命，几番雷雨更招魂。

夜深犹是汤阴⑥道，老木风声叩庙门。

注 释

①胡笠僧：胡景翼之字。陕西富平人。一九一〇年入同盟会，辛亥革命时期在耀县（今陕西铜川耀州区）组织起义，失败后于一九一七年护法战争期间加入陕西靖国军，任第四路司令。一九二〇年直皖战争后背离靖国军，被直系编入陕军第一师。一九二四年十月第二次直奉战争期间，又暗与冯玉祥、孙岳联合倒直，发动北京政变。后与冯、孙组织国民军，任副司令兼第二军军长。十一月，任河南军务督办。一九二五年四月病逝于开封。

②岳西峰：名维峻，陕西蒲城人，曾由井勿幕、胡景翼介绍加入同盟会。陕西靖国军时期，为胡景翼部支队长。北京政变时期，为胡景翼部第二前敌总指挥。一九二四年，胡景翼病逝后，为冯玉祥部下将军。

③岳武穆：南宋著名军事家、书法家、诗人、抗金名将岳飞。

④两坟园：指岳飞和胡景翼的坟园。

⑤上将新诗卷：上将指胡景翼，新诗卷即胡景翼所临摹的岳飞书卷。

⑥汤阴：河南省安阳市汤阴县，即岳飞的故乡。

简 析

这首七律作于一九五一年。一九二五年，国民军副司令胡景翼（字笠僧）曾临摹岳武穆（岳飞）书长卷，赠其部将岳西峰（名维峻）。

216

此前，诗人已作七绝《为张岳军题胡笠僧为岳西峰〈临岳武穆书长卷〉》与《又题》（二首）。张岳军，名群，四川华阳人，时任国民政府行政院院长。胡景翼将军为岳西峰所临岳武穆书长卷为其所收藏。诗人睹物思旧，感慨系之，四为其题诗。这是一段痛苦的回忆。一九二一年九月，胡景翼接受冯玉祥所率西人陕西的直军收编。其部下闯入靖国军司令部，夺印章，烧公文，殴打留守军官。

胡景翼于当夜敲开诗人家门，对诗人夫人高仲林说：请转告总司令，笠僧终不负总司令。胡景翼之举致靖国军瓦解，诗人义愤填膺，曾斥以"将军歃血举义旗，中道反戈先变计"（《嘉陵江上看云 歌赠子元、省三、陆一》）。胡笠僧与冯玉祥发动北京政变后，电邀孙中山和于右任共商国是，诗人为之感动，感觉自己对胡笠僧看法有失公正，深为歉疚和憾恨。

此时，在台湾见到张岳军所收藏胡笠僧为岳西峰所临冤死于奸贼秦桧陷害的民族英烈——武穆岳飞所书长卷，诗人首次所提"七绝"中，有"垂老才知负笠僧"之句。第二首七绝以"风雪关山共几程"概括与之并肩战斗的艰苦历程。第三首中则有"伤心二十余年事，白首题诗泪满巾"之句。这第四首更是血泪交织之作，其大意是：面对茫茫神州境内胡笠僧、岳西峰的两座坟园，遗留在"我"心中的憾恨实在无法告诉九泉下的胡笠僧之灵。"我"双手摩挲着胡景翼上将所临摹的岳飞诗卷，滚滚的泪水奔涌而下，像是要洗涤干净屈辱和磨难的神州山河旧泪似的。可怜胡笠僧那样的有用之才太短命了，你辞世后的几番政治风雨，都多么需要你的英灵归来，为国效力。如今，在那漆漆深夜，你是否仍然满怀着敬仰之情，在呜呜的老树风声中，行走在岳飞家乡的大路上，叩响精忠报国的岳武穆的庙门。

叩响岳武穆庙门的是谁？是胡笠僧将军？胡笠僧固然忠于神州，敬仰岳飞，但已为国殇多年。是诗人自己？诗人敬仰岳飞，也佩服胡笠僧参与发动"北京革命"的胆识，这种敬仰和佩服有时是纠结在一起的。

深夜叩拜岳飞，就是叩拜忠于神州、忠于中华民族的精神。可惜，诗人没有进一步思考，真正忠于神州、忠于中华民族的，是自己为之尽忠，却已背离了孙中山先生的夙愿的国民党吗？这也许正是诗人的悲剧所在。

生日游草山①柑橘示范场

嫩绿新芽次第栽，名园曳杖②且徘徊。

人间佳种知多少，天上晴云自去来。

老屋翻新村径远，小畦惊艳好花开。

白头吟望中原路，待我归来寿一杯。

注释

①草山：指阳明山，其曾因茅草盛长而得此名，位于台北市正北。

②曳杖：孔子曾作《曳杖歌》曰："泰山其颓乎？梁木其坏乎？哲人其萎乎？"以泰山快要崩塌，梁木快要折断，来比喻生命快要停息，表达活着清醒、生命将尽，虽无奈却也不糊涂的清醒和达观态度。

简析

这首七律作于一九五一年，从首句"嫩绿新芽"一词可知作于初春；从"曳杖"一典的使用，可知是在被挟持来台，虽无奈但却并不消极失望的达观心态下的作品。

其大意是：柑橘园秩序井然地栽植着冒出嫩绿新芽的柑橘树，"我"拖着拐杖徘徊在这名园之内。长天或晴或阴，气候的变化自由自在，世界上的柑橘佳品数量不知多少。在这远离村落的地方，旧房子经过了翻新，田畦间鲜花盛开，多么惊艳。（今天是"我"的七十二岁生日，）"我"这个白了头的老翁，在这遥远的地方吟诵着诗歌，远望中原的道路，（故乡的亲人们啊，你们）是否等"我"归来，请"我"喝一杯庆寿的美酒啊！

前三联都在描写眼前之景和景中的"我"的曳杖徘徊。在这种融我入景、景我一体的情境中，体现着"我"的无奈和旷达。

最后一联"白头吟望中原路，待我归来寿一杯"，则是主旨所在。

吟望中的"我"，想象着遥隔海峡的亲人，此刻是否记挂着"我"的生日，为"我"准备了寿宴寿酒。所以"吟望中原路"，是因为自己思乡情切，而对亲人此刻"待我归来"的想象，更是自己此刻思亲情切的必然反映。

这燃烧着炽烈的思乡思亲之情的诗句，如今已成为脍炙人口的名句。

我图网　提供

谢江火家看菊

篱间尽是中原种，要我赏之赠我看。
我本关西莳①菊者，海天万里一凭栏。

注释

①莳（shì）：栽植，移植。

简析

这首诗作于一九五二年，即是"看菊"之作，当在秋天。

菊花清雅、高洁、俊逸，形质兼美，"卓为霜下杰"（陶渊明《和郭主簿》），自古与名人结就不解之缘。爱菊，赏菊，乃至莳菊之名人雅趣逸闻，不胜枚举。诗人向以自己为"儒家中人"，心中不无文化名人的雅趣，得赴谢家"赏"菊，"看"菊，自然"不亦乐乎"。"赏""看"之间，点燃了诗人压于心底的思乡之苦，遂赋此诗。此诗也因这种思乡之情而斑斓，而撞击人心。

其大意十分明白：谢家的菊花盛开，邀"我"来欣赏。那篱笆之内，尽都是中原品种的菊花。"我"本来就是关西的一名莳菊人，如今，在这台岛天涯，能够观赏中原的菊花，怎能不令"我"于海天万里之外，面向中原——我的故乡，凭栏远眺？

如果说，"篱间"二句系交代缘起，那么，"我本"二句则是主旨所在。作为一位儒家中人，诗人素来颇怀菊趣，如今在海天万里之外的台湾岛之内，中原人对中原菊，怎能不令人心潮激荡，骤起一腔乡思之情，而凭栏远眺呢？"海天万里一凭栏"之中，蕴藏着多少难言的骨肉分离之忧，背井离乡之苦，金瓯不愿之恨，家国破碎之痛？《看菊》一诗的深沉之处，正在于此。

再游柑橘示范场水亭小坐

万绿招邀①一再来，无穷生意②是春回。

源头活水艰难到，圃内新畦迤逦③栽。

三面青山添画稿，一行老树有花开。

同人争向中原望，天放晴光亦快哉！

注 释

①招邀：此处将"万绿"，即着绿的树木拟人化，意指它们在呼唤、邀请"我"再次来到这里。

②生意：生机盎然的景象。

③迤逦：曲折连绵的样子。

简 析

这首诗作于一九五二年。从"无穷生意是春回"一句看，时在春天。

其大意是：穿上了绿装的林木，呼唤、邀请"我"再次来到这阳明山上的柑橘示范场。这里生机无穷，春意盎然。虽然历尽艰难，但源头活水被引入了园内，一株株新柑橘树蜿蜒曲折地栽了进来。青山三面围绕，给这柑橘示范场增添了画幅之美，画幅上一行行柑橘老树上已有花朵盛开。这时，云破日出，阳光灿烂，一同观赏的人们争相远望中原，"我"的心头也有了些快活。

这只是表层的意思。笔者以为"天放晴光亦快哉"一句中的"亦"是这首诗的诗眼，有画龙点睛之功，隐隐透出意蕴所在。"亦"与"也"同义。"亦快哉"，即"也快哉"。何以"也快哉"？是因为"同人争向中原望"，且"天放晴光"。其关键在于"争向中原望"，"天放晴光"不过为

"争向中原望"提供了良好的条件。而"争向中原望"的关键又在于"中原"。

中原既是中国北方和整个中国大陆的代称，也是诗人家乡陕西的代称。被挟持来台的诗人，背井离乡，天涯孤旅，家门不得再入，骨肉不得团聚，心头一直如云埋雾锁。

"中原"牵心连肉，那是自己出生和成长的地方。那儿的土地上，留有自己南北奔走、反抗清廷、跟随孙中山先生闹革命的足迹；那儿的空气里，传响着自己创办"四报"、鼓呼革命的声音；那儿有自己亲手参与创办、为光复神州而培养英才的许多大中小学校；那儿的父老兄弟手中，藏有自己为实现"为天地立心，为生民立命，为往圣继绝学，为万世开太平"的夙愿，而创作的诗词和书法作品。

此刻，云破日出，"天放晴光"，诗人得以举目远望，心中能不"亦快哉"吗？祖国金瓯不圆，隔海两分，站立此地，跻身"同人争向中原望"之列，心中能不"亦快哉"吗？于是，"万绿招邀""无穷生意""源头活水""圃内新畦""三面青山""一行老树"，都不过是望中原的环境或背景而已。

在这个背景或环境之中，诗人的中原，即故乡之思、家国之忧得到了些许安慰，这便是这首诗的意蕴和主旨所在。

我图网　提供

看刘延涛①学画

延涛学石涛②，兴至挥其毫。
二涛合流自今古，作画意境为之高。
零碎山川颠倒树，③眼前隐约中原路。
画中诗心杂乡心，倚天照海非无故。
爱石涛者请移步。

注释

①刘延涛：河南巩义人，早年受教于于右任，后与于右任一起潜心于标准草书探索。受托于于右任，所著《草书通论》是中国书法史上第一部单体书法系统论著。不但善书，诗、画亦佳。其画格调高古，意境致远，极富哲思禅意。其"诗书画"多列上品，深受艺林推崇，常与张大千、浦心畬诸大师并称。

②石涛：清初画家，原姓朱，名若极，广西桂林人，祖籍安徽凤阳。是中国绘画史上一位十分重要的人物，既是绘画实践的探索者、革新者，又是艺术理论家。幼年出家为僧，后半生云游卖画。早年画风疏秀明洁，晚年用笔纵肆，墨法淋漓，格法多变，尤精册页小品；花卉潇洒隽朗，天真烂漫，清气袭人；人物生拙古朴，别具一格。

③诗人自注："零碎山川颠倒树，不成图画更伤心。"为昔贤题石涛画句。今取其上句，下易以"眼前隐约中原路"，寓怀念大陆之深情。

简析

这首诗作于一九五二年。

酷好诗书画且颇有造诣的刘延涛在诗人身边工作多年。诗人见自己身边这位诗书画造诣皆不同凡响的同人、得力助手向石涛学习，心有所感，赋此诗以抒怀。

大意是：刘延涛向石涛学习作画，兴之所至，挥毫创作，画得颇似石涛。两位今昔之"涛"的画风合流为一，刘延涛的画幅意境因之而大有提高。呈现在眼前的是"零碎山川颠倒树"——破碎的山川、歪歪斜斜的树木和隐隐约约的中原道路。

作者的诗心与乡思之心交汇一体，那倚天的山景映照着海水的构思，并非没有深层意蕴。喜欢石涛画的人们，你们何不移动脚步，来观赏刘延涛的画呢。

这首诗的题目是《看刘延涛学画》，且不可以为，诗人认为刘延涛是画坛"门外汉"。诗人的意思是，刘延涛在学习"先贤"石涛的艺术格调和艺术精神。清初画坛探索家、革新家石涛与渐江、髡残、八大山人并称清初画坛"四僧"。他们都是明末遗民，因不甘臣服于新朝，志不可遂，便遁入空门，借助诗文书画，抒发身世之感。

其作品均带有强烈的个性化特征和复杂的精神内涵，与当时占据主流地位的正统派画风大异其趣。他们的艺术风貌各有不同：渐江"千钧屈腕力，百尺鼓龙鬣"的笔墨功能，髡残"沉着痛快公谨严胜"的酣畅淋漓，八大山人"零碎山川颠倒树，不成图画更伤心"的怪诞奇崛，以及石涛"搜尽奇峰打草稿"的戛戛独造，可谓"抟弄乾坤于股掌，舒卷风云于腕下"。四位用袈裟掩裹着精神苦痛的画家，以激情洋溢、深情凝蓄、个性鲜明的艺术风格，开创了一代新风。

正因为刘延涛能够向"先贤"学习，甚至实现了与石涛的"合流"，所以，其作品的意境随之提高。刘延涛仿效先贤画笔下的"零碎山川颠倒树"，却在自己的"诗心"之中注入了"乡心"。这"诗心"与"乡心"的交融，以及"倚天照海"的画面营构，与其说，是刘延涛的创作风貌和意蕴所在，不如说，是诗人"登山则情满于山，观海则意溢于海"，那画面的山川、树木、道路，勾动并点燃了埋藏自己腹中的一颗痛苦的乡心。

诗人之所以动情地邀请、召唤热爱石涛艺术者"移步"，观赏延涛之画，正是由于此画抚慰了他的一颗溢满乡愁、乡思和乡情的心。

癸巳重九士林登高^①

重阳今又到，怀旧复登临。

风雨一杯酒，江山万里心。

注释

①癸巳，指一九五三年；重九，即九月九日重阳节；士林，台北市北部的士林区，为阳明山公园、台北故宫，以及蒋介石官邸所在地；登高，指重阳登高之俗。

简析

这首五绝作于一九五三年重阳节。

重阳登高望远，自古是中华民族的传统习俗。唐代诗人王维就曾有怀乡思亲名篇《九月九日忆山东兄弟》："独在异乡为异客，每逢佳节倍思亲。遥知兄弟登高处，遍插茱萸少一人。"

诗人沦落异乡，满腹乡思之情、家国之忧，逢癸巳重阳佳节，民族习俗驱使着他，也于士林登高远望故乡，因有此作。

大意是：今天，重阳节又到了，心中对亲朋旧友的怀念，驱使"我"再次于士林登高远望。在如磬的风雨中，斟酒一杯，虽隔山阻水，遥距万里，饮而下肚，两颗心也便灵犀相通。

很明显，前两句只是场景性、缘由性交代，"风雨一杯酒，江山万里心"才是主旨之所在。

"风雨"，可能是骤然降临的自然风雨，更可能是倒海翻江的政治风雨；"酒"，可能是家乡的西凤酒、太白酒、杜康酒，可能是茅台酒、五粮液、剑南春，也可能是桂花稠酒、家酿米酒。至于"心"，"怀旧复登临"

于右任诗词集解

一句已经指明，乃怀旧之"心"。

然而，诗人的怀旧之心非比常人。他的心，是一颗困处"雕笼"而被挟持来台的心，是一颗与"中原"、与神州血肉相连的心，是一颗祖坟与妻子、长女都在关西的心。他的"怀旧"，提起来就令人肝肠寸断，声泪俱下，哽咽无语。

诗人固然怀念远在大陆的亲朋旧友，但是，更怀念生养自己的故园，怀念自己怀揣"为天地立心，为生民立命，为往圣继绝学，为万世开太平"的理想数十年奋斗生涯的旧地，怀念自己跟随孙中山先生光复神州的革命实践，怀念金瓯失圆的苦难祖国。

他欲饮之"酒"，腹中之"心"，所怀之"旧"，所感之"风雨"，何其不同凡响！其"风云一杯酒"中饱含着多少苦涩，多少无法言说的锥心之痛！其"江山万里心"之中，饱含着多么阔大的家国之情、孤旅游子之苦、祖国隔海两分之恨啊！

正因为如此，"风雨一杯酒，江山万里心"两句能成为脍炙人口的诗歌名句，并非偶然。

我图网　提供

基隆①道中

云兴沧海雨凄凄，港口阴晴更不齐。

百世流传三尺剑②，万家辛苦一张犁。

鸡鸣故国③天将晓，春到穷檐④路不迷。

宿愿犹存寻好句，希夷⑤大笑石桥西。

注释

①基隆：台湾岛北部港湾。

②三尺剑：古剑长凡三尺，故称。杜甫《重经昭陵》有"风尘三尺剑，社稷一戎衣"之句。

③诗人自注：民谚云："福州鸡鸣，基隆可听。"

④穷檐：茅舍，破屋。韩愈《孟生诗》有"顾我多慷慨，穷檐时见临"之句。

⑤希夷：吴季玉，字希夷。诗人老友，曾参与创办《民呼日报》，后居香港。诗人被挟持到台后，他多次赴台为诗人祝寿，并为诗人联系大陆亲朋。一九六三年，被台湾特务暗杀于台北。

这首七律作于一九五四年。

是年四月十一日，为诗人七十六岁寿辰。居于香港的老友吴季玉照例来台贺寿。诗人虽不事张扬，每遇寿辰，多避寿于外，但对吴季玉专程远道来贺，却十分高兴。

吴季玉与大陆多有联系，常常为诗人带来大陆的消息，以及他所打听到的居住在西安的夫人高仲林与长女芝秀的生活情况。这是诗人求之不得的。

吴季玉之来，多从香港乘船抵基隆，转赴台北，诗人则常常亲赴基隆迎接。这首诗即作于一九五四年四月间诗人赴基隆迎接吴季玉的返程途中。

大意是：海面上云层密布，雨雾凄凄，基隆港的天儿时阴时晴。自古以来，闯荡江湖的人们仗三尺宝剑而行；雨雾中的农民，为着一家人的温饱而辛勤耕作，他们的依靠就是一张犁啊。福州鸡鸣，基隆可听，春天来到了茅舍，天将拂晓，眼前的道路已分明可见。心中的夙愿就要实现，"我"正在搜肠刮肚地寻找好词句予以表达，好友吴季玉已大笑着出现在了石桥之西。

首联写景。诗人热切地盼望着与老友吴季玉相见，行走在路途之上，却发现天公不作美，云生沧海，雨雾凄凄，这儿那儿，阴晴不齐，心中不免忧愁不安：这样的天气，吴季玉能来吗？

颔联则是诗人的自我安慰：不要紧的，自古以来，闯荡江湖的人，怕什么风雨，避什么阴晴，仗着三尺宝剑，什么能阻挡得了？眼前的农民在这雨雾之中，不是依然在劳作吗？

颈联进一步为自己解忧：何况，福州鸡鸣，基隆可听，从香港到这里，距离不算太远，已是春天，天已拂晓，道路可见，怎么会来不了呢？

尾联则是转折，言说自己正在搜索词句，表达将要与老友吴季玉相见的喜悦之情，吴季玉却已忽地大笑着出现在石桥之西。

全篇以心绪情感的变化为线索，跌宕起伏，委婉细腻。

吴季玉是诗人获得大陆与亲人信息的唯一途径，对吴季玉的热切欢迎，其实是对诗人自己心里的大陆之念、亲人之思的抚慰。

这首诗也便从一个罕有的侧面，表达了诗人炽热的家国情怀和期盼两岸统一的急切之情。

鸡鸣曲①

福州鸡鸣，基隆可听；
伊人②隔岸，如何不应？
沧海月明风雨过，子欲歌之我当和。
遮莫③千重与万重，一叶渔艇冲烟破。

注释

①诗人自注：首二句为台湾民歌，末句为清人成句。
②伊人：这个人或那个人。《诗经·蒹葭》："所谓伊人，在水一方。"
③遮莫：尽管，任凭。宋人陈傅良《和张端士初夏》："短夜得眠常不足，僧钟遮莫报昏晨。"

简析

这首诗作于一九五六年。诗人借用"福州鸡鸣，基隆可听"的民谚和清人"一叶渔艇冲烟破"的成句，抒发了两岸鸡鸣可闻，故旧亲友却不得相晤的悲戚之情。

大意是：福州鸡鸣，基隆可听；然而，"我"心头挂念的人啊，（"我"在这边呼喊，）你为何不回应啊？经历了风月的洗礼，沧海上明月高挂，应当是你在海峡那头唱歌，"我"在台湾这边和着你的曲调对唱啊。你"我"尽管相隔千重万重，但一叶打鱼小舟，就能冲开分隔我们的重重烟波啊！

"福州鸡鸣，基隆可听。"这支台湾民谣反映出海峡两岸一家亲的民族情感，也引起了诗人内心的共鸣。海峡两岸鸡犬之声相闻，亲人却不能相见，浅浅的海峡涌流着亲人们无尽的眼泪和乡愁。只恨不能驾一叶小舟，冲破浩渺的烟波，回到大陆故乡——诗人盼望回归大陆之心切，以嗷嗷待哺之鸟或涸辙待水之鲋形容，是一点也不过分的。

题民元^①照片

民元，总理辞临时大总统后，宴客于上海爱俪园，摄影留念。参加者：唐绍仪、陈其美、熊希龄、黄郛、胡汉民、程德全、谭人凤、蔡元培、张謇、汪精卫、曹亚伯、褚辅成、林长民、马君武等三十四人。现仅存余一人，其余皆凋谢。抚今追昔，赋此寄慨。

> 不信青春唤不回，不容青史尽成灰。
> 低回^②海上成功宴，万里江山酒一杯。

注 释

①民元：指民国开国的一九一二年。

②低回：意为徘徊，留恋，重复，起伏回旋，思绪萦回，起伏回落，等等。

简 析

一九五七年的一天，诗人身边的工作人员在整理书札、文件、文稿时，发现了一幅其中有孙中山和诗人的老照片，送给诗人看。

诗人认得，这是民国元年（1912）孙中山先生辞去临时大总统于南京政府，来到上海，宴请追随自己的国民政府股肱人士于上海爱俪园后的留念照。合影者三十四人，三十三人"皆凋谢"，仅余自己一人。

诗人抚今追昔，感慨莫名，因作此诗。

大意是："我"不相信，青春是呼唤不回来的，也不能容忍历史化为灰烬。反复看着这张旧照，回想孙中山先生举行的那个成功之宴，不由得令人心潮起伏，为了神州万里江山的新生、中华民国的创建，一切舍生忘死、披荆斩棘、排千险履万难的甘苦与忧乐，全都消融在这一杯水酒之中。

这里的"青春"，即指孙中山先生所领导的革命及中华民国的创建；这里的"青史"，即指革命党人为了神州万里江山的新生、中华民国的创建，而做出的不朽贡献和所创造的崇高业绩。

而"不容青史尽成灰"，显然是因为已有"青史成灰"的征兆或者事实。这个征兆，这个事实，毋庸置疑，是蒋介石统治集团背叛孙中山先生的思想所造成的。因而，"不容"一词之中，自然包含着对蒋介石统治集团倒行逆施的不满和愤懑，"低回""成功"之中，充满了对孙中山先生及其丰功伟绩的怀念和留恋；那"万里江山酒一杯"之中，不但交融着愤懑，更有着对如何"不容"的筹思和打算。

其后，又作有一首《再题民元照片》。

再题民元照片

开国于今岁几更，艰难日月作长征。

元戎元老①骑龙②去，我是攀髯③一老兵。

![注释]

①元戎元老：元戎，即主将、统帅，此处指孙中山先生；元老，指跟随孙中山先生，先后创建同盟会、国民党，推翻清政府腐朽统治，建立中华民国的民主革命先烈。

②骑龙：借用轩辕黄帝成就大业后，有龙下迎，皇帝骑龙升天的典故，比喻孙中山先生与民主革命先烈为国捐躯或辞世。

③攀髯：传说，黄帝乘龙升天，群臣后宫从上者七十余人。余小臣不得上龙身，乃持龙髯，而龙髯拔落，并堕黄帝之弓。百姓遂抱其弓与龙髯而号哭。后用"攀髯"喻追随皇帝或哀悼皇帝去世。

《题民元照片》之后，诗人又有《再题民元照片》之作。

其词明白如话：民国开国到今天，已经过了四十多年，这些漫长日月的艰难政治生涯，实在无异于一场甘苦备尝的长征。创建中华民国的"元戎""元老"——统帅孙中山先生及功勋卓著的先烈们都已辞世而去，只有"我"这个抓断了龙须，没能随"黄帝"（借指孙中山）升天的老兵还存活于世（继承黄帝的未竟大业）。

联系《题民元照片》来看，两首诗的立意是相同的，蕴蓄其中的对现实的不满是别无二致的。其不同之处在于《再题》一诗中"我是攀髯一老兵"之句，强烈地表达了一种反抗蒋介石集团专制统治的战斗姿态。

据说，此诗在台湾广为流传，人们多有不同见解：有认为其内蕴深广，感叹蒋介石引导国民党走入绝境，致"青史成灰"者；有认为诗人企图如共产党一般，再举行一次万里长征，使国民党重归孙中山道路者；也有人说，"不容青史尽成灰"，言下之意，孙中山先生及其追随者铸造的那一段历史已经开始化为灰烬了，诗人之意，在于要唤回青春，力挽狂澜，待到完成总理未竟之业、江山一统之时，他将设宴海上，举酒祝贺，告慰总理……诸如此类，纷纷扬扬，莫衷一是。

蒋介石为之而甚为恼火，以至对这位年已七十七岁的老人的言行和交往多方警惕和关注。

补《岁寒三友图》遗字（二首）

友人在摊购一《岁寒三友图》，乃经颐渊、陈树人、何香凝合作，而余题诗者，此十七年国民党四次会议时事也。诗曰："紫金山上中山墓，扫墓来时岁已寒。万物昭苏雷启蛰，画图留作后人看。""松奇梅古竹潇洒，经酒陈诗廖哭声；润色江山一枝笔，无聊来写此时情。"诗中写时遗"时"字，小女想想携回，予为补书"时"字，并系之以诗。

一

三十余年补一字，完成题画岁寒诗。

于今回念寒三友，泉下经陈①知不知？

二

破碎河山容再造，凋零②师友记同游③。

中山陵树年年老，扫墓于郎④已白头。

注　释

①泉下经陈：泉下，指九泉之下，即"阴曹地府"，是迷信观念中的人死之后的归宿；经陈，指合作《岁寒三友图》的经颐渊和陈树人。

②凋零：指人的死伤离散。

③同游：互相交往。《荀子·法行》有"同游而不见爱者，吾必不仁也"之语。

④于郎：诗人于右任自指。

简 析

此诗作于一九五八年。

诗前的小序交代清楚了这两首诗的来历。那是一九二八年的事情了，距一九五八年已三十年了。此前一年（1957年），诗人喜出望外，看见了三十年前由好友经颐渊、陈树人、何香凝合作，自己题诗的《岁寒三友图》。那是一幅为孙中山先生扫墓之后，由自己提议合作的作品。经颐渊画的是修竹，陈树人画的是奇松，何香凝画的是古梅。

当时，经、陈、何三人享誉画坛，同为中山先生信徒，而中山先生却已驾鹤远去，他所开创的革命事业正面临着风刀霜剑。三人所画松竹梅岁寒三友，深寓矢志革命、坚贞不渝之意。睹物思旧，诗人却发现自己的题诗中竟少了一个"时"字。感慨之余，置于案头，天天看来看去，一遍一遍地仔细端详。

这幅画把他带往孙中山先生与世长辞前后的那些风云变幻的岁月，带往与经、陈、廖、何的革命交谊之中。

直到次年——1958年，一天，诗人怦然心动，提笔补上了自己题诗所遗漏的"时"字，并作了《补〈岁寒三友图〉遗字》（二首）。

其大意包括两个方面：

其一，三十年后自己补了一个字，终于最后完成了题《岁寒三友图》的诗，"我"今天在重温"我们"一起合作《岁寒三友图》的事儿，经颐渊、陈树人两位老朋友，你们在九泉之下，知道不知道啊？

其二，我们祖国的河山破碎，陆、台两分，有待重圆金瓯，实现统一；回想互相往来的那些师友们，也大都死伤离散。中山先生陵园前的树木一年年愈来愈老，当年一起扫墓的于郎"我"已经满头白发了啊！

不难理解，"于今回念寒三友，泉下经陈知不知？"深寓我们虽已阴阳两分，然而，我们之间的友谊永远不会枯萎之意；而"破碎河山容再造"一句之中，包含着多少神州破碎之忧和家乡难归之恨；至于"中山陵树年年老，扫墓于郎已白头"，则似有屈子"年岁将晏，时亦将央"之叹，已

大不同于"不信青春唤不回，不容青史尽成灰"（《题民元照片》）的壮怀激烈，也失去了"老树着花春不老，中原射虎日方中"（《陈含光先生七十九大庆》）的雄强和自信。

在此，有必要叙述一段与此诗内容无关的事儿。

《补〈岁寒三友图〉遗字》（二首）不久即传到了大陆。诗人的老友、时为全国政协委员的邵力子看到后，为其中"破碎""凋零""年年老""已白头"所蕴藏着的无限怅望、失意的哀伤之情所感，以为诗人发抒的不是怀念祖国、悲伤老大凋零的一己之情，而是沦落台湾的同胞的共同感情，情不自抑，以《勉励在台旧友》为题，提笔撰文，祝愿他们在孙中山的三民主义旗帜下，追求真理，洁身自励，安度晚年。且与林伯渠、何香凝、朱蕴山、但懋辛、王昆仑、沈尹默、汪东、李根源、万枚子等诸老都作了和诗。

一九五八年十一月十二日，《人民日报》发表了诗人的这一诗作，还加了按语，并同时发表了林伯渠、邵力子、何香凝、朱蕴山、但懋辛、王昆仑、沈尹默、汪东、李根源、万枚子等诸老的和诗。此事被台湾当局获知，诗人遂被严密监视并控制，也酿成了为他沟通陆台的老友吴季玉被台湾特务杀害，至今未得申雪的惨剧。

我图网　提供

南　山

南山云接北山云，变化无端^①昔至今。

为待雨来频怅望^②，欲寻诗去一沉吟。

百年岁月^③羞看剑^④，一代风雷荡此心。

莫把彩毫^⑤轻掷去，飞花^⑥和泪满衣襟。

注　释

①无端：无缘无故，无始无终。

②怅望：惆怅地远望。杜甫《咏怀古迹》（五首）之二有"怅望千秋
一洒泪，萧条异代不同时"之句。

③百年岁月：人生年华，既往岁月。

④看剑：比喻枕戈待旦的战斗生涯。辛弃疾《破阵子》有"醉里挑
灯看剑，梦回吹角连营"之句。

⑤彩毫：彩笔，画笔，或绚丽的文笔。

⑥飞花：飘飞的落花。唐人韩翃《寒食》诗有"春城无处不飞花"
之句。

简　析

这首诗作于一九五八年。

大意是：南山的云连接着北山的云，从过去到如今，都在无休无止地
发生着变化。为了等待一场润物好雨的到来，"我"频频地怅然仰望；想
要得到好的诗句而常常住笔沉吟。时代的风风雨雨激荡着"我"的心灵。
然而，回首既往岁月，深觉时光虚掷，实在羞谈自己的人生历程了。眼看
着飘飞的落花，"我"泪水涌流，洒湿了衣襟，且不可放下手中的这支笔

啊！（这是自己这个白头老翁唯一可持的武器啊！）

这首诗看似空灵，实则句句是血，字字是恨。

首联所谓"南山云""北山云"的无端变化，显然喻指难以揣度的政治形势。

颔联"待雨来""寻诗去"，是对两岸和平、回归中原的美好未来的巴望。

颈联"羞看剑""荡此心"，是对自己昔日激扬岁月的回顾和反思。

尾联则充满无可奈何的回忆、以"彩毫"书写那"飞花"飘落岁月的惋惜，和"泪满衣襟"的哀伤之情。而那飘落的"飞花"之中，自然包括与高仲林爱情的花瓣。

"南山""北山"是台湾和大陆的借喻，两地如空中的云团一般，虽然是连接在一体的，但是，从既往到如今，却常常随着政治气候的变化而聚散。

为了等待一场同降两岸的"喜雨"的来临，"我"不断仰望，望眼欲穿，得到的只有失意。多么希望回归大陆，谱写回乡之诗，结果却只是怅然太息。近百年来风雷激荡，惊心动魄。然而，"我"却不堪回首平生往事，心里只觉得无限羞愧。

思来想去，还是不要轻易放下手中的这支笔吧，面对凋零的落花，在泪眼蒙眬，洒湿了胸前衣襟中，抒写自己的所思所想和无限感慨吧！

于右任

诗词集解

望大陆①

葬我于高山之上兮，望我大陆。
大陆不可见兮，只有痛哭！

葬我于高山之上兮，望我故乡。
故乡不可见兮，永不能忘。

天苍苍，野茫茫，②
山之上，有国殇③！

注释

①此为媒体上公布的书法真迹照录，硬笔真迹略有不同。录之如下："（天明作此歌）葬我于高山之上兮，望我故乡；故乡不可见兮，永不能忘。葬我于高山之上兮，望我大陆；大陆不可见兮，只有痛哭。天苍苍，野茫茫，山之上，国有殇。"一九六二年初，诗人病重，自觉不久人世，遂于"天明作此歌"。曾先后写日记云："我百年后，愿葬玉山或阿里山树多的高处，可以时望我的大陆，我的故乡。"日记旁有注："山要高者，树要大者。""葬我于台北近处亦可，但是山要最高者。"玉山位于台湾岛中央地带，为台湾第一高峰。阿里山为玉山支脉。

②语出北朝民歌《敕勒川》："敕勒川，阴山下，天似穹庐，笼盖四野。天苍苍，野茫茫，风吹草低见牛羊。"系描写大草原景色的著名诗句，诗人借以表现想象中安葬自己的高山之上空旷、孤寂、凄凉的景象。

③殇：指未成年而死的人，或死在外面的人；为国征战而牺牲者称国殇。此处化用屈原《九歌·国殇》中"国殇"一词，"有国殇"，即有一个为国死难者，诗人以之自指。

简·析

这是一首骚体白话诗，乃诗人血泪寄山河的巅峰之作，也是绝命之作。其所表达的深沉的游子思归的迫切之情，凄楚之至，哀婉之至。诗人直抒其胸臆，寄托其家国之思、黍离之情。

全诗共三小节，聚焦于诗人想象自己去世后站在台湾高山顶上望祖国大陆、望故乡的目中所见和所感所思。

首节表述的是对祖国大陆的苦恋。

首句"葬我于高山之上兮"，是直白而深沉的安葬意愿表达；"望我大陆"紧承上句，道出目的。"大陆"前加一"我"字，体现了诗人台海两岸是一家的祖国观念和爱国情怀，诗人虽然身在台湾，但是，大陆也是"我"的。"望"是诗人的魂魄所系，以至于死后的魂魄也要去望！死后尚且如此，活着时当然无时不梦牵魂绕。"大陆不可见兮，只有痛哭！"因欲归无望，故寄望于死后葬于台湾最高的山顶上，让魂魄得以凝神远望，然而仍旧望而不见，于是只有涕泗滂沱，放声恸哭。这是怎样深重的遗憾！这是多么深挚的眷恋大陆、盼望叶落归根的感情！

次节表述的是思乡之苦。

"葬我于高山之上兮，望我故乡。"客居台湾十几年的诗人无时不思念陕西老家和结发妻子，思念失散的骨肉。诗人此时已垂垂老矣！急盼叶落归根，游子愈年老，思乡之情愈切。然而，"故乡不可见兮"，死后的魂魄依然望故乡而不见，憾恨何及？羁旅他乡之苦，客死他乡的悲哀，何以平抚？其后，无尽的思念和刻骨铭心之痛，俱凝结于"永不能忘"四字之中。这种孤魂难归的思乡之苦，不仅是个人的悲哀，因其根源在于台岛与大陆的未统一，而实为祖国之痛、民族之痛。

其实，诗人心目中的故乡，并非仅仅指陕西三原，而是整个大陆。他曾沉痛地说过："我之故乡是中国大陆。"可见，此诗中的"望我故乡"之句，有着更广阔、更深邃的内涵，远非古代文人骚客表述思乡之痛的辞章可比。

这首诗中重复出现的"葬我于高山之上兮",没有对死亡的丝毫恐惧,因为祖国占去了诗人的整个灵魂,祖国的统一成了诗人牵挂的一切,震撼人心之极。

最后一节以"天苍苍,野茫茫"开头,诗人借助脍炙人口的北朝民歌《敕勒川》中的成句,描绘自己想象中的死后魂魄眼中空旷、寂清、苍凉的景象,寓情于景,发出了"山之上,有国殇"的呼喊、感喟和哀鸣。

这是无可奈何的呼喊,是蕴含深邃的感喟,也是杜鹃啼血似的哀鸣。

"有国殇",即有一个为国死难者。国殇不是别人,正是诗人的自指。诗人作为追随孙中山先生进行民主革命的元老,将自己的一生都献给了祖国,以"国殇"来自况,明确地表达出自己强烈的爱国心和深沉的憾恨。憾恨于自己壮志未酬而身先死,憾恨于自己客死他乡,憾恨于海峡两岸的分离。

《望故乡》一诗堪称千古绝唱。

二〇〇三年三月十八日,温家宝当选中国新一届总理后,在举行的第一次中外记者招待会上,回答台湾记者"对两岸关系的看法"的提问时说:"说起台湾,我很动情,不由得想起了一位辛亥革命的老人,国民党的元老于右任在他临终前写过的一首哀歌。"

温总理当众吟咏了于右任先生的这首《望大陆》,并说:"这是震撼中华民族的词句。"

全国人大常委会副委员长、民革中央主席何鲁丽也曾以"激情山河的千古绝唱,令世界中华儿女裂腹恸心"相评价,可谓贴切之论。

主要参考文献

[1]　于右任. 右任诗存. 上海：世界书局，1929.

[2]　李云汉. 于右任的一生. 台湾：台北市新闻记者公会，1973.

[3]　刘延涛. 民国于右任先生年谱：第十二辑// 王云五. 新编中国名人年谱集成. 台湾：台湾商务印书馆，1981.

[4]　中共陕西省委党史资料征集研究委员会. 陕西靖国军. 西安：陕西人民出版社，1987.

[5]　刘永平. 于右任集. 西安：陕西人民出版社，1989.

[6]　中国人民政治协商会议陕西省委员会、咸阳市委员会、三原县委员会文史资料委员会. 于右任先生. 西安：陕西人民出版社，1991.

[7]　李钟善. 于右任研究. 西安：于右任研究会，1997.

[8]　陈墨石. 于右任年谱：标准草书千字文. 银川：宁夏人民出版社2004.

[9]　于媛. 于右任诗词曲全集. 西安：世界图书出版西安有限公司，2006.

[10]　许有成. 于右任传. 天津：百花文艺出版社，2007.

[11]　蒋永敬. 国民党兴衰史. 增订本. 台湾：台湾商务印书馆，2009.

[12]　杨中州. 于右任诗词选. 郑州：河南人民出版社，2011.

[13]　钟明善. 长安学丛书：于右任卷. 李炳武. 西安：三秦出版社，2011.

[14]　梁羽生. 民国闻人诗词. 香港：天地图书有限公司，2013.

[15]　于媛. 于右任诗词曲全集. 典藏版. 西安：世界图书出版西安有限公司，2014.

于右任
诗词集解

附　录

人生传奇与家国情怀的二重奏

——于右任诗词研读札记

一

家是国的细胞，国是家的肌体。由己而家、由家而国的家国情怀，是中华民族精神谱系中一脉绵延不断的文化基因，是中华儿女刻入骨髓的一段灵魂记忆。

古代爱国诗人的诗章中，满溢着凝聚家国情怀的诗句。

屈原放逐，赋"陟升皇之赫戏兮，忽临睨夫旧乡，仆夫悲余马怀兮，蜷局顾而不行"（《离骚》）。意思是说，他自己仿佛升上了光华四射的天空，忽而看到故乡的土地上，车夫悲伤，马儿停步不行，都蜷曲着身体，注目故乡。试想，屈原怎忍横下心来，撒手扬长而去呢？

李白孤身远游，飘逸潇洒，却免不了"举头望明月，低头思故乡"（《静夜思》）。

王湾船抵北固山下，仍有"乡书何处达？归雁洛阳边"（《次北固山下》）的期望。

杜甫颠沛流离于"烽火连三月，家书抵万金"之时，也为国为家而"白头搔更短，浑欲不胜簪"。

陆游眼看着祖国河山破碎，死不瞑目，向儿子发出了"王师北定中原

日，家祭勿忘告乃翁"的殷殷嘱托。

辛弃疾则"落日楼头，断鸿声里……把吴钩看了，栏杆拍遍"（《水龙吟·登建康赏心亭》）。

……　……

时光的逝水到了近现代。

一九〇三年，留学于日本的鲁迅先生也曾写下这样的诗句：

灵台无计逃神矢，风雨如磐暗故园。

寄意寒星荃不察，我以我血荐轩辕。

这首《自题小像》大意是说，我们的祖国、我们的民族灾难深重，遭遇着帝国主义的蹂躏和宰割，我的心无法摆脱对祖国和人民的热爱，也无法摆脱对帝国主义的憎恶和仇恨。身为一介留学游子，我拜托天上的寒星向祖国、向父老乡亲转达我的爱国赤诚，却得不到理解，我只有将自己的一腔热血奉献给我们的民族、我们的祖国。

这首古体七绝所表达的炽热爱国情怀，是中华民族能够从帝国主义侵略的血盆大口中拼杀出来，挺立于世界民族之林的精神能源所在。

然而，二十世纪以来，中国人突然钟情于自由诗了。自由诗却同样流淌着中国诗歌自古以来的爱国主义血脉。

郭沫若作于一九二〇年的《炉中煤》将煤拟人化，将祖国比喻为"我心爱的人儿"，表达了如此般炽烈的家国情怀：

我常常思念我的故乡，

我为我心爱的人儿，

燃到了这般模样！

艾青在祖国国土沦丧于日寇铁蹄之下、民族危亡关头的一九三八年，创作了题为《我爱这片土地》的自由诗，发出了这样的呼喊：

为什么我的眼里常含泪水？
因为我对这土地爱得深沉……

如此激扬着爱国情怀的诗句，不胜枚举。这些诗人的名字和他们的诗作，几乎妇孺皆知。

然而，我们似乎遗忘了，或者忽视了另一位爱国诗人，还有他的那些滚烫着爱国情怀的诗词。

他的名字叫于右任。他的一生是传奇性的。他曾是追求真理的"元老记者"，兴学救国的爱国鸿儒，民主革命先行者孙中山先生的忠实股肱，统率千军的书生司令，笔底生花的"一代草圣"，更是文字激扬的爱国诗豪。

他以屈原终不捐弃的爱国情怀，杜甫沉郁苍凉之笔，陆游、辛弃疾的雄浑豪放气度，书写了一部自晚清以来，半个多世纪间眼底风云激荡的苍凉史诗和又一部"忧愁忧思"的"离骚"。

"卅年家国兴亡恨，付与先生一卷诗"（柳亚子评语），炽烈的家国情怀，是跳荡在其六十多年创作历程中的一条显见的脉络。

于右任从二十几岁之后，即开始诗词创作，直至他生命的最后时光，诗词是他人生之旅的烙印，心路历程的回放。从其诗词，我们可以一览其人生，一窥其心绪、心情和心态。

其诗，豪情奔放，大气磅礴，一如陆（游）辛（弃疾）。其流金溢彩的艺术成就，获得了许多著名文人的高度评价。

柳亚子在新中国成立前评价近代诗人时指出："国民党的诗人，于右任最高明。"认为其诗从一个侧面反映了中华民族近现代的历史进程，是一部中华民族的近现代史，具有"诗史"价值。

著名历史文学作家姚雪垠也指出："国民党中也不乏诗人……例如于右任……写了不少七律诗，寄托很深，艺术锤炼也好。倘若这一类作品在现代文学史适当论述，不仅使文学丰富了内容，也会在海外产生积极的政治影响。"

他又说："真正好诗，必须克服内容上和技巧上两种缺点，做到既有时代特色的生活内容和高尚而新鲜的真实感情，而又有纯熟的艺术技巧，做到内容好与形式美和谐统一。在现代写旧体诗的诗人中能够达到这一标准的诗人大概是少数，而于右任不仅是其中之一，还应该放在较高的历史地位。"

章士钊认为，于诗"壮有金戈铁马之音，逸亦极白鸥浩荡之致"。以其苍凉悲壮、劲直雄浑的气韵，再现了诗人那颗炽热的爱国、爱民之心和坚贞不渝的高尚品格。

于右任作为近现代诗歌史中较有影响的诗人，可谓实至名归。

二

于右任诗词中激扬的家国情怀，贯穿于其创作历程的始终。

遍阅于右任诗词曲之作，"神州"可称热词。中国古称"赤县神州"，"神州"一词逐渐成为中国的代称。中国人称祖国为神州，往往更含有对祖国、对自己赖以生存的家国的悠久历史和文化的自豪感。

于右任诗词浓烈的家国情怀，从其作品中神州一词的频繁使用中，分明显现了出来。

据不完全统计，于诗中含有"神州"的词语，诸如"永为神州""神州再造""痛哭神州""神州霸业""神州涂炭""神州恨""遍神州""神州旧主""神州闻道""再造神州""神州何处""神州回首""雨湿神州""神州竟何似""神州恸""卫神州""神州主""看神州""神州一统""洗涤神州""哭神州""梦绕神州""见神州""哭神州""泪落神州"

"北望是神州"① 等，不下三十余处。其中，震撼人心的名句颇多。

词义相同或相近于"神州"的"故国""中华""河山""家山""故园"，以及"中原""关西""衡阳""国殇"等词，在其诗词中也俯拾即是。从这些被频繁使用的词汇中，我们深深感受到了一片赤子般纯真而深厚的家国意识和爱国情怀。

毋庸讳言，对"神州"一词的热用，只为我们提供了一个审视其家国情怀的着眼点或浅层维度。这是一个并不很准确的维度。蕴藏其中的忧国忧民、爱国爱民意识的强与弱，浓与淡，才是确切的判断依据。

我们不妨从其创作起步期着眼审视。

---

①于诗中含"神州"一词的诗句，如："百家罢后无奇士，永为神州种祸胎"（《汉武帝陵》）；"一水茫茫判天壤，神州再造更何年"（《马关》）；"若个英雄凌绝顶，痛哭神州"（《浪淘沙·黄鹤楼》）；"绝好山河，连宵风雨，神州霸业谁主"（《踏莎行·送杨笃生》）；"楚楚翩翩祖与袁，神州涂炭自高轩"（《洛阳怀古》）；"浪游销尽轮蹄铁，只此神州恨未消"（《新安早发》）；"短筑无声漫倚楼，凄风苦雨遍神州"（《再过南京》）；"神州旧主萧条甚，夕照楼前看夕阳"（《夕照楼雨后题壁》）；"星散局翻剩劫尘，神州闻道又伤麟"（《题宪法起草委员会墨迹》）；"满目疮痍莫倚楼，凄风苦雨遍神州""再造神州吾未老，是非历历指山河"（《再过南京杂诗》）；"五万年来几劫痕，神州何处再招魂"（《为阴西题望墓图》）；"十五年来梦一场，神州回首几沧桑"（《过渭》）；"云埋台岛遗民泪，雨湿神州故国情"（《过台湾海峡远望》）；"神州竟何似？怅望一凄然"（《入欧洲后感怀》）；"余生莫诉神州恸，采得黄花已白头"（《与陆一、恺钟、祥麟同谒黄花岗七十二烈士墓》）；"勇者不惧仁不忧，大家起来卫神州"（《长歌复短歌》）；"自《民呼》及《民吁》，当年共作神州主"（《双调·拨不断·题太炎遗像》）；"切莫嗟呀，看神州，放异花"（《双调·殿前欢·题全面抗战画史》）；"豪情托昆曲，大笔卫神州"（《寿张季鸾》）；"寒之友，风雪卫神州"（《南吕·金字经·吊经子渊先生》）；"犹余故国青山梦，画得神州一统"（《中吕·醉高歌·题〈董寿平山水画册〉》）；"摩挲上将新诗卷，洗涤神州旧泪痕"（《四题胡笠僧为岳西绿〈临岳武穆书长卷〉》）；"一夜惊心眠不得，神州旧主哭神州"（《延涛叙我创办〈神州日报〉事，酬之以诗》）；"夜深重读牧儿记，梦绕神州泪两行"（《题林家绰写〈牧羊儿自传〉》）；"海上无风又无雨，高吟容易见神州"（《四十七年重九北投侨园》）；"更来太武山头望，雨湿神州望故乡"（《望雨》）；"神州旧主哭神州，君子东行何所求""神州霸业凭谁主？痛哭前途两不知"（《题〈杨笃生先生遗诗册〉》）；"泪落神州四报前，闺中珍重忆当年"（《党史展览中见〈神州〉〈民呼〉〈民吁〉〈民立〉四报》）；"再造神州犹未老，高歌倚剑问苍天"（《为云南起义纪念日之作》）；"海气重开作胜游，登高北望是神州"（《甲午重九淡水沪尾山忠烈祠登高赋呈诸公》）等。

于右任的创作，一开始便以反对腐如朽木、丧权辱国的清廷和舍身殉国、再造神州为鲜明主题。他印行于一九〇三年的第一本诗集《半哭半笑楼诗草》，篇篇都是对腐朽的清廷的抗议和抨击。

其中，《杂感》一诗热情歌颂三次被罢官而不愿离开祖国的春秋鲁国大夫柳下惠，力劝赵魏不降强秦的齐国人鲁仲连，与遣大力士于博浪沙用大铁椎狙击秦王车队而为国复仇的秦末汉初韩国人张良（子房）的事迹，认为他们是捍卫国家"独立"的报国之"侠"和"烈士"，为他们的事迹而"泪盈巾"，为他们终为"亡国民"而"哀"。

在于右任眼里，慈禧就是嬴政，而耻于"帝秦"的柳下惠、鲁仲连、张子房，就是他的榜样。为了报国、反抗清廷的腐朽统治，他不惜于殉国做烈士，以无与伦比的气概"掷秦一椎"。

面对国家的危亡，于右任勇敢地呼唤"汤武革命"的再次到来：

> 伟哉说汤武，革命协天人。
>
> 夷齐两饿鬼，名理认不真。
>
> 只怨干戈起，不思涂炭臻。
>
> 心中有商纣，目中无商民。
>
> ……　……
>
> 地球战场耳，物竞微乎微。
>
> 嗟嗟老祖国，孤军入重围。
>
> 谁作祈战死，冲天血路飞。

夏桀无道，商汤伐而灭之；殷纣无道，武王伐而灭之。而殷商遗民伯夷、叔齐，一向被历代封建王朝奉之为抱节守志的典范。他们恪守封建道德，叩马谏阻武王伐纣；武王灭商后，耻食周粟，采薇而食，饿死于首阳山。于右任慧眼独具，洞穿其脏腑，一反庸人之见，鞭辟入里，痛斥他们不过是"名理认不真"的糊涂虫、软骨头而已。

如今，中华神州已陷入列强的"重围"之中，时代呼唤着新的"汤武革命"。然而，那些追逐名利的糊涂虫、软骨头、卖国贼，却承袭了伯夷、叔齐的衣钵，妄图消极逃遁，阻挡孤军奋斗、为民族独立而"冲天血路飞"的爱国者的革命行动。

于右任对这些可怜虫给予了辛辣的嘲讽和直刺脏腑的鞭笞。在当时国势如江河日下，列强对中国的瓜分日益酷烈，而许多人尚处于得过且过、浑浑噩噩状态的时代环境中，于右任写出了这样的诗句，以"冲天血路飞"——勇闯冲天飞血之路——的胆略，发出霹雳炸响般的"革命"呐喊，其强烈的爱国之情和反对民族侵略的炽热政治识见，不可谓不震惊神州，非同凡响。于右任也因而声名鹊起，名重一时。

七律《和朱佛光先生步施州狂客原韵》，标志着他的思想达到新境界。"愿力推开老亚洲"之句，说明于右任的视野已远不局限于三原及关中，不局限于大清、中国；装在他头脑里的，已不仅仅是传统儒士的忧国忧民之思，而增添了"人权""文明"等西方新理念，却又在这些名词的互相抵牾、碰撞面前，懵懵懂懂，迷惑不解。

然而，"太平思想何由见？革命才能不自囚"两句，将他的革命意识，表达得清清楚楚，明明白白。这在当时，实在如石破天惊，黄钟大吕，太难能可贵了！

而题为《血》的那首七律，则为戊戌变法失败后惨死于菜市口的谭嗣同等"六君子"唱赞歌，歌颂他们"肝脑中原留纪念，牺牲七尺造将来"，并发出了"舍身殉国莫悲哀"的呼喊。其为了家国的未来而视死如归的精神，何等震撼人心！

一九〇九年八月间，于右任在上海艰辛备尝地创办的神州日报社不幸被焚，他和他的挚友为了恢复《神州日报》的元气，风风雨雨，夜以继日，四处奔波；以不知疲倦地工作掩盖着心底难以言说的痛苦。

这种痛苦，于右任曾以一首《浪淘沙·黄鹤楼》中"若个英雄凌绝顶，痛哭神州"的词句表现了出来。诗人巧妙地利用了"神州"一词的双关意义，在这里的所指既是《神州日报》，更是故国神州。此时的故国神州，如同遭受灾难的《神州日报》一般，烟雾迷茫，不见前方，昔日的繁盛"霸气"化而为水面上的浮沤之物。

看到这种情景，已经远飞而去的黄鹤如果归来，恐怕也会珠泪奔涌，洒满汀洲的。萧瑟秋风中，迁客、清流们怀着几许闲愁，凭吊在大江之畔，仿佛登临无路可走的断崖绝顶的英雄，痛哭神州。其实，痛哭神州的，不是迁客清流，而是于右任自己。他痛哭的不仅是自己一手创建和经营的报纸"神州"，更是祖国神州，是自己的家国所在。

神州日报社被焚后仅仅两个月时光，至十月初，《民呼日报》的筹备已基本就绪。然而，就在创刊号出版之际，于右任收到了告父病危的家书。于右任来到上海已有四年，父亲日夜操心儿子的安危，忧惧儿子的颠沛流离；在此时刻，虽然清廷的通缉令并未解除，但于右任仍决心冒死回乡看望父亲，即使斧钺加身，也在所不辞！骑马或坐马车走在西去关中"万折千盘"的漫漫长路上，于右任头脑里浮现着父亲的恹恹病容和昼思夜想、盼望见到亡命在外已久的儿子的神态；而《民呼日报》创刊在即的待理百事，又不时让他牵肠挂肚，燃烧的烈火炙烤着他的五脏六腑。何以平抚内心的痛苦，让焦灼的火苗减去点难耐的炙烤热量。

在全然忘却道路险阻，催促车夫加鞭再加鞭地赶路中，于右任忽地想到了作诗。虽然几年前他为作诗而触怒了清廷，几乎断送了性命，但他仍不愿也不能放弃作诗。诗词似乎与他的生命和灵魂相连。放弃了诗词创作，便如同失去了生命和灵魂，活着也便失去了趣味和意义。

风雪弥漫，道路坎坷，于右任顾不得艰难险阻，不断地催促着，扬鞭快行，颠簸疾驰。途经河南新安之秦末时项羽坑埋秦降卒二十万处，怒斥项羽草菅人命的"只此神州恨未消"（《新安早发》）的诗句，跳出了脑际。放眼望去，干枯的青山似乎如同长途奔波的自己一样，渐趋消瘦；头上的白发，也许是乘着自己的心焦，在正当壮年的自己头上肆意疯长。

此情此感，化而为诗："游子思亲万里情，浑忘夷险重行行。青山似我长途瘦，白发欺人壮岁生。"（《过渑池秦赵会盟处》）然而，回到家中，见到病体恹恹的父亲，却只住了一夜，次日黎明，即在父亲一再催促下，踏上归途。一路上，于右任"独自泪汍澜"（《眼儿媚·洛阳道中》），如"啼血乾坤一杜鹃"（《入关省亲》句），哀叹"眼底河山悲故国"（《入关省亲》），忧心、哀伤于乾坤之失正，故国之多难，从肺腑中涌出"不为汤武非人子，付与河山是泪痕"的诗句。其改变家国现状的豪情，令人感动不已。

一九二三年，于右任奉孙中山之命，赴天津晤段祺瑞。乘坐轮船北上，经过台湾海峡，在蒙蒙细雨中，倚甲板举目远望台湾岛，但见激浪翻卷，帆船颠簸，入耳涛声，如诉如泣。一时浮想联翩，脱口吟出这样滚烫的诗句：

> 激浪如闻诉不平，何人切齿复谈兵。
> 云埋台岛遗民泪，雨湿神州故国情。
> 地运百年随世转，帆船一叶与天争。
> 当年壮志今何在，白发新添四五茎。

他不能无视于中华神州的宝岛台湾沦落于日本强盗手中，他觉得，眼前的激浪也在为此而哭诉不平，颠簸着的一叶叶扬帆小船都在竭尽其力地顽强抗争。他相信，故国情难断，九万里神州虽处于凄风苦雨之中，但绝不会舍弃自己身上的这一块骨肉般的领海、领土！他不愿看到军阀混战、百姓涂炭的现实；他必须焕发精神，虽然年已四十六岁，白发频添，但必得在孙中山先生的旌旗下，继续驰驱沙场，完成再造神州的革命大业！

"帆船一叶与天争"，革命的豪情壮志，多么令人感动，令人敬佩！天，是自然，是浩渺无际的大海波浪，也借指西方列强支持的强大的北洋军阀。帆船一叶，力量是单薄的，孱弱的，但敢于与天争的勇气和豪情却

是无比高昂的，可贵的。

一九二六年，他接受共产党人李大钊的意见，赴苏联请冯玉祥将军回国率领旧部，抵御北洋军阀，解西安之围，挽救革命危局。到达上乌金斯克，适逢布蒙共和国五周年庆典，等待冯玉祥七日不见，心情急迫之中，吟有这样的诗句：

> 嗟予转折二万里，七日乌城发白矣。
> 苍隼护巢曷不归？神龙失水忧思起。
> 乌城西安一直线，昨梦入关督义战。
> 尽烹走狗定中华，一行解放四万万。
> 老来有志死疆场，竟把他乡当故乡。
> ……　……
>
> ——《布蒙共和国立国五年纪念歌》

辗转来到遥远的苏联，于右任在上乌金斯克等待了七天，急得头发都白了。他自叹路途转折二万里，自我责问：你应当是"护巢"的"苍隼"，却为何迟迟不归？要知道故乡西安，乃至整个神州，都如同断了水的"神龙"一般，渴待着一口救命之水，以奋发而起。昨晚做梦，从上乌金斯克直线到达西安，督促军民抗击围城的北洋军，此行一举解放祖国的四万万同胞，把那些罪大恶极的军阀统统烹煮，消灭干净，使中华大地从此太平安宁。"我"虽然已经老了，但大志尚在，甘愿为国死在疆场。

然而，今天，"我"却把人家的故乡当成了自己的故乡（沉醉在欢乐之中）！虽然，上乌金斯克的欢迎那么隆重而热烈，诗人却"惆怅他乡忆故乡"，难以忘怀自己的使命，为处在围困之中，焦灼地等待救援的西安民众和守城官兵而忧心如焚，坐卧不安。他忍不住严厉地质问自己："我"为什么还停留在这儿？怎么能不迅速回去，金戈铁马，驰驱沙场，督促作战，解除西安之围，解放全国四万万同胞兄弟呢？自己年将五十，渐入老龄，即使死于疆场有何憾恨？怎么能"竟把他乡当故乡"，留恋于此呢？

这严肃的自我质问，这热血沸腾的"变风"诗句，大气磅礴，读之怎能不令人心神悸动呢？这便自自然然地产生了返程途经今内蒙古包头市境内的乌兰脑包，"一夜归心过五原"（《入乌兰脑包》）的那种似箭归心。

抗战期间的《越调·天净沙·谒成陵》（1942年）是一篇有着更自觉、更强烈的家国责任意识和担当意识的诗篇：

> 兴隆山畔高歌，曾瞻无敌金戈。
> 遗诏焚香读过，大王问我：
> 几时收复山河？

成吉思汗曾于兴隆山前金戈铁马，高歌猛进，所向无敌。今天，"我"来到成陵，焚香祭拜之余，展读成吉思汗的遗诏（即遗命，亦即对继承者和臣下的愿望和命令）。"大王问我"，"大王"自然是成吉思汗；而"几时收复山河"的话，却出自诗人心中的想象，是诗人面对日寇侵略提出的现实诘问和焦灼如火的内心期待：什么时候，我们才能像成吉思汗一样，驱除日寇，收复山河，统一中华啊？

这一现实诘问和内心期待，有一种激情澎湃、凌厉豪迈、横扫千军的气概和自信，发人深省，感人至深。一九四五年，毛泽东主席赴重庆与蒋介石谈判。诗人设家宴欢迎毛泽东主席一行。席间，两人谈诗论文。诗人盛赞毛泽东《沁园春·雪》中的"数风流人物，还看今朝"是"激励后进之佳句"；毛泽东笑道："何若'大王问我："几时收复山河"'发人深省也！"两人哈哈大笑。毛泽东所称赞的，就是这首《天净沙》的篇末两句。

诗人热爱自己的祖国和家乡，同样热爱祖国的人民、家乡的父老乡亲，对其深怀一腔悲悯柔情，忧其所忧，乐其所乐，为之满怀责任和担当意识，甘愿为之而"志死疆场"（《布蒙共和国立国五年纪念歌》）。

其《丑奴儿令·灵宝道中吊妹仲华》写道："今来更有伤心事：兄也飘零，妹也凋零，木落天寒雁一声。"其妹虽为诗人继母所生，然其"凋

零"早殁，联系到自己"飘零"在外，一句"木落天寒雁一声"，包含着多少人生冷暖、世态炎凉、孤苦凄凉之情。其《踏莎行·送杨笃生》："共怜憔悴尽中年，那堪飘泊成孤旅！故国茫茫，夕阳如许，杜鹃声里人西去。残山剩水几回头，泪痕休洒分离处。"送别朋友，依依不舍，深怜其中年憔悴，"飘泊成孤旅"，又伤感"故国茫茫"，昔日的共同事业——《神州日报》——已成"残山剩水"，欲哭且忍，"泪痕休洒分离处"。真是柔情千般，句句落泪，字字滴血。

一九二○年，于右任在担任靖国军总司令之时，关中连年天旱无雨，饿殍载道。他曾写下这样的诗句：

> 芳草复芳草，战场连战场。
>
> 自然生涕泪，何况见流亡！
>
> 麦槁天无雨，坟增国有殇。
>
> 炊烟添几处，讵忍说壶浆。

虽然"炊烟添几处"，逃荒流离的人家返回了一些，虽然靖国军战士仍处于饥饿不饱的境地，但是，他仍以仁者的悲悯胸怀，怜悯百姓的苦难，不忍征索粮赋。那首《闻庐山舆夫叹息声》（1927）更显现着于右任对民间疾苦的悲悯之心：

> 上山不易下山难，劳苦舆夫莫怨天。
>
> 为问人间最廉者，一身汗值几文钱？

三

于右任的家国情怀，更突出地显现于其在台湾的那些思乡之作中。一九四九年，于右任被挟持往台湾。在台十五年间，他心情抑郁，充溢着无可奈何，诗歌创作、标准草书研究，成为其聊以排解苦闷的药石、自慰心灵的港湾。

诗人的满腹家国之思，寄托于或"望"或"梦"；"望"或"梦"成了他抚慰家国情感可采取的唯一方式。所望、所梦的对象，自然是其笔下的热词"神州"，或者"中原""大陆""故乡""关中""关西"等。

笔者粗略统计，于右任在台湾期间的诗句中运用了"望"（有时作"凭栏""看"或"见"）的，就有："太平洋上望"（1950《鹅銮鼻海边与谷岐山、曾永生拾石子》）；"白头吟望中原路"（1951《生日游草山柑橘示范场》）；"海天万里一凭栏"（1952《谢江火家看菊》）；"延伫看中兴"（1954《寿许静仁先生八十》）；"故山长望白云深"（1954《题〈故山别母图〉》）；"海上无风又无雨，高吟容易见神州"（1958《四十七年重九北投侨园》）；"更来太武山头望，雨湿神州望故乡"（1959《望雨》）；"海气重开作胜游，登高北望是神州。""天风吹动相思树，林外微闻唱大招"（1964《甲午重九沪尾山登高》）；"王师北定中原日，望断诗人陆放翁"（1964《无题》）；等等。

用了"梦""念""怀""思""恋"或"难忘"，或其他近义词的诗句更多，计有："神州破碎悲元老，犹念山东旧战场"（1951《题慈镇西〈勒马图〉》）；"九死难忘为国意"（1951《题杨沧白手书〈寄内诗册〉》）；"重阳今又到，怀旧复登临。风雨一杯酒，江山万里心"（1953《癸巳重九士林登高》）；"梦中游子无穷泪"（1954《题〈故山别母图〉》）；"风雨思桃李，关山念友朋"（1954《胡康民先生八十晋四寿辰为作老人歌以祝》）；"低回海上成功宴，万里江山酒一杯"（1957《题民元照片》）；"昨宵梦绕黄花岗，又入中原旧战场"（1957《四十六年元旦天放晴喜而记所梦》）；"梦绕神州泪两行"（1957《题林家绰写〈牧羊儿自传〉》）；"一草一木祖国恋"（1957《答井塘续作〈于思歌〉》）；"梦绕关西旧战场，迂回大队过咸阳"（1959《思念内子高仲林》）；"遗憾江山作战场，十年回首更难忘"（1960《遗憾》）；"夜夜梦中原，白首泪频滴"（1961《有梦》）；"昨宵梦入中原路，马首祥云照庶民"（1962《梦中有作起而记之》）；"七十余年万

里外，破窑梦寐已题诗"（1964《五十三年生日记幼时事》）；"天风吹动相思树，林外微闻唱大招"（1964《甲午重九沪尾山登高》）；等等。

此外，一九五六年所作《鸡鸣曲》一诗，虽然没有采用"望""梦"一类词，但是，所表现的家国之情丝毫不弱于以上所列举的那些诗句。

　　　　福州鸡鸣，基隆可听；
　　　　伊人隔岸，如何不应？
　　　　沧海月明风雨过，子欲歌之我当和。
　　　　遮莫千重与万重，一叶渔艇冲烟破。

首二句为台湾民歌，以大陆福州与台湾基隆之间的鸡犬之声相闻，表现海峡两岸一衣带水、血浓于水的不可分割的亲密关系。两岸人民本应"子欲歌之我当和"；然而，可悲的是，海峡两岸之间如今却此呼而不得彼应。诗人不由得发出这样的感喟：尽管有千重万重风浪，但只要驾起一叶渔艇，也就可以冲破烟波，彼此相聚啊！其盼望两岸统一、实现骨肉团聚的焦灼之情，跃然纸上。

说到于右任先生晚年的乡思之情的时候，我们不应忘记他那首作于一九五八年，题为《南山》的七律。其前四句是：

　　　　南山云接北山云，变化无端昔至今。
　　　　为待雨来频怅望，欲寻诗去一沉吟。

这首诗很含蓄，很空灵，颇耐咀嚼。在笔者看来，"南山云"与"北山云"，其实是大陆与台湾的象征，"为待雨来"即是等待统一的隐喻，"欲寻诗去"亦即回到祖国怀抱的形象化表述；所以"怅望"，是因为久久等待而未得如愿，故而怅然若失；而一个"频"字，凸显了"待雨"之焦灼和迫切，"沉吟"二字则凸显了回到祖国怀抱的疑豫。

据说，曾经颇得于右任青睐、时任青海省省长的邓宝珊将军，曾在周恩来总理的办公室内看到了这首诗，深为昔日对自己有着伯乐之恩的于右任先生的家国情怀所感，爱不释手，周恩来总理心里明白，遂答应命人抄写后寄给他。

诗人的乡思之情，如火之燃烧，如水之沸腾，到了一九五九年，他已无所顾忌，对大陆开始直言"怀念"了。所作两首七绝即以《怀念大陆》为题，发出了"巢空子母三春鸟，石烂鸳鸯七志斋"的哀号。他比喻自己为三春嗷嗷待哺的鸟儿，大陆有他的已空之"巢"。如今这已空之巢等待着鸟儿母子之归，而鸟儿则期待着回归自己之"巢"——祖国大陆。鸟不得归巢，巢不得鸟归，依依深情，泪眼相待，何其悲戚！"鸳鸯七志斋"是诗人罄尽积蓄购买收藏的无价瑰宝——近四百方碑石的总称，于一九三五年经杨虎城将军之手，全部赠送给了西安碑林博物馆。诗人惦记着他的这块心头肉，为它的存在而担心。

其实，与其说，他在操心"鸳鸯七志斋"是否"石烂"，不如说，他时时挂念着故乡，挂念着大陆，挂念着祖国。全国政协第五届委员会副主席朱蕴山（1887—1981）曾作《寄语于右任八十三岁生日诗》小序云："于右任流亡台湾……曾作绝句二首怀念大陆。"（见《朱蕴山纪事诗词选》）即指这两首题为《怀念大陆》的诗。

我们必须一提的是，那首《望大陆》的巅峰之作，也是诗人的绝命之作。其诗谓：

> 葬我于高山之上兮，望我大陆。
> 大陆不可见兮，只有痛哭！
>
> 葬我于高山之上兮，望我故乡，
> 故乡不可见兮，永不能忘。
>
> 天苍苍，野茫茫，
> 山之上，有国殇！

一九六二年初，诗人病重，自觉不久于人世，遂于"天明作此歌"。他曾先后写日记云："我百年后，愿葬玉山或阿里山树多的高处，可以时望我的大陆，我的故乡。"日记旁有注："山要高者，树要大者。""葬我于台北近处亦可，但是山要最高者。"这首骚体白话诗，所表达的深沉的游子思归的迫切之情，凄楚之至，哀婉之至。

诗人直抒其胸臆，寄托其家国之思、黍离之情。全篇聚焦于想象自己去世后站在台湾高山顶上，望祖国大陆、望故乡的目中所见和所思所想。

首节表述的是对祖国大陆的苦恋。"大陆"是"我"的大陆；虽然已生无回归大陆的希望，但是，死后也要葬于台湾最高的山顶上，让魂魄得以凝神远望大陆！然仍欲望"不可见"，只有涕泗滂沱，放声恸哭。这是怎样深重的遗憾！这是多么深挚的眷恋大陆、盼望落叶归根的感情！

次节表述的是思乡之苦。客居台湾十几年的诗人，无时不在思念陕西老家和结发妻子，思念失散的骨肉。然而，不但生不得团聚，死而仍望故乡"不可见"，无尽的思念和刻骨铭心之痛，凝结于"永不能忘"四字之中。这种孤魂难归的思乡之苦，固然是个人的悲哀，却根源在于台湾与大陆的未统一，因而实为祖国之痛、民族之痛。

其实，诗人心目中的故乡，并非仅仅指陕西三原，而是整个大陆，他就曾沉痛地说过："我之故乡是中国大陆。"可见，此诗中的"望我故乡"之句，有着更广阔、更深邃的内涵，远非古代文人骚客的思乡之痛。这首诗中重复出现的"葬我于高山之上兮"，没有对死亡的丝毫恐惧，祖国占去了诗人的整个灵魂，祖国的统一成了诗人牵挂的一切，强烈地震撼人心。

最后一节以"天苍苍，野茫茫"开头，借助北朝民歌《敕勒川》中的成句，描绘了自己想象中死后魂魄眼中空旷、寂清、苍凉的景象，寓情于景，发出了"山之上，有国殇"的呼喊、感喟和哀鸣。这是无可奈何的呼喊，是蕴含深邃的感喟，也是杜鹃啼血似的哀鸣。"有国殇"者，不是别人，正是诗人的自指。诗人作为追随孙中山先生献身民主革命的元老，将自己的一生都献给了祖国，以"国殇"来自况，明确地表达出自己强烈的爱国心和深沉的憾恨。憾恨于自己壮志未酬而身先死，憾恨于自己的客死他乡，憾恨于海峡两岸的分离。以激情山河的千古绝唱评价诗人这首诗作，是一点也不过分的。

四

于右任学诗，萌发于文（天祥）谢（枋得）。他自己回忆说，那还在读私塾之时，老师让他读《唐诗三百首》《古诗源》《诗选》等学诗的"范本"。不知怎么的，读来读去，总觉得不对味儿，激发不起兴趣。

有一天，老师外出，让他料理塾务，从先生的书架上，他发现了文天祥和谢枋得的两册诗集残本。

文天祥，号文山，是南宋末爱国诗人，以身报国的志士，后率兵抗元，兵败被俘，宁死不降。其《过零丁洋》《正气歌》等诗作，壮怀激烈，大气磅礴，可谓千古绝唱。谢枋得，号叠山，同为南宋末爱国诗人。带领义军抗元，被俘不屈，壮烈殉国。

谢枋得《初到建宁赋诗一首》《绝命诗》等诗章中"雪中松柏愈青青""骑龙直上寥天一"等滚烫着坚贞不渝、大义凛然情怀的诗句，特别是文天祥《过零丁洋》中"人生自古谁无死，留取丹心照汗青"那慷慨激越、昂扬着视死如归的浩然正气的诗句，于右任默诵之而觉"声调激越，意气高昂，满纸家国兴亡之感"[1]，不禁诗兴大发，领悟了作诗之法，从此开始诗歌习作。其实，他颖悟的不仅是作诗之法，而且是豪迈的爱国精神和以身许国的豪情壮志。文天祥、谢枋得的爱国精神，是于右任诗词家国情怀的最早源头。

于右任诗词浓厚的家国情怀，不仅源自爱国诗人文天祥、谢枋得，更源自"楚骚"及其伟大爱国主义诗人屈原。

于右任早年即醉心"楚骚"，故以"骚心"作为笔名。二十六岁时所

---

①于右任：《牧羊儿自述》，见刘永平编《于右任集》第140页，陕西人民出版社，1989年版。

附录 人生传奇与家国情怀的二重奏

作《赴试过虎牢》一诗中，就有"凭轼读离骚"之句。他喜爱《离骚》，甚至在赴开封参加"春闱"科举考试的途中，虽马车颠簸摇晃，尘土飞扬，也手不释卷。

他常常为正直爱国的伟大诗人屈原的悲惨遭遇哀恸不已，爱国激情溢于言表。一九二二年所作《内子高仲林送楞女入京成亲，媵之以诗》中，以"忧国屈正则"之句赞美其婿屈武，屈正则乃屈原之字。一九四一年所作《诗人节》一诗云："宗国千年痛，幽兰万古香。"即是说，屈原的死是中华民族的千年之痛，他的精神似幽兰般散发着万古馨香。一九五七年所作《远同王君世昭作屈子两千三百年纪念祭》有云："一卷离骚爱不忘，一从兰蕙发天香。歌谣传世非神话，风雨怀人是国殇。"进一步表达了他对屈原及其所作《离骚》的痴爱、敬仰和怀念。

尤其令他心悦诚服的是，屈原在"楚骚"中所表现的忧国忧民情怀。对以楚骚精神唤醒国魂的追慕，远胜于他对楚骚浪漫风格的喜爱。他在一九一四年祭吊宋教仁的诗作中有这样的句子："忍泪看天哽不言，行吟失计入名园。美人香草俱零落，独立斜阳吊屈原。"（《五月五日游三贝子花园吊宋渔父》）

《离骚》"美人香草"式的经典比兴模式，在极大程度上影响着他的诗歌创作。他在一九二一年所作《民治学校园纪事诗》（后十首）中"岂料奇花为败酱，应怜异草亦含羞"之句，与《离骚》"兰芷变而不芳兮，荃蕙化而为茅。何昔日之芳草兮，今直为此萧艾也"有着异曲同工之妙。

一九四一年，于右任与文艺界人士集会，倡议以端午节——屈原投江之日，即农历五月初五为"诗人节"，以纪念爱国诗人屈原。他在所作《诗人节》一诗中"用以懔危亡"之句，道出了对屈原的尊崇，和设立"诗人节"的意图及其诗歌的功能。在他看来，诗歌就是捍卫祖国河山的武器，而"诗人节"的设立，就是为了纪念和仿效屈原，最有效、有力地发挥诗歌的社会功能。

其后，他又屡次组织了诸多集会活动。例如，一九四四年成立"中华乐府社"，一九五五年于台南举行诗人节大会等。一九五六年，他在台湾诗人节的一次聚会中说："我是发起诗人节之一人，我们为什么以端午节为诗人节，当然是纪念屈原的。所谓纪念屈原，一是纪念其作品的伟大，一是纪念其人格的崇高。屈原的作品，无论造词，立意，都为中国诗人开辟了广大的境界。刘勰在《文心雕龙·辨骚》内说：'是以枚贾追风以入丽，马扬沿波而得奇。其衣被词人，非一代也！'关于屈原的人格，哀民生之多艰，恐美人之迟暮。学人忧国，死生以之。司马迁说他：'蝉蜕于浊秽，以浮游尘埃之外，不获世之滋垢，皭然泥而不滓者也。推此志也，虽与日月争光可也。'所以纪念屈原，是纪念他衣被万世的创作精神及与日月争光的高尚人格。"

于右任不但在诗歌内容上，继承了屈原爱国爱民的思想传统，悃悃款款，忠贞不贰，表达了他对国家兴亡、民族盛衰的感慨；而且在风格上，也继承了骚体的传统。《望大陆》一诗就是其运用骚体写作的确凿证据。

于右任诗词的家国情怀，还得自杜甫忧国忧民之思和包容博取的诗学观念。于右任终生不能释怀的祖国情结和博观约取的诗歌创作主张，无不与之相关。创作于一九〇八年的《巩县谒杜工部祠》一诗中"齐梁诸子等寒蝉""遗集千家作郑笺"等句，一九二四年所作《读唐诗》中"朱门酒肉神仙药，寄语时流莫妄笺"之句，一九三八年所作《双调·殿前欢·谒工部草堂》中"大哉诗圣，为时代开生命。临风一曲，也发天声"之句，所表现出的对"诗圣"的崇敬之情，昭昭可见。一九五二年，于右任又如此称颂杜甫对现实的鞭挞和对人民苦难的忧心："请看杜老朱门篇，诗为生民理则研。"（《韬园冬至约诸老小叙》）其一九〇九年所作《入关省亲》抒发的愤慨万端的失意情怀，《氾水道中》（1909）、《重庆南岸黄山道中与力子、学文同行》（1938）、《夜读豳风诗》（1944）等诗歌中，凝结着的忧国忧民情怀，无不相通于杜甫《春望》《登高》等作品。

于右任诗歌的家国情怀，还融入了李白的侠士之气，苏轼、辛弃疾和陆游的爱国豪情。其《双调·殿前欢·咏〈太白集〉》一诗歌咏李白的战

争文学，推为"特精奇"，赞曰："李青莲，三杯拔剑舞龙泉，谁家血色开生面？"于右任对陆游的崇拜，可见于其年轻时的诗句："转战身经意正酣，无端失足堕骚坛。近来进步毫无趣，诗意凭陵陆剑南。"（1902《兴平寄王麟生、程抟九、牛引之、王曙楼、朱仲尊诸同学》）言下之意，自己原本是无意作诗的，不得已而误入诗坛，不写则已，一写就要跟陆游一比高下。一九四〇年，他在《尹默与行严竞和寺字韵，又与冀野竞曲，名曰〈长打短打〉》中写道："我思韩潮与苏海。""韩潮"指韩愈的广阔，"苏海"即指苏轼的渊博。其《无题》（1964）中"王师北定中原日，望断诗人陆放翁"之句，则表现了他对陆游爱国精神的敬仰。

其《黄钟·人月圆·梦中有作》（1944）称："苏辛为友，李杜为师。""李杜"自然指李白、杜甫，"苏辛"则无疑指苏轼、辛弃疾。"友""师"二字中融入了深厚的尊崇之情。

于右任《诗变》（1956）云："饮不竭之源，骋无穷之路。涵天下之变，尽万物之数。人生即是诗，时吐惊人句。不必薄唐宋，人人有所遇。"仅从家国情怀一孔观之，其诗歌创作确实做到了不拘门户，拜多门，敬多师，兼收并取，为我所用，精益求精。其诗兴萌发于文谢，渊源于楚骚，而沉酣于杜甫，出入于李白、苏轼、陆游、辛弃疾等大家之间，从而造就了这位近代诗坛的著名诗人。

于右任诗词的家国情怀，当然还有其重要渊源，那便是远承孔孟、近承宋代思想家张载所创立的"关学"一脉的家国伦理观念。

于右任是清末的举人，享有"西北奇才"之誉，接受了传统的儒学教育。他对文天祥、谢枋得等爱国诗人的敬仰，前文已有叙述，此处不再展开。他继承了宋代思想家、唯物主义哲学家张载所创立的"关学"传统。张载久居陕西横渠，人称横渠先生，著名的"横渠四句"——"为天地立心，为生民立命，为往圣继绝学，为万世开太平"——至今仍被人们奉为处身立世的圭臬。青年时期的于右任，曾专程赴清凉山正谊书院拜访的贺复斋先生乃关中著名大儒，人称"关学渊源"。于右任所作《失意再游清凉山寺题壁》一诗，所记述的便是他求师时的感怀。另一位三原名儒，人称"关学余脉"的朱佛光先生，更是他从游的对象。其所作《和朱佛光先生步施州狂客原韵》表达了他从朱佛光所受到的思想启发。

尤其值得一提的是顾炎武。顾炎武（1613—1682），号亭林，明末清初之际非关中籍学者向"关学"靠拢的代表人物之一。其博学于文，行己有耻，"合学与行，治学与经世为一"的学术思想，与力主"气本"，旨归实用的"关学"，天然地血脉相通。顾炎武激赏张载之学，其激扬着爱国豪情的"天下兴亡，匹夫有责"之语，数百年来，令世代热血青年感奋不已。他曾亲临陕西，游历讲学，与关中大儒李因笃、李颙等过从甚密。后以六十五岁高龄定居关中华阴，致南北学术在交流中互相砥砺、增益，关学的影响得以突破地域的局限而扩大至整个神州。

于右任十分崇拜顾炎武。早在一九一二年，他就曾作七律《题〈顾亭林集〉》云："沉麟落羽风云晚，叹凤伤麟著述多。世以变风为雅颂，老犹零雨走关河。"感叹顾炎武生不逢时，虽胸怀爱国壮志，著作颇丰，但因反抗清廷的斗争落败，不得不在年老体衰时顶风冒雨，南北奔走，流落关中。诗人在一九一七年创作的《二华道中》、一九二四年创作的《读史》中，多次表达了对顾炎武的思念和崇敬。一九六四年，在病入膏肓，将要永久沉睡的关头，他还在《题幼刚老兄绘中山陵园图》中又一次写下了这样的诗句："不比亭林谒孝陵。"以顾炎武对明太祖朱元璋的忠贞，为自己未能将孙中山先生的思想坚贞不渝地化为现实而愧疚。

笔者以为，也许，这"不比"和愧疚之中，包含着完整的横渠四句："为天地立心，为生民立命，为往圣继绝学，为万世开太平。"

安眠吧，右老，高山之上"望我大陆"的国殇！

永垂不朽，你深挚的家国情怀！

权海帆

二〇一八年三月十六日 于（美）卡梅尔

于右任生平简表

清光绪五年（1879）　虚龄一岁

农历三月二十日（4月11日），生于陕西三原县东关河道巷。祖籍陕西泾阳斗口于村。原名伯循，字诱人，后以其谐音"右任"为名。父名于宝文，字新三；母赵氏。

清光绪六年（1880）　二岁

父打工于蜀。母赵氏病逝，托孤于嫂房氏。

伯父在外，伯母房氏携侄寄居泾阳杨府村娘家。

清光绪十年（1884）　六岁

冬，随牧童放羊于三原城外，遇狼。幸割苜蓿的杨牛儿持镰相救，始得脱险。

清光绪十一年（1885）　七岁

春，入泾阳杨府村马王庙私塾，从第五先生读书。

清光绪十五年（1889）　十一岁

伯母房氏携归三原，依叔祖于重臣居东关，入毛班香私塾就读。

开始学作诗，间从毛班香之父——太夫子毛汉诗临帖学书。

清光绪十六年（1890）　十二岁

始习王羲之《十七帖》，是为先生习行草字之始。

清光绪十七年（1891）　十三岁

开始作古近体诗。参加三原学古书院课考，被录取。

清光绪二十一年（1895）　十七岁

陕西学政观风考试，以案首入学，先后往来三原宏道书院、泾阳味经书院、关中书院。

清光绪二十三年（1897）　十九岁

陕西学政叶尔恺举行观风考试，赏识其文，视为"西北奇才"，授读薛福成《出使四国日记》。

师事西北革命思想先萌者朱佛光。

清光绪二十四年（1898）　二十岁

（9月21日，戊戌变法失败，六

君子蒙难，味经书院山长、关学大师刘古愚愤而遥祭。）11月，从学刘古愚月余。

是年，与高仲林女士结婚。

清光绪二十五年（1899）　二十一岁

督学沈卫派其为三原粥厂厂长，救济饥民。

清光绪二十六年（1900）　二十二岁

经督学沈卫保送入陕西中学堂，肄业。

（八国联军攻陷北京）被迫跪迎逃来西安的慈禧、光绪车驾，激愤之余，欲上书巡抚，手刃慈禧，为同学王炳灵（麟）所阻。

清光绪二十八年（1902）　二十四岁

兴平知县杨吟海聘以为"西席"。

春，友人刊印其《半哭半笑楼诗草》诗集，收入《杂感》《署中狗》《从军乐》《和朱佛光先生步施州狂客原韵》和《兴平咏古》（十首）等诗作。

清光绪二十九年（1903）　二十五岁

以第十名中举。

清光绪三十年（1904）　二十六岁

春，应礼部"春闱"于开封。清廷于先年得陕西巡抚升允以"倡言革命，大逆不道"密奏，其时，发出密旨"无论行抵何处，拿获即行正法"。幸友人之父李雨田（一说李仪祉之兄）得知，告其父，以巨金雇请快行者，赴开封送信；闻讯脱逃，径奔上海。遇泾阳同乡吴仲祺，寄寓其家。震旦公学马相伯接收入学，化名刘学裕。

是年主要诗作：《赴试过虎牢》《孝陵》。

清光绪三十一年（1905）　二十七岁

马相伯因病住院，外国传教士借机改变学校宗旨，震旦学潮起，与邵力子率领同学罢课。

马相伯退出震旦，另办新校；命其名曰"复旦公学"，被推为筹备干事之一。

5月18日，《新民丛报》发表《于君右任寄本社书》，驳《中国舆地大势论》，梁启超为之设宴款待。

冬，留日学生被迫归国，与友人发起创建中国公学。

清光绪三十二年（1906）　二十八岁

4月，为办报东渡日本。于东京

晤陕西留学生康心孚、井勿幕等。11月13日，康引见拜会从西贡归来不几日的孙中山先生，宣誓加入同盟会。在此前后，参观、访问日本主要报社，又为豫晋秦陇留日学生协会推为会长，筹得办报款两千余元；结识了杨笃生，得其归国参加办报承诺。

是年主要诗作：《马关》。

4月2日，《神州日报》创刊。未及一年，毁于火。

是年主要诗作：《浪淘沙·黄鹤楼》。

264

清光绪三十四年（1908）　三十岁

8月28日，在上海各报登启事，宣布创办《民呼日报》。闻父病危，冒险潜行回乡探视，次日即返，途中父丧而不知。往返中有《眼儿媚·洛阳道中》《新安早发》《过张茅》《过渑池秦赵会盟处》《车过灵宝》《省亲出关》等诗作。

至上海得知父丧，于12月24日归，次日扶柩下葬，即由田间径去。

是年，另有诗作《踏莎行·送杨笃生》等。

清宣统元年（1909）　三十一岁

5月15日，《民呼日报》问世，有《己酉三月二十六日〈民呼报〉出版示谈善吾》之诗。该报大声疾呼，为民请命，对贪官污吏的攻击义正词严，不遗余力，销行日畅，为清廷忌恨，借甘肃赈灾事，陷其入狱。8月14日，《民呼日报》被迫停刊。

先年末潜行回乡葬父，返归上海，再赴日本。归国后无畏于清廷要挖掉《民呼日报》创办人之眼的放言，于10月3日再办《民吁日报》。朝鲜之士安重根刺杀日本前首相伊藤博文事件发生，《民吁日报》全力声援，至11月19日被查封。再遭拘押，出狱后东渡日本，返沪后任复旦公学国文教习。

是年主要诗作：《舟入马关》《再过灵宝》《入关》《入关省亲》《灞桥》《月夜宿潼关见孤雁飞鸣而过》《浪淘沙·潼关感赋》《出关》《偃师遇雪》《汜水道中》《郑州感旧题壁》等。

清宣统二年（1910）　三十二岁

春夏间，着手创办《民立报》，赖沈缦云之助，于9月9日出版。自撰发刊词。

是年主要诗作：《安得猛士兮》《善哉行》《劝资政议员歌》《劝军机大臣歌》等。

清宣统三年（1911）　三十三岁

是年为辛亥年。4月27日，同盟会在广州发动起义，《民立报》为其"枢纽"。10月10日，武昌首义，《民立报》联络策动，竭力为之鼓吹呼号。

是年主要诗作：《黄花岗歌》《青年节歌》。

民国元年（1912）　三十四岁

（1月1日，孙中山就任中华民国临时大总统。）任交通部次长，代理部务。至3月29日，辞任。

是年主要诗作：《雨花台》《题〈顾亭林集〉》。

民国二年（1913）　三十五岁

3月20日，于上海北车站送宋教仁赴北京，遇宋为袁世凯遣杀手所杀之事。送其入医院，抢救无效而亡，为之料理后事，并撰文追述与宋之友谊。

"二次革命"失败，遭通缉。《民立报》被迫于9月4日停刊，遂第三次东渡日本。

是年主要诗作：《出京》《义旗》《同卓亭游箱根飞烟阁》《同渔父作》《过南京诗》《再过南京》等。

民国三年（1914）　三十六岁

时为革命低潮期。接受孙中山派遣，欲绕道北京返陕，未果。在京为掩护自己，放浪形骸于外。

是年主要诗作：《题宋墓前曰：呜呼宋教仁先生之墓》《酒后有怀井勿幕、王麟生、程抟九》《五月五日游三贝子花园吊宋渔父》《社稷坛"五七"国耻纪念大会》《出京》《再过南京杂诗》等。

民国四年（1915）　三十七岁

筹办民立图书公司，因缺乏周转资金而夭折。其间，多与学者、收藏家、书商接触，为平生难得之治学时期。

是年主要诗作：《吊杨守仁笃生》《为阴西题望墓图》《题王一亭为余画像》《题精忠柏》《吊沈缦云》等。

民国五年（1916）　三十八岁

再北上，欲假道北京返陕。陈英士挽留上海，共图讨袁。陈英士在上海遇刺身亡。

是年主要诗作:《民立七哀诗》。

民国六年（1917） 三十九岁

5月返陕，与井勿幕、张钫、胡景翼等筹商策应西南共讨北洋军阀之事，因陈树藩梗阻，未能成功。

在陕，为辛亥死难烈士纪念碑题词。

是年主要诗作：《汴洛道中》《潼关道中》《二华道中》《过渭》《海上寄怀京友》《辛亥以来陕西死难诸烈士纪念碑辞》等。

民国七年（1918） 四十岁

返陕后，陕军群龙无首，屡受挫伤。张义安临阵身负重伤，临终吁请于右任回陕率军。胡景翼等派王玉堂等三人迎接返陕。应之，遂同行，至洛阳北上，渡河经宜川、洛川、延长、延安、宜君、耀县（今铜川耀州区），抵三原，8月9日就任靖国军总司令。整顿军旅，声讨袁世凯，与南方护法之师桴鼓相应。南方军政府解体，孙中山以粤局日非引去。陕西靖国军独撑革命危局。发展文化事业，介绍新思想，兴修水利。

是年主要诗作：《宜川道中》《夜宿宜川读县志》《延长纪事》《延长至延安道中》《吊井勿幕》等。

民国八年（1919） 四十一岁

靖国军受敌围击，且因大旱饥荒，兵民争食，军中弹械窘绝。

是年主要诗作：《家祭后出城有怀勿幕》《春雨》等。

民国九年（1920） 四十二岁

陕西大旱，七月无雨，将士日啖粗粝，不服从禁向民间征索命令。冬，愤而离三原，径赴耀县（今铜川耀州区）药王山。

是年主要诗作：《高陵道中》《郊行》《闻乡人语》《唐园和李子逸韵》《〈广武将军碑〉复出土歌赠李君春堂》《为程星五题文文山诗轴》《落云台至起云台》《起云台至落云台》《药王山除夕杂感》等。

民国十年（1921） 四十三岁

靖国军将领环山而请，归。时苦战已久，又逢天灾，军民并困。致力于兴学。

8月，吴佩孚遣冯玉祥等驱除陈树藩入占西安，不久后任陕西督军，靖国军反主为宾。直军使手段瓦解靖国军，胡景翼等接受其改编。艰危中，退居民治学校，又移居唐园。

于右任
诗词集解

是年主要诗作:《元日拂晓,出游显云台至将军山,山旧有王翦庙,今废矣》《与关芷洲、李西园同游耀县城东》《山居》《游晒药场谒滇军葬阵亡将士处》《由耀县归三原途中书所见》《由耀县入三原境有感》《不寐》《风雨》《中秋夜登城楼》《民治学校园纪事诗》《移居唐园诗以纪之》等。

民国十一年 (1922) 四十四岁

春,为杨虎城迎至武功,设靖国军总部于凤翔。各部为敌所诱,唯杨虎城苦战,于户县(今西安鄠邑区)大王大败,引军北上。6月离陕,由陇南抵重庆,匝月后返沪,晤孙中山。

10月,与邵力子创办上海大学。

是年主要诗作:《一月十八日淳化道中》《淳化道雪中追忆唐园之猎,寄李子逸、茹卓亭、田温和、刘绍文、张景秋诸同学》《方里纪游诗》《方里纪游篇》《柏树山纪游》《内子高仲林送楞女入京成亲,媵之以诗》《武功城外》《岐山城外》《望五丈原》《凤翔城外晚眺》《竹林寺》《天水道中》《清水县麻鞋歌》《白水江》《嘉陵江上看云歌赠子元、省三、陆一》《渝城张家园夕照楼》

《十一年夏感赋》等。

民国十二年 (1923) 四十五岁

1月,受孙中山委任,为参议,赴天津晤段祺瑞。陈炯明叛于粤,招靖国军旧部樊钟秀解广州之围。

是年主要诗作:《咏木棉》《过台湾海峡远望》《与曾孟鸣谒黄花岗七十二烈士之墓》等。

民国十三年 (1924) 四十六岁

为《东方杂志》撰文,称国共两党"合则两利,离则两损"。国民党上海执行部成立,任工农部长。

国民党第一次全国代表大会举行,确定"联俄、联共、扶助农工"三大政策。当选中央执行委员。

5月,伯母房氏逝,返沪成服。

直奉战起,冯玉祥发动"首都革命"成功,电邀孙中山赴京,随之。

是年主要诗作:《读史》《香港逢刘小云,同游九龙归,小云以诗见赠,因次原韵》等。

民国十四年 (1925) 四十七岁

奉命赴奉天晤张作霖,及归,孙中山已逝世。

7月,国民政府在广州成立,为

十六人委员之一。

段祺瑞改组国务院，任命为内务部长，辞而不就。

是年主要诗作：《京奉道中读〈唐风集〉》《黄河北岸见渔翁立洪流中》《为廉南湖先生题洪宪金印拓片》等。

民国十五年 （1926） 四十八岁

国民军与奉军作战失利，西安告急。接受李大钊建议，赴苏联劝冯玉祥回国。9月中旬与冯一起誓师五原，率国民联军间道入陕，解西安之围。

是年主要诗作：《黄海杂诗》《舟入黄海作歌》《西伯利亚杂诗寄王陆一》《东朝鲜湾歌》《布蒙共和国立国五年纪念歌》《克里木宫歌》《红场歌》《贝加尔湖边怀古》《离库伦饭店后赋》《外蒙道中》《露宿外蒙兵营》《自黑教堂遇险后北行至嘎嘎图遇中国商人》《入乌兰脑包》《黄杨木头十四夜忆内子高仲林》《露宿二之店沙漠》《边墙下见雁》《中秋过贺兰山下》《固原道中》《邠县道中》《西安城围启后再至药王山》等。

民国十六年 （1927） 四十九岁

主持陕西政治军事，工农运动蓬勃发展。

"四一二"反革命政变发生后，于6月去武汉。"七一五"后，汪精卫宣布与共产党决裂，上庐山，去南京；国民政府成立，任委员会常务委员等职。其间，诸事不惬于意，游常熟。

是年主要诗作：《闻庐山舆夫叹息声》《与张秉三、赵古泥游尚父湖》《虞山纪游》。

民国十七年 （1928） 五十岁

被任命为审计院院长。女芝秀被捕。再游常熟。

是年主要诗作：《题经颐渊、廖何香凝、陈树人合作〈岁寒三友图〉》《邓尉看桂》。

民国十八年 （1929） 五十一岁

秋，陕西大旱，返乡救灾。

是年主要诗作：《大炮弹壳题词》《归陕次潼关作》《北归》《斗口村扫墓杂诗》《归省杨府村房氏外家》《雪后出关作》等。

民国十九年 （1930） 五十二岁

陕西旱灾愈甚，再度返乡救灾。创设斗口农事试验场。

是年主要诗作：《十九年一月十

日夜不寐，读诗集联》《杂咏》《苏游杂咏》。

民国二十年（1931） 五十三岁

就任监察院长。审计院改部，隶属监察院。

"九一八"事变发生，学生纷纷赴南京请愿，受蒋介石指派，多次接见学生。

民国二十一年（1932） 五十四岁

南赴广州劝胡汉民入京共商国是。瞻仰孙中山故居。

"一·二八"淞沪战争爆发，绕道归。政府西迁，赶赴洛阳。

于上海成立标准草书社。

是年主要诗作：《与陆一、恺钟、祥麟同谒黄花岗七十二烈士墓》《陆幼岗兄设计画图感赋》《粤秀山前看木棉》《诣翠亨村》《游龙门观造像》等。

民国二十二年（1933） 五十五岁

弹劾铁道部部长顾孟余、行政院长汪精卫，汪精卫不满，欲限制监察院权力。怒而返陕，游太白山。

是年主要诗作：《太白山纪游歌》。

民国二十三年（1934） 五十六岁

放弃收集、考订、释文基础上的即将成书的二王发帖草书，致力于以实用、美丽为旨的标准草书研究。电邀书法家王世镗至南京，参与其事。

是年主要诗作：《题何香凝、王一亭合作山水瀑布画》。

民国二十四年（1935） 五十七岁

1月赴陕，主持朱佛光葬礼，作《朱佛光墓志铭》。

编纂《黄帝功德纪》，撰《序言》。

是年主要诗作：《挽积铁子王鲁生先生》。

民国二十五年（1936） 五十八岁

《标准草书》第一次本问世。

12月，迎马相伯迁居上海安享晚年。

西安事变于12月12日发生，被推为宣慰使，至潼关受阻。蒋介石获释，因对杨虎城愤恨迁怒之。

12月25日返京，与冯玉祥等营救救国会七君子。

民国二十六年（1937） 五十九岁

1月，设谋于孙中山纪念周大会

上宣读杨虎城派人送来的共产党《四项声明》。

"七七事变"后，抗战爆发，经安徽、江西、湖南至汉口，巡慰将士。发起创办《民族诗坛》，鼓吹抗日。

年底，蒋介石征询抗战意见，以"只有打"回答。

为中共在汉口创办的《新华日报》题写报头，冀国共二次合作，并肩抗战。

是年主要诗作：《中秋薄暮，黄陂道中见伤兵》《长歌复短歌》《战场的孤儿》《鹧鸪天》。

民国二十七年（1938）　六十岁

组织监察委员赴战地视察，并以身垂范。一日，乘车至黄陂，桥为日机炸断，几沉没于水。

是年主要诗作：《归里省斗口巷老屋》《荣誉军人歌》《祖国颂》《与子逸、卓亭、伯纯同游李氏园，出浮图关野望，子逸有作，余亦继咏》《金缕曲·乡人来述家山之美》《鹧鸪天·偕庚由自西安往成都机中作》《减字木兰花·武汉回渝机中回望》《菩萨蛮·有述北战场事者，因赋此》《中吕·山坡羊·神圣战争》《双调·殿前欢·题〈全面抗战画史〉》《黄钟·人月圆·阴雨连日，此情冀野、庚由知之也》《中吕·醉高歌·题冀野〈饮虹乐府〉》《双调·殿前欢·咏〈太白集〉》《寿张季鸾》。

民国二十八年（1939）　六十一岁

4月，马相伯寿晋期颐，撰《百岁青年马相伯》长文以庆贺。

11月4日，马相伯于谅山逝世，于重庆追悼之，其后撰《牧羊儿自述》，以纪念其恩德。

是年主要诗作：《双调·拨不断·祝民国二十八年》《南吕·金字经·吊经子渊先生》《时代政治家怎样为全民族效忠》《越调·天净沙·寄孙总司令蔚如》等。

民国二十九年（1940）　六十二岁

3月，汪精卫在南京成立日伪傀儡政权后，于《新闻学季刊》第一卷第二期发表《如何写作社评》，痛斥汪精卫出卖祖国，炮制《日汪密约》，做日寇傀儡，其罪更甚于签订"二十一条"的窃国大盗袁世凯。又于重庆各报发表《以胜利击破汪伪毒谋》的专论和《以民族正气扑灭汪逆》的广播演说。

5月，张自忠将军壮烈殉职，诔之。

是年主要诗作：《尹默与行严竞和寺字韵，又与冀野竞曲，名曰〈长打短打〉》《生日往北碚道中》《仙吕·寄生草·题冀野〈北游草〉》等。

民国三十年（1941） 六十三岁

2月，发表《中南半岛之范围和命名问题》一文，地理学界誉以为地理学革命运动。

农历五月初五，于重庆倡议以端午为诗人节，以纪念伟大爱国诗人屈原。

秋，赴西北视察，经敦煌，遇张大千，激赏千佛洞壁画，返重庆后提议设立敦煌艺术学院。

监察院揭发一重大贪污案，被弹劾者涉及蒋介石的权要人物，蒋介石一味袒护。愤而辞职，移居成都。

是年主要诗作：《万年歌》《诗人节》《国民军五原誓师十五年纪念日，与冯焕章先生在重庆陶园同摄影，纪之以诗》《敦煌纪事诗》《万佛峡纪行诗》《减字木兰花·寿内子仲林六十》《诉衷情·三十年九月十八日同庚由自渝飞兰州机中》《越调·天净沙·谒成陵》等。

民国三十一年（1942） 六十四岁

1月6日，发表《人类史上最伟大的一年》一文，云：抗战是“抢救文化的战争；是理性对兽性的战争”。

7月，《标准草书》第五次修正本在重庆出版。

8月，赴成都小住。

民国三十二年（1943） 六十五岁

3月15日，发表《太平海》一文，主张取消日本海之名，改名太平海。

是年主要诗作： 《青城纪事诗》等。

民国三十三年（1944） 六十六岁

不满蒋介石袒护贪腐，一怒拂袖去成都住两月余，经多方劝慰，蒋介石派张群促驾，始返重庆。

在重庆组织创办《中华乐府》，鼓舞抗战。

6月，赴成都养病，病中，于7月撰《泾原故旧记》。

是年主要诗作：《夜读豳风诗》《齐天乐·勉青年军人》《暗香·野人山下一战士》《百字令·题〈标准草书〉》《破阵子·祝〈中华乐府〉》《乌夜啼·南岸观梅住康心如别墅，

夜谈新闻事业》《黄钟·人月圆·梦中有作》《黄钟·人月圆·梦王陆一》。

民国三十四年（1945） 六十七岁

8月15日，日本无条件投降。惊喜中，作诗十首付《中华乐府》发表。

中共中央主席毛泽东赴重庆谈判。设宴招待，席间论诗。

是年主要诗作：《书道乐无边》《三十四年生日》《中吕·醉高歌·追忆陕西靖国军及围城之役诸事凄然成咏》《中吕·醉高歌·闻日本乞降，作付〈中华乐府〉》。

民国三十五年（1946） 六十八岁

5月，还都南京，监察院随迁。

7月，应邀赴新疆监督政府改组。

10月，重阳节前，与南京诗词家游紫金山天文台，赋诗纪游。

是年主要诗作：《浣溪沙·哈密西行机中作》《人月圆·迪化至阿克苏机中作》《夜宿天池上灵山道院》《采桑子·迪化东归机中》《减字木兰花·西安至南京机中作》《双调·水仙子·回京机中忆往事》等。

民国三十六年（1947） 六十九岁

10月15日，忧愤国事，夜不能寐，作长诗，未及完篇而病，12月4日，于京沪火车上续成发表，传颂一时。

民国三十七年（1948） 七十岁

3月，蒋介石操纵的国民大会在南京举行，参与副总统竞选失败。

题胡善长诗稿，暗喻参选心情。

是年主要诗作：《第二次大战回忆歌》《题襄城胡善长〈一瓢诗稿〉》。

民国三十八年（1949） 七十一岁

4月，表示愿为国内和平奔走。李宗仁派以为特使，赴北平谈判，因故未成行。

解放军渡江时，被国民党强送上海，转广州；11月下旬欲救杨虎城出狱至重庆，杨已被杀害。11月29日飞往台湾。

是年主要诗作：《越调·天净沙·谒黄花岗》《无题》《闻文白自北平来电有感》《见永平作〈秣陵杂咏〉因题此诗》《港渝机中》《渝台机中》《浣溪沙·辋溪翁消寒之约遇雨，到台湾后作》等。

1950 年 七十二岁

农历三月三日，发起修禊于士林园艺所，与会者百余人。

10 月 19 日为重阳节，约诗人 120 余人于阳明山柑橘示范场登高。

是年主要诗作：《上巳新兰亭禊集》《夜读〈曼殊大师集〉并怀季平、少屏、楚伧、元冲诸故人》等。

1951 年 七十三岁

2 月，患脑微血管阻塞，卧床四十日。

4 月 25 日生日，出游阳明山柑橘示范场。

7 月，《标准草书》第七次修正本出版。

是年主要诗作：《为张岳军题胡笠僧为岳西峰〈临岳武穆书长卷〉》《四题胡笠僧为岳西峰〈临岳武穆书长卷〉》《生日游草山柑橘示范场》等。

1952 年 七十四岁

老同盟会员邱于寄逝世，为之营葬，照顾其遗属。

再游柑橘示范场。

是年主要诗作：《谢江火家看菊》《再游柑橘示范场水亭小坐》《看刘延涛学画》《林文访张鲁询二

公次第为消寒之约仿杜老曲江三章迟答其意并呈诸老》等。

1953 年 七十五岁

6 月，强调"主权在民"，以反对蒋介石干预院务。

重阳于士林园艺所登高抒怀。

是年主要诗作：《癸巳重九士林登高》《晴园消寒之会》《黄钟·人月圆·为张大千题〈先人遗墨〉》等。

1954 年 七十六岁

5 月，监察委员丁惟汾逝世，为撰墓志铭。

是年主要诗作：《基隆道中》《和拜伦〈希腊篇〉》《贺新郎·生日答记者问》等。

1955 年 七十七岁

4 月，要求辞职，未获准。

6 月，赴台南参加诗人大会，提倡诗歌革新。

1956 年 七十八岁

寿诞日，诗人陈含光以诗为寿。回应曰："民主时代，何贵之有？"

12 月，获文艺奖金，自喻"老

树着花"。

是年主要诗作:《鸡鸣曲》《诗变》《题宋希尚教授著〈李仪祉传〉》《题罗锦堂〈中国散曲史〉》等。

1957年 七十九岁

春,得孙中山辞大总统后设宴于上海爱俪园照片,感慨系之。

12月,弹劾行政院长俞鸿钧,公布案情于报端。蒋介石出面干预。

是年主要诗作:《题民元照片》《忆三十八年黄花岗埋碑事》《题林家绰写〈牧羊儿自传〉》《四十六年生日诗作彰化道中》《赠刘延涛》《答井塘续作〈于思歌〉》《再题民元照片》等。

1958年 八十岁

3月16日,主持台湾桃园县私立复旦中学兴建破土开工典礼。

女想想携回《岁寒三友图》,补遗字并系之以诗。《人民日报》于11月12日发表其诗,并加编者按,并何香凝等六人和诗,邵力子发表《勉励在台旧友》文。

5月8日,八十大寿。台湾当局为之在台北中山纪念堂设宴祝寿。

6月,赴台东参加诗人节大会,致辞"诗应化难为易,应接近大众"。

11月16日,参加复旦中学校舍落成典礼。

是年主要诗作:《四十七年春节同乡会团拜演说归为诗三章》《明月》《浣溪沙·寿张大千先生六十》《补〈岁寒三友图〉遗字》《四十七年生日诗》《书钟槐树先生酬恩诗后》《南山》《四十七年重九北投侨园》《忆内子高仲林》等。

1959年 八十一岁

5月,《于右任先生手临标准草书》出版。

入冬,风湿与足疾发作,静养于阳明山内一招待所。

是年主要诗作:《望雨》《四十八年生日诗》《思念内子高仲林》《题〈杨笃生先生遗诗册〉》等。

1960年 八十二岁

是年主要诗作:《遗憾》《问谁大队唱还乡》等。

1961年 八十三岁

3月28日,于台湾"监察院"演讲《黄花岗之忆》。

6月14日,出席诗人节大会。

通过香港朋友吴季玉向章士钊先生透露为发妻高仲林祝八十寿辰

心意，章士钊打电话给周恩来总理，派屈武以女婿身份赴西安贺寿。屈武应命设宴祝贺，后通过吴季玉传讯并带去照片。颇喜。

《标准草书》第九次修正本出版。

是年主要诗作：《有梦》《怀念大陆》等。

日记："一月十二日——我百年后愿葬玉山或阿里山树木多的高处……"

日记："一月二十日——葬我于台北近处高山之上亦可。但是山要最高者。"

1 月 24 日黎明作哀歌《望大陆》。

是年主要诗作：《党史展览中见〈神州〉〈民呼〉〈民吁〉〈民立〉四报》《梦中有作起而记之》《不寐》《望大陆》等。

3 月 27 日，向青年发表谈话，以黄花岗烈士惊天地泣鬼神的事迹勉励青年。

4 月 13 日，八十五寿辰。次日，吴季玉被暗杀，忧愤成疾。

是年主要诗作：《五十二年口号》《无题》。

8 月 12 日住进荣民总医院。

11 月 10 日逝世。11 月 17 日大殓。次年 7 月 17 日，灵榇安葬于阳明山国家公园内。

是年主要诗作：《五十三年生日记幼时事》《诗赠延涛》《园陵》《写字歌》《甲午重九沪尾山登高》《无题》等。

后 记

一

　　这本《于右任诗词集解》应该是正在出版过程中的拙著《于右任传》的孪生小妹。

　　早在二〇一三年，当我完成了中国作家协会主持的国家重点文化创作工程——《中国历史文化名人传丛书》之《忠魂正气——颜真卿传》，以及以《汉书》作者班固生平事迹为题材的长篇历史小说《魂续史迁——班固传奇》后，又完成了《忧魂悠悠——杜牧传》，经过颇费神思的掂量，确定了新的创作主题"于右任"，《于右任传》与《于右任诗词集解》这对双生姊妹就这样诞生了。

　　于右任，祖籍陕西泾阳斗口村，至祖父辈迁居三原。这位有着传奇般一生的关西汉子，即诞生于三原东关河道巷。他的童年是不幸的。父亲长年打工在外，在他不到两岁时，母亲便撒手人寰，临终托孤于嫂夫人房氏。伯父远在他乡，孤身的伯母房氏只能与这个"病串串"侄儿相依为命，含辛茹苦地抚育他成长，不料竟使这个曾经几乎丧生恶狼之口的"牧羊儿"，成为"西北奇才"。他十七岁即以案首入学成为秀才，二十五岁通过乡试，名播乡里。

　　年轻的于右任接受了早期民族、民主思想的熏陶，胸怀救国救民、推翻清廷之志，创作了一首首反对封建帝制和西方殖民者侵略的诗歌，于一九〇三年结集为《半哭半笑楼诗草》。

　　次年春，二十六岁的于右任赴开封应"春闱"之试，清廷以"倡言革命，大逆不道"的罪名，下旨缉捕正法。于右任闻讯而"短衣散发三千里"，亡命上海，踏上了风云激荡的传奇人生之途。

　　——他曾是兴教救国的先锋，曾主持或参与"复旦"、"中公"、上海大学、"西农"（今西北农林科技大学）等多所高等院校及中小学校的创办，为推翻清王朝、解民众困局而殚精竭虑。

——他曾是享有"元老记者"之誉的新闻巨子，先后创办《神州日报》《民呼日报》《民吁日报》《民立报》等知名报纸，追随孙中山，为鼓吹革命、推翻清廷而不遗余力。

——他曾是中华民国临时政府内阁的"布衣大臣"，以交通次长之衔主持交通部务，虽然时不足年，却为铁路客运的发展做出了突出的贡献。

——他曾以书生之身而位居总司令，统率陕西靖国军以及后来的驻陕国民联军，抚髀扶杖，运筹帷幄，"枹鼓经年""关山百战"，虽"力穷西北泪纵横"，一至"落叶层层迷无路"，却对挽救西北革命危局，打击封建军阀吞噬中华的虎狼之心，做出了较大贡献，功勋卓著。

——他是卓越的诗人，"卅年家国兴旺恨，付与先生一卷诗"，以屈原终不捐弃的爱国情怀，杜甫的沉郁苍凉之笔，陆游、辛弃疾的雄浑豪放气度，书写了一部自晚晴以来，半个多世纪眼底风云激荡的苍凉史诗，又一部"忧愁忧思"的"离骚"。

——他是享有"一代草圣"之誉的书法巨擘，博采众长，融会四体之妙，以铸魏入草的创造精神，锻造了每一字莫不神化的独特笔致，并以对"标准草书"精益求精的孜孜探求，为中国书法艺术长廊建造了一座丰碑。

二

于右任的传记已有多种版本，我所看到的，不但有大陆作者的，也有台湾作者的，还有日本作者的。斗胆言之，无不拘囿于经历、行迹的粗笔记叙，富有学者组织材料之"实"，而罕有作家妙笔生花之"文"。而近年来学者们的研究，又提供了诸"传"所不曾记述的新鲜材料。再者，于右任之诗作多系古体，年轻读者渴待得到理解其内蕴的入门钥匙。凡此种种，便成为笔者敢于嗣诸传之后，再动笔作传的契机和空间了。

我的夫人孟玲香女士十分支持我的选题和创作决定。我即拜访了于右任先生的堂侄孙女于媛女士。于女士与我素昧平生，却慷慨热情地接待了我，支持我，鼓励我，为我提供资料。陕西省图书馆的胡晓梅、李广通同志热情地为我搜集、提供了馆藏有关传主的全部书籍和数十年来的报刊资料。老朋友、原西安电影制片厂厂长李旭东，原省党史研究室副主任李彬，

以及省政协教科文委员会主任雷涛等，也都给予了关照和帮助。

在于媛女士的帮助下，我与夫人孟玲香于二〇一五年先后辗转西安及三原、西北农林科技大学等多地设立的于右任先生纪念馆和博物馆，并一起赴北京采访了于右任先生的外孙媳妇文梅君女士，赴上海采访了于右任先生的第二位夫人黄纫芰的侄孙黄平洲先生。于媛女士和台湾于右任研究会会长赖灿贤先生，为我赴台采访、搜集资料提供了诸多便利。台湾于右任研究会秘书长脱宗华先生、于右任的老部下刘延涛的女儿刘彬彬女士以及高进兴先生，在台热情接待、帮助了我们，并提供了不少罕为人知的珍贵资料。我还听到了于右任先生在美国的次女想想的一段回忆其父的谈话录音，其中，许多无人得知的生动细节，令我喜出望外。

三

在查阅和研读资料、采访和撰著《于右任传》的整个过程中，我曾经反复研读于右任的全部诗词作品。基于对于右任先生的生平事迹、文化创造，以及人生境界的深入了解与体察，我将其每一首代表性诗词，还原到了他的人生旅程和写作的具体情境、心境和情感状态之中，理解其意蕴，体会其微言大义。

后来，《于右任传》全稿竣笔，我却仍沉浸在被于右任诗词调动起的激动和美感之中。

柳亚子在新中国成立前评价近代诗人时指出："国民党的诗人，于右任最高明。"认为其诗从一个侧面反映了中华民族近代的历史进程，是一部中华民族的近代史，具有"诗史"价值。

著名历史文学作家姚雪垠也指出："国民党中也不乏诗人……例如于右任……写了不少七律诗，寄托很深，艺术锤炼也好。倘若这一类作品在现代文学史适当论述，不仅使文学丰富了内容，也会在海外产生积极的政治影响。"

他又说："真正好诗，必须克服内容上和技巧上两种缺点，做到既有时代特色的生活内容和高尚而新鲜的真实感情，而又有纯熟的艺术技巧，做到内容好与形式美和谐统一。在现代写旧体诗的诗人中能够达到这一标准的诗人大概是少数，而于右任不仅是其中之一，还应该放在较高的历史地位。"

章士钊认为，于诗"壮有金戈铁马之音，逸亦极白鸥浩荡之致"。于诗以其苍凉悲壮、劲直雄浑的气韵，再现了诗人那颗炽热的爱国爱民之心和坚贞不渝的高尚品格。于右任作为近代诗歌史中较有影响的诗人，可谓实至名归。

然而，时至今日，于右任诗词研究尚是一个被遗忘的角落，至今没有一部研究于右任诗词的著作问世，实为中国近现代文学史的缺失，近现代诗歌研究的缺位。

然而，于右任诗词大都为文言古体。不但其创作时代已距当代青年十分遥远，不无隔代之感；且其中运用了大量典故、历史事件，以及特殊的修辞手法，对当代读者而言，阅读障碍颇多。

帮助读者了解其创作背景，理解其中意蕴——特别是深蕴其中的不便坦言的心曲和隐衷，至为必要。于是，一个不耻鄙陋，不揣冒昧，撰写一部解读于右任诗词著作的念头，在我胸中砰然而生。

四

在此，有几个问题需要加以说明。

首先，于右任诗词的来源问题。在笔者看来，于右任诗词现行的版本，最权威者莫过于于右任先生的侄孙女于媛女士主编的《于右任诗词曲全集》了。"全集"有两个版本，一是二〇〇六年的版本，一是二〇一四年的"典藏版"本，两个版本均由世界图书出版公司出版。两个版本所选作品相同，只是编排略有不同，个别文字有些出入。这两个版本，尤其是"典藏版"，可以说，是"于诗"的最佳版本了。拙著所解读的诗词，多选自这个版本。个别诗章，这一版本未收录，则别选它本，如《血》，则选自马忠文《于右任早期反清革命的"罪证"——台北故宫军机处档案所见抄本〈半哭半笑楼诗草〉》（见《广东社会科学》2014年第2期）。

其次，诗词遴选标准问题。于右任先生的诗歌创作发轫于二十世纪之初，终于其生命的最后岁月，前后计六十余年，汇集于《于右任诗词曲全

集》中的诗词曲计一千一百余首。拙著所解读者仅百余首。其遴选标准为于右任先生终生不释其怀的强烈家国情怀。也就是说，拙著所解读者，都是在自己看来，较好地表现了诗人一定时期的家国情怀的诗作。

再次，章节划分问题。于右任先生六十余年的诗歌作品，就总体而言，不啻是一部半个多世纪现代民主革命的史诗。诗歌总是诗人在一定时期心灵震颤的记录，或情感沉浮的倾诉，同时反映着时代的风云变幻、雨雾潮汐。也就是说，总与时代存在着相关性，这样那样地体现着时代的脉动和精神。正因为如此，一位诗人在特定时期的诗作，相对而言，总有着较为一致或接近的主题。拙著在"于诗"解读时，将其划分为十一章，也正是缘于这一认识。也许这种划分并不恰当，但便于解读，却是实情。

第四，书名问题。拙著命名为"集解"，其实并非集众家之解而断以己意。时至今日，并无系统地解读于诗的著作问世，笔者只看到霍松林先生题为《论于右任诗的创新精神》（见《于右任诗词曲全集》）的文章，以及收入李钟善先生主编的内部资料《于右任研究》（于右任研究会）中的几篇由徐宝珠、马千里、王劲、钟明善、曹伯庸、赵世庆等人撰写的短文。拙著全文，几乎纯属笔者根据诗人的生平、年谱和自己在文学、历史等方面的浅陋知识积累所做的主观解读。拙作因此具有天然的"自解"品格，压根儿谈不上"集解"。"集解"之名，无法逃脱文不对题之嫌；所以名之为"集解"，实出于某种不可言说的衷曲和无奈耳。敬祈读者谅解！

也许，这些话应该当作"前言"，刊于正文之前。但这些话确实产生于竣稿之后，而非之前，故为"后记"。

在这本拙著抢在"姐姐"之前问世之际，谨请诸公报以慈爱和宽宏的目光！

权海帆
二〇一八年十二月二十五日